The
Case
with
Nine
Solutions

J. J. Connington

論創海外ミステリ
Ronso Kaigai MYSTERY
176

# 九つの解決

J. J. コニントン

渕上痩平 訳

論創社

The Case with Nine Solutions

1928

by J. J. Connington

目次

九つの解決　5

訳者あとがき　297

解説　塚田よしと　303

# 主要登場人物

リングウッド……………………医師
トレヴァー・マークフィールド……クロフト・ソーントン研究所の化学者
F・シルヴァーデイル……………クロフト・ソーントン研究所の化学部長
イヴォンヌ・シルヴァーデイル……その妻
オクターヴ・ルナール…………イヴォンヌの兄
ロナルド・ハッセンディーン……クロフト・ソーントン研究所の職員
エドワード・ハッセンディーン……その叔父
エイヴィス・ディープカー………クロフト・ソーントン研究所の職員
ノーマ・ヘイルシャム……………同右
スプラットン……………………金融業者
ホエイリー………………………前科者
ジャスティス……………………謎の情報提供者
クリントン・ドリフィールド………警察本部長
フランボロー……………………警部

# 九つの解決

# 第一章　瀕死の男

　リングウッド医師はディナーテーブルから席を立とうと椅子を引いた。マントルピースの上に置いてある時計を見て、今夜は夕食に戻ってくるのがいつもよりずっと遅くなったのだと気づいた。ここしばらく睡眠不足だったのが目元にも表れていたし、席から立つときも、疲労困憊のありさまが動きのはしばしににじみ出ていた。

「書斎にコーヒーを持ってきてくれないか、シェンストーン」と医師は指示した。「電話機も持ってきてほしい」

　だるそうに玄関ホールを横切り、書斎の電灯をつけると、どうするか決めかねるようにふと戸口で立ち止まった。暖炉には火が赤々と燃えていて、厚手のカーペットが足に心地よい。大きな背もたれの肘掛椅子が、張りつめた一日も終わったのだから、ゆっくり体を休めて楽になさいと誘いかけてくる。テーブルに歩み寄り、またふとためらうと、郵便包装紙が付いたままの『英国医師会雑誌』を手に取った。テーブルに置いてある箱から葉巻を一本取り、無意識に葉巻の端を切ると、暖炉のそばの椅子に座った。

　シェンストーンは、リングウッド医師のそばに小卓を引き寄せてコーヒーを置き、再び退出すると、今度は電話機を持って戻り、部屋の回線につないだ。

「こっちへ持ってきてくれ、シェンストーン。うとうとしても、ベルの音で確実に目を覚ますようにしときたいから」

シェンストーンが言われたとおりにし、部屋から出ていこうとすると、リングウッド医師はまた話しかけた。

「ところで、霧は晴れたかい？」

シェンストーンは首を横に振った。

「いえ。お戻りになったときより濃くなっております。濃霧でございますね。すぐそこの街灯すら見えません」

リングウッド医師はもの憂げにうなずいた。

「今夜は往診の依頼がないことを祈るよ。こんなに霧が立ち込めてるんじゃ、昼間でも、知らない町の行き先を見つけるのは難儀だ。もっとも、昼間なら、道を訊ける相手だってどこにでもいるだろうが、今夜は警官しかいないだろうしね」

シェンストーンは気の毒そうな表情を浮かべた。

「確かに難儀でございますね。夜中に往診の依頼がありましたら、私を起こしてくださいませ。ご一緒して道案内させていただきます。お役に立てるならなによりでございます。カリュー先生が入院される際も、精いっぱいのご奉仕をするようにと念を押していかれました」

疲れのにじみ出た苦笑がリングウッド医師の顔に浮かんだ。

「君がいてくれても、ぼく同様、霧の中をよく見分けられるとは思えないよ、シェンストーン。夕食をとるのに戻ってくるときも、ほとんど歩道すら見えなかった。だから、いくら君に土地勘があっても、さして役に立つとは思えない。まあ、気遣いは恩に着るよ。この町の地図は持ってるから、それを見ながら行き先を探すさ」

医師が口をつぐみ、シェンストーンもきびすを返して出ていこうとしたが、医師はまた話しかけた。

「スコッチのデカンターとソーダ水をあそこのテーブルに置いといてくれるかい。そうすれば、今夜また君を煩わせずにすむからね」

「かしこまりました」

シェンストーンが部屋から出ていくと、リングウッド医師は『英国医師会雑誌』の包装紙を破りとって暖炉に放り込み、雑誌のページを開いた。コーヒーをすすりながら目次にざっと目を通したが、数分も経たぬうちに、大きな雑誌は膝の上に滑り落ち、医師は心地よい環境にすっかり身をゆだねていた。

(開業医になんぞならなきゃよかった)と彼は思った。(専門職というのは確かにしんどい生業だが、こんなのが当たり前じゃ、開業医たるや、みじめな生活の典型だぞ)

医師は再び『英国医師会雑誌』を手に取ったが、そのとき、玄関の呼び鈴の音が医師の敏感な耳に届いた。困ったような表情を顔に浮かべたが、シェンストーンが来客に対応するのが聞こえると、その表情はますます困り果てた様子になった。すぐに書斎のドアが開き、シェンストーンが来客を告げた。

「トレヴァー・マークフィールド博士でございます」

きれいに顔をあたった三十歳ぐらいの男が部屋に入ってくると、リングウッド医師は表情をなごませた。医師は席を立って来客に会釈した。

「ようこそ、トレヴァー。暖炉のそばの椅子をどうぞ。先週この家に越してきてから、ずっと君に電話しようと思ってたんだが、時間がなくてね。このところインフルエンザが流行《はや》っているせいで、出ずっぱりだったんだ」

トレヴァー・マークフィールドは気の毒そうにうなずきながら、暖炉のそばに寄り、手を火にかざした。

「もっと前に訪ねたかったところだけど、今朝になってやっと、君がカリュー先生の代診医をしてると聞いたものだからね。君にしちゃ、ちょっと珍しいんじゃないか？」

「カリューは旧友だし、虫垂炎になって、急に診療業務を代わってくれと頼まれたものだから、さすがに断れなかったのさ。まあ、これも経験だよ。ここ五日ほどは、続けて二時間眠ったことがない。次の患者を無難に手術できるか、怪しいとすら思ってるくらいさ。麻酔なしで腹にメスを入れちまいそうだよ」

マークフィールドのいかめしい表情が少しやわらいだ。

「そんなにしんどいのかい？」と彼は訊いた。

「まあ、ほんとの病気なら仕方ないんだが。ところが昨夜、午前二時に、インフルエンザをぶり返した患者のところから戻ったとたん、また往診に呼ばれてね。患者は男の子で、『重症なんです、先生。すぐ来てください』ときたもんだ。行ってみたら、ただの食べ過ぎだったのさ。『この子の誕生日だったんです、先生。こんな日ぐらいはと、好きなだけ食べさせてやったんですよ』だと。着いたときは、子どもはもう吐いてしまっていてね――腹もすっきり、けろっとしていたというわけさ。もちろん、ぼくをたたき起したことに謝罪の言葉もなかったよ。医者は寝たりしないと思ってるんだ。次はきっと、足の爪が肉に食い込んで死にそうだとかいう話がくるよ。生死の境にある危篤の患者を救おうと切羽詰まってるときに、そんなことで時間をつぶすはめになったら、とんでもない話さ」

「人命は尊し、なんて考えがまだ残ってると言えるかね？　戦争のせいで、そんな考えも吹き飛んでしまったよ」マークフィールドはそう言うと、手をこすり合わせて暖をとった。「今じゃ、人命はなにより軽いものさ。医療現場じゃなく、研究職を選んでよかったと思ってるよ。いまだに入院患者への親身な接し方を心得てないんでね」

リングウッド医師はテーブルのデカンターを指さした。

「一杯どうだい？」と勧める。「まったくひどい夜だよ」

マークフィールドは遠慮なく勧めに応じ、タンブラーにウィスキーを半分ほど注ぎ、ソーダ水を少し加えると、いかにも満足そうに飲み干した。タンブラーを置くと、暖炉に歩み寄り、椅子に腰をおろした。

「とんでもない夜だね」と博士はうなずいた。「町のこっち側を自分ちの庭みたいに知ってなかったら、ここに来る途中で道に迷ってたよ。こんな濃霧はしばらくなかったからね」

「ぼくはもっとやっかいだよ。この町のことをよく知らないからね」とリングウッド医師は言った。「インフルエンザの流行もまだまだ衰えそうにない。研究職の君がうらやましいよ。クロフト・ソーントン研究所だったよね」

「ああ、三年前の一九二五年にこの土地に来たんだ。シルヴァーデイルに化学部の部長ポストをとられてしまってね。ぼくは次席のポストをあてがわれたのさ」

「シルヴァーデイルだって？」とリングウッド医師はつぶやいた。「アルカロイドの研究をしている男かい？　最近、副産物として新たな凝縮物を発見したやつだな？　そいつの名前なら聞いたと思う」

「そいつさ。さほど煩わしい存在でもない。ときどき彼の家に夕食に招かれるけど、そのくらいのことで、研究所以外で顔をあわせることはあまりないんだ」

「ずいぶん前に、喫煙社交会で一度顔をあわせたと思う。バンジョーの演奏がうまいやつだよね。きれいに顔をあたって、身なりもきちんとしたやつだろ？　今は三十五歳くらいだな。ところで、そいつは結婚してるのかい？」

かすかにばかにしたような表情がマークフィールドの顔に浮かんだ。

「ああ、結婚してるよ。奥さんはフランス人さ。夫妻がこっちに来てから、ぼくもアマチュア演劇で彼女と知り合いになってね。はじめのうちは楽しいけど、ずっと接してるとちょっと鼻についてくる女だ。最初のうちは彼女とよくダンスをしたけど、ぼくの感覚からすると、ちょっと頻繁になりすぎた。男だって自分だけで過ごしたい晩はあるもんだろ。彼女が望んだのは、いつまでも相手をしてくれるダンスのパートナーだったのさ。それで、研究所の新人職員に乗り換えたというわけだ――ハッセンディーンという青年さ」

「シルヴァーデイルはダンスをしないのか？」

「そう。たまにダンスをするだけで、好きじゃないんだ。変なカップルだよ。見たところ、共通点はないし、どうもお互い距離を置いて生活することで合意してるみたいだね。一緒にいるところなんかまず見ないよ。彼女はいつもハッセンディーンのガキにまとわりついてる――それなりに刺激的なにいちゃんだからね。シルヴァーデイルのほうは、エイヴィス・ディープカーという新鮮な果実にご執心だ。研究所の女性職員の一人だよ」

「真剣なのかな?」リングウッド医師はさほど気もなさそうに尋ねた。

「離婚してもかまわんと思ってるんだろうよ。君の言う意味がそういうことならね。でも、イヴォンヌの不倫を持ちだしたところで、離婚が成立するかは疑問だけど。ぼくの見たところ、彼女はただ自分の楽しみのためにハッセンディーンのガキを手なづけているだけさ。確かに、自分が獲物を仕留めたことをあちこち言いふらしてはいるけどね。自慢するほどの獲物でもないが。フニャフニャ腰砕けの、唯我独尊を勝手に夢想する青二才さ」

「シルヴァーデイルに手厳しいな」リングウッド医師は興味もなさそうに論評した。

トレヴァー・マークフィールドは鼻で笑って軽蔑をあらわにした。

「女一人にいいようにされてるやつは間抜けさ。シルヴァーデイルは彼女の一面しか分かってない——まあ、確かにその面ではとても魅力のある女ではあるがね。だが、どうやら、そんなのはどのみち長続きしなかったようだ——そら見たことかさ! 女の本分を別にすれば、女ってのは男にとって無益なんだよ。結婚すると、男の時間をやたらと奪いたがるし、おしなべてやっかいな存在になる。シルヴァーデイルの悩みに同情はしないよ」

リングウッド医師はさすがにうんざりし、話題を変えようとした。

「研究所ってのは、いいところなんだろ?」と医師は尋ねた。

マークフィールドは、いかにも、とばかりにうなずいた。

「最高さ。設備のためなら湯水のごとく金を使えるしね。今も、農業試験用に建てられた研究棟から来たところなんだ。町から数マイルほどのところにある。その分野の仕事をする部屋も一つ二つ、ぼくにあてがわれてるんだ」

リングウッド医師が話題に応じようとすると、電話のベルが鳴り、医師は悪態をつきそうになるのを抑えながら電話機に歩み寄った。

「医師のリングウッドですが」

先方の用件を聞くと、医師は表情を暗くした。

「分かりました。すぐにお伺いします。ご住所はローダーデイル・アベニュー二十六番地ですね……。できるだけ早く伺いますよ」

医師は受話器を置くと、客のほうを向いた。

「出かけなきゃならんよ、トレヴァー」

マークフィールドは目を上げた。

「いま、ローダーデイル・アベニュー二十六番地と言わなかったかい?」と博士は訊いた。「なんてこった！　そりゃシルヴァーデイルの家だよ。イヴォンヌの具合が悪いんじゃないだろうね？　もしかして、足を捻挫したとか?」

「いや、女中の一人が病気になったらしい。今夜は家に誰もいないし、病人をどうしていいか分からないと、もう一人の女中が困ってるようだ。行かなきゃなるまい。だが、こんな霧では、どうすりゃ目的地にたどり着けるかな。場所はどこだい?」

「二マイルほどあるよ」

「そりゃ、ちょいと探すのが難儀だな」霧が深いのと土地に不案内なことを思って、リングウッド医師は不平たらしく言った。

マークフィールドは答えを返す前にちょっと考えた。

「そういうことなら」とようやく言った。「外に車を停めてあるんだ――研究棟から直接来たからね。なんなら、シルヴァーデイルの家まで案内してあげるよ。こんな夜だし、君よりもぼくのほうがうまく走れるだろう。ぼくの車のテールランプを見ながら運転してついてくればいい。帰りはきっと大丈夫だろう。幹線道路を見つけて、そこから離れないようにすればいいわけだからね」

リングウッド医師はこの解決策を聞いて安堵の色を隠さなかった。

「恩に着るよ、トレヴァー。出発する前に地図を見ておきたい。携えていって、なんとか帰れるように頑張るよ」

居心地よい部屋を悲しげに振り返りながら、医師は外の様子を確かめようと窓に歩み寄った。

「ますます濃くなってるな」と告げた。「この霧じゃ、這うように進まなきゃ」

リングウッド医師はすぐに靴をはき、不在のあいだ電話番をするようシェンストーンに指示すると、車庫から車を出した。そのあいだに、マークフィールドは自分の車のエンジンをかけて、門のところで医師を待っていた。

「ぼくを見失ったら、クラクションを鳴らしてくれ」と博士は忠告した。「クラクションが聞こえたら、車を停めてクラクションを鳴らし返すから。そうすりゃ万一の場合でも互いの所在が分かるだろ」

マークフィールドは運転席に乗って発進すると、ゆっくりと進んでいった。リングウッド医師はうしろをついていく。霧は前より濃くなっていて、車のヘッドライトは渦巻く濃霧を照らすばかりで、その先を見通すことはできなかった。車が発進したとたん、リングウッド医師は、目の前のテールランプとほんの数平方フィートほどの路面以外には、外界との接触を一切失ってしまったように感じた。歩道のへりも見えなくなり、家の窓も霧のせいで姿を消してしまった。時おり、街灯の青白い光が中空に輝いて見えたが、道路まで照らしてはくれなかった。

一度、ガイド役のテールランプがあやうく見えなくなりそうになった。それからは、先導車にもっと接近すると、アクセルとブレーキを交互に踏み、手動スロットルを操作しながら運転した。霧のせいで目がひりひりしはじめ、呼吸するたびにのどがぜいぜいいう。セダンの中に乗っていても、空気は肺を締めつけるような強い匂いがする。ヘッドライトが投げかける光のおかげで、なんとか霧の中に気配を感じることができた。

ほとんど最初から方角を見失っていたため、マークフィールドのテールランプにひたすら注意を集中していた。ほんの一、二度、車輪のそばに路面電車の路線が見えたので、大通りを走っていると分かったが、どのへんにいるのかおおまかに分かるだけだった。音すら遮りそうな霧が取り巻いているせいで、ますます孤立感が強まる。車のエンジンが立てるかすかな振動を別にすれば、沈黙の世界の中にいるようだ。

突然、マークフィールドが鳴らしたクラクションにハッとし、前を走る車に衝突しないよう、ブレーキを踏まなくてはならなかった。人間かどうかも見分けがつかない人影がすれ違っていき、霧の渦のなかに姿を消した。それから再び、手前のぼんやりしたランプの光に集中しなくてはならなかった。ようやくマークフィールドの車がゆっくりと歩道側に寄り、スピードを落として停車した。リングウッド医師も車を停め、案内役が車から降りて自分のところに来るのを待った。

「ロードーデイル・アベニューへの入り口だよ」

リングウッド医師は感心せずにいられなかった。

「見事な先導だったよ」と彼は言った。「行程中、一度も迷った様子がなかったな」

「このあたりの土地のことは任せてくれ」マークフィールドはぞんざいに言った。「あとは、十ヤードほど先で左に曲がればいい。番地表示はこの道の入り口から始まるし、偶数番号は道の左側だ。どの家も大きな庭付きの邸宅だから、通り過ぎながら門の数を数えていけばいい。歩道に沿って行けば、私道の入り口もすぐ分かるはずだ」

「ありがとう。君がいなかったら、とてもたどり着けなかったよ、トレヴァー。ところで、帰りはどうしたらいいんだ？」

「まず、まっすぐここに戻ってきて、道路を三つ横切る——ここを最初の道路と考えてくれ。そのあと右に曲がって、路面電車の路線を横切るまでまっすぐ進む。すると、パーク・ロードに出る。左車線に沿って走り、さらに路面電車の路線を二つ越えたら、右へ曲がる。すると、アルディンガム・ストリートの〈ブルー・ボア〉というパブに出る。そこからなら、方向はすぐ分かるはずだ。それが一番分かりやすい帰り道だよ。近道のほうを使って案内してきたけど、こんな夜では君にはまず分からないだろう。じゃあ、またな。さよなら！」

マークフィールドはそれ以上待たずに自分の車に行き、すぐに赤いライトがつくのがリングウッド医師に見えた。現実世界との唯一の接点だったが、そのライトが目の前から遠ざかり、霧のなかに消えていった。車が去ると、医師はクラッチをつなぎ、なんとか歩道の縁に沿っておそるおそる進みはじめ、ローダーデイル・アベニューに入って行った。

霧は相変わらず濃く、家の門の位置を示す歩道の縁の切れ目すら見分けにくかった。庭の囲い壁は、渦巻く霧の煙幕に遮られて見えなかった。数えて七つ目の入り口を過ぎて、次の入り口に進もうとしたとき、突然、クラクションが鳴り響き、医師は前方に目をこらした。金色の丸い二つの輝きが迫ってきたが、思い切りハンドルを切ったおかげで、同じ車線をすれ違ってくる見慣れぬ車とかろうじてぶつからずにすんだ。

「どこ見てやがんだ！」とぶつぶつ文句を口にした。「あんな連中はくそくらえだ。こんな夜に時速二十マイルで他人を押し分けて突っ走る権利なんか誰にもないぞ。それも、反対車線を走りやがって」

方向をそれてしまったことで、歩道が分からなくなり、へりにタイヤをこすりつけないように慎重にハンドルを切りながら、ゆっくりと左のほうに戻って行った。こうして、また門を数えはじめた。

「八……九……十……十一……十二。次だな」

次の門を過ぎたところで停車すると、こんな夜に道路に車を停めたままにするのは危ないと思い、車から降りて歩道を横切り、家に続く私設車道の門を開けることにした。入り口は分かったが、車に戻ろうとしたとき、ふと思いついて、門柱の表示を確かめようとマッチを擦った。

「もちろん、番地なんか書いてないよな！」といらいらしながら口にした。「アイヴィ・ロッジか。まあ、きっとここだろうな」

車に戻り、門までバックさせると、車を私設車道に乗り入れて進んだ。ちょうど正面玄関まで来たとき、駐車中の車のライトに気づき、あわてて停車して衝突を避けた。エンジンを切り、車を降りて家に向かって行き、明かりの見える窓の前を通り過ぎた。停車中の車は無人だった。明かりのついた正面玄関の石段を上がった。呼び鈴のボタンを探り当てて押すと、ベルが鳴った。霧はますます濃くなっていた。石段の上からまわりを見回すと、無人の車と自分の車のヘッドライトのほかはなにも見えない。家は完全に世界から孤立しているようだ。

ドアを開けに来る者がいないため、次第にいらいらしはじめ、もう一度呼び鈴を鳴らした。さらに少し間をおくと、家の中に誰かいれば絶対に聞き逃すはずがないくらい、呼び鈴のボタンを押し続けた。だが、誰も出てこない。部屋の明かりと停車中の車からすれば、屋内に誰かいるはずだったし、もう一度呼び鈴を押した。

ベルの余韻が再び消えると、ドアに身を寄せて屋内からなにか音が聞こえないか耳をそばだたせた。はじめはなにも聞こえなかったが、すぐに注意を引いたものがあった。抑えた咳のような音が聞こえたのだ。リングウッド医師はちょっとたじろいだ。

(どうもこの家には妙なところがあるな)と内心つぶやいた。(法的には住居侵入かもしれないが、ドアに鍵かかっていないのなら、中に入って調べたほうがいいだろう)

取っ手を回すとドアが開いたため、玄関ホールにそっと入った。屋内におかしな様子はない。階段の奥にある大時計の振り子の音が聞こえたが、最初に注意を引いた音はもう聞こえなかった。霧が入ってこないようにそっとドアを閉め、しばらくじっと耳をすませた。

「どなたかいますか?」とよく通る声で言った。

返事はなかったが、しばらくすると、さっき気になった音がまた聞こえた。確かに一階の明かりのついた部屋から聞こえる。ほんの数歩ですぐさまドアに歩み寄ると、大きく開けはなった。

「おや! どうしたんですか?」中に入ると、その喫煙室にいたのは一人だけだったが、医師は彼を見るなり叫んだ。

大型ソファにブロンドの髪の青年がよるべなく横たわっていた。リングウッド医師は、唇の赤い血を見て、肺から出血したものと推測した。青年のワイシャツの胸は血だらけで、カーペットにできた黒っぽい血の海も発作の激しさを物語っていた。青年は医師の姿を目にとらえると、弱々しく手招きした。リングウッドは大型ソファに歩み寄り、身をかがめた。もはや手遅れなのは医師でなくても分かりそうだ。病人はなんとか言葉を発しようとし、医師はその声をとらえようと息をひそめた。

「……ぼくをつかまえた……銃……撃たれた……うまくいくと……思ったのに……まさかそんな……」

リングウッド医師は顔を近づけた。

「誰がやったんだ?」と医師は問い返した。

しかし、意味をなさない、最後の力を振り絞ったそのメッセージが断末魔の努力だった。最後の言葉を口にすると、咳に襲われ、血が口からほとばしり出、末期痙攣に襲われながらクッションに身を沈めた。

あごがだらりと垂れたのを見て、もはやなすすべはないとリングウッド医師も悟った。急に、霧の中を運転してきた疲れがぶり返してきた。難儀そうに身を起こして死体を見下ろすと、いきなり目の前に現れたこの謎も、自分とは直接関係がないみたいに、妙に他人事に思えてくる。すると、そんな気持ちと裏腹に、まるで自分とは違う意志につき動かされたように、医者としての冷静な思考が働きはじめた。手帳を取り出し、あとで忘れてしまわないように、聞き取ったバラバラの言葉を書き留めた。

医師として受けた訓練に厳格に従い、再びかがみこんで死体をつぶさに検査し、ワイシャツに小さな裂け目が二つあるのを見つけた。明らかに肺を貫通した弾丸のあとだ。検査を終えると、死体を動かさないようにし、腕時計の時間を確認して、あらためて手帳に書き込んだ。

そうこうしながら、ふと気づいたことがあった。殺されたのはこの男だけか？　家の女中たちはどうしたのか？　電話をかけてきた女中は、生死はともかく、家のどこかにいるはずだ。もしかすると、殺人犯も屋内にまだ潜んでいるかも。

リングウッド医師は、疲れのせいもあって危険を顧みるのも忘れ、家の中を調べることにした。ところが、驚いたことに、ほかに誰もいないと分かった。常軌を逸したところはなにもない。クロークルームの様子から、邸内に住んでいる男は二人と分かった。掛け釘にサイズの違う帽子が二つかかっていたし、使用されているらしい寝室は、二階の使用人部屋を別にして、三つだったからだ。

次は警察に電話しなくては、と医師は思った。こんな事件からはさっさと手を離してしまうのが一番だ。だが、その瞬間、こんな考えが頭をかすめた。些事にこだわる頭の鈍そうな捜査官がいて、リングウッド自身に疑いを抱き、事件がすっかり解決するまで拘留しようとするかも。そうなったらやっかいだ。そのとき、この窮地から逃れる手を思いついた。そういえば、昨夜、インフルエンザにかかった執事の往診に行ったな。診察していたとき、家の主人が来て、執事の容体を訊いてきたぞ。リングウッドは症状を説明して安心させたものだ。

（そいつの名はなんていったかな）リングウッドは記憶をたぐり寄せた。（クリントンなんとか卿とかいったぞ。警察本部長かなにかの大物だった。迷ったら警察へ、だ。きっとぼくのことも憶えているだろう。なかなか目ざとそうな男だった。下っ端警官どもに悩まされるのは避けられるかも。さて、なんて名前だったか？　クリントン……そう、ドリフィールド卿だ。電話してみるか）

自分のいる玄関ホールを見回したが、電話はなかった。「たぶん、死体のある喫煙室に置いてあるだろう」とひとりごちた。

だが、家の中のめぼしい場所を探しても電話機はなかった。

（どうやら電話線を引いてないようだな）と認めざるを得なかった。（だが、そうだとすると、どうもここはシルヴァーデイルの家じゃない。違う家に来てしまったようだ）

そのとき、もう一台の車が霧の中から出てきて、自分の車のそばをすり抜けていったのを思い出した。

「それで分かった」と声に出して言った。「あの車を避けたとき、もう一度歩道のほうに車を寄せる前に、家の正門を一つ見逃してしまったんだ。だとすれば、確かにここは違う家だ。だが、誰の家だろう？」

喫煙室にもう一度入り、なにか手がかりがないか探してみた。書き物机が壁に向けて置いてあったので、歩み寄って便箋入れから紙を一枚とり出した。レターヘッドに探していた情報が載っていた。

〝ウェスターヘイヴン、ローダーデイル・アベニュー二十八番地、アイヴィ・ロッジ〟

「これで分かったぞ」疑問をあっさり解決できて、少し得意になりながらつぶやいた。「ここはシルヴァーデイル家の隣の家なんだ。そっちへ行けば電話をかけられる」

身の証を立てるにも、警察本部長に電話したときに、そこの世帯主の名前を告げて情報をはっきり伝えたほうがいいと思った。机の整理棚をあらためて調べてみると、手紙が一通出てきて、その封筒には〝エドワード・ハッセンディーン様〟と宛て名が書いてある。手紙を元の場所に戻すと、リングウッド医師は、その名前をどこで聞いたか、記憶をたぐり寄せた。さっきのマークフィールドの話はおざなりにしか聞いていなかったし、ぼんやりした記憶を取り戻すのに少し時間を要した。

「ハッセンディーン！　シルヴァーデイルの奥さんにつきまとっている青二才の名前だったな」

彼は大型ソファに横たわる死体に目をやった。

「この若者かも。警察もポケットの中身から突きとめるだろう。それに、家の人間もいずれ帰宅するはずだ。夜だけ出かけているんだろうし、女中もそうだ。家に誰もいないのもそのせいだな」

手帳を取り出し、青年の断片的な言葉を書き留めたメモにさっと目を通した。

「ぼくをつかまえた……うまくいくと……思ったのに……まさかそんな……」

その言葉をもう一度読んでみて、リングウッド医師の頭にひらめくものがあった。尻軽な妻、自堕落な青年、突如浮気に気づいて激怒した夫。どろどろした三角関係の悲劇、というわけだ。どうやらそれで、この不幸な事件もはっきり説明がつく。マークフィールドが勘ぐっていたことも、当たらずといえど遠からずだったわけだ。暴発を招くようななにかが起きたのだ。夫が不倫に気づくきっかけがなんだったのか、リングウッド医師はしばらくぼんやりと考えてみた。

そのとき、医師はまた別のことに気づいた。ハッセンディーンの家人はじき帰宅するだろうし、どのみち、女中がやってくる。警察には早く来てもらうにこしたことはない。それまで、できるだけ現場を乱さないようにしたほうがいい。

リングウッド医師は喫煙室を出ると、ドアに鍵をかけ、キーをはずしてポケットに滑り込ませた。それから、あとで戻ったときに玄関のドアが外から開けられるか確かめた上で、石段を下りて再び霧の中に出ていった。

# 第二章　隣の家

リングウッド医師は私道脇の花壇を頼りに、暗闇の中でも家の正門までたどり着けた。あとは庭の生垣に沿って行くことで、二十六番地の入り口にもすぐに行けた。マッチの明かりで、門柱に〈ヘザーフィールド荘〉という名前があるのが読めたが、ここにも番地ははっきり書いてない。しかし、今度ばかりは間違う余地はなかったし、注意深く私道に入っていくと、玄関ドアの上の照明が霧を通してかすかに輝いて見えた。

私道を進みながら、混乱した状況をあらめたて思い浮かべた。アイヴィ・ロッジで起きた事件のニュースを告げたら、どんな反応が返ってくるかな？　シルヴァーデイル家の女中が気の小さい女だったら、殺人と聞いただけで震え上がってしまい、病人一人とだけ家に置き去りにされるのはいやだと言うかも。そうなるとやっかいだぞ。リングウッド医師は、隣家で起きた事件のことは話さずに、どうでもいい口実を設けて電話を借りるのが一番だと判断した。部屋に自分一人で電話をかければ、なにも気づかれはしまい。それが無理なら、警察と話すあいだ、なにか口実を設けて女中を遠ざければいい。

石段を上がり、呼び鈴のボタンを押した。今度は待たされなかった。ほとんどすぐにドアが開き、料理人らしい中年女性が、霧に包まれた彼の姿をおそるおそる覗いた。知らない相手と見て、ドアをほんのわずか開けただけだ。

「リングウッド先生ですか?」と彼女は訊いた。

彼がうなずくと、震える声で説明をまくし立てはじめた。

「いらっしゃらないかと思いましたわ、先生。病気のイーナと上の階に残されて、二人っきりなんて、荷が重すぎます。最初は頭痛を訴えて、それから気分が悪くなったんです。肌が熱っぽくなって、全身が赤く火照《ほて》ったようになりました。間違いなく病気だと思いますよ、先生」

「診察してみよう」と言って、リングウッド医師は相手を安心させた。「だが、その前に、別の患者に電話しなくちゃならない。もちろん、電話はあるよね? 一分もかからないから。大事なことなんだ」

医師がすぐに患者のところへ行こうとしないのに、女中はまごついたようだったが、電話のあるクロークルームに案内してくれた。リングウッド医師は、電話機に歩み寄る前に、ちょっと立ち止まった。このおどおどした女を声の届かないところに遠ざける口実を考えていたのだ。

「さてと」と彼は言った。「沸かしたお湯と――お湯を入れる小さな水差しがいるな。いつでも使えるように、やかんで湯を沸かしてくれるかい?」

女中が台所に行ったのを見届けると、ドアを閉めて電話をかけた。ホッとしたことに、クリントン・ドリフィールド卿は在宅だった。リングウッド医師は、二分足らずでつないでもらえた。

「医師のリングウッドです、クリントン卿。憶えていらっしゃるでしょうか。執事のかかりつけ医をしている者です」

「また具合の悪いところでも?」警察本部長は問い返した。

「いえ、そうじゃありません。今夜、往診に呼ばれた家にいましてーーローダーデイル・アベニュー二十六番地のヘザーフィールド荘です。カリュー医師の代診医をしているのですが、ウェスターヘイヴンの地理には不案内でしてね。この霧なものですから、違う家に行ってしまってーーこの家の隣です。ローダーデイル・アベニュー二十八番地のアイヴィ・ロッジ、ハッセンディーン氏のお宅です。家は明かりがついていて、車が一台、前に停まっていました。呼び鈴を鳴らしても誰も出ないものですから、妙に思いまして、中に入ってみたんです。家は無人でした。屋内には女中も誰もいなくて。一階の喫煙室で二十二歳くらいの青年を見つけましてね。瀕死の状態だったんです。肺を二発撃たれていて、私が部屋に入ってすぐ、目の前で亡くなりました」

ひと息ついたが、クリントン卿はなにも言わなかったので、リングウッド医師は話を続けた。

「家に電話がなかったので、喫煙室に鍵をかけてから、こっちの家に来たんです。この家に患者がいるんですよ。警察がアイヴィ・ロッジに来てくれるまでにどのくらいかかりますか?」

「私が自分で出向くよ。二十分だ」とクリントン卿は答えた。「たぶん地元の警察も同じ頃に着くでしょう。そっちには私から連絡しておく」

「ありがとうございます。私はこっちの患者を診ることにします。そのあと、アイヴィ・ロッジに戻って、あなたが来るのをお待ちしますよ。家人か女中が帰宅するかもしれないし、誰かが家のほうにいるべきだと思いますので」

「そうですね。すぐに行きますよ。それじゃ」

リングウッド医師は腕時計を見て、十時二十分だと気づいた。

(この霧で道に迷わないかぎり、十一時十五分前ぐらいには来てくれるはずだ)

クロークルームを出て、そばの居間に入ると、呼び鈴を鳴らして女中を呼び出した。

「あと一、二分でお湯が沸きますわ、先生」彼女はうしろの部屋から出てきながら告げた。「イーナを診る前にお使いになります？　それとも、私が持って上がりましょうか？」

「使わずにすむかもしれない。案内してくれるかい」

彼女は患者の部屋に案内し、診察のあいだ外で待っていた。

「なんの病気ですの、先生？」彼が出てくると女中は尋ねた。

「猩紅熱だな。かなり重症だよ。すぐに入院させなくては。もっとも、こんな夜では、救急車もこの家にすぐ来てくれるかあやしいが。ところで、君は猩紅熱にかかったことは？」

「はい、先生。子どもの頃にかかったことが」

リングウッド医師は、その話を聞いて満足げにうなずいた。

「じゃあ、君がうつされる心配はそんなにないな。それなら、ことは簡単だ。救急車が道に迷うといけないし、今夜は彼女を移送しないほうがいい。君がしばらく看病してくれれば、なんとかなるよ」

女中はこの提案を聞いて、決して嬉しくはなさそうだった。リングウッド医師はこのやっかいな状況から逃れる道を探った。

「今夜はこの家には誰もいないのかい？」

「おりません。シルヴァーデイル様は、昼食時に出られてから戻っていませんし、奥様も夕食後すぐにお出かけになりました」

「夫人はいつ戻るんだろう？」

「遅くはならないでしょう。ハッセンディーンさんが夕食をご一緒するのに来られて、そのあと、お二人ともあの方の車で出かけられたんです。〈アルハンブラ〉にダンスをしに行かれたんだと思います」

リングウッド医師はハッセンディーンの名前を聞き、思わず反応しそうになるのを抑えた。

（迷ったときは、医者の切り札を使え）とすぐさま心の内で判断したが、顔にはおくびにも出さなかった。警察の来訪を受けて仰天する前に、まだ女中から引き出せる情報もあるだろう。もう一度女中のほうを向きながら、いかにも疑わしげな様子を装った。

「シルヴァーデイル夫人は昼間に患者の女中とよく接していたかな？」

「いえ、ほとんど接してませんわ」

「ほう！　シルヴァーデイル夫人が夕食をとられたのはいつだい？」

「七時半です」

「そのハッセンディーン氏は、夕食のずいぶん前から来てたのかな？」

「いいえ。七時半の数分ほど前に来られました」

「夕食の前、二人はどこに？」

「客間です」

「患者の女中は、昼間、その部屋に入った？」

「拭き掃除をしただけですわ。のどが痛くて、かげんが悪いと言ってましたから、しんどいことはやらなかったんです」

リングウッド医師は不安を拭い切れないみたいに首を横に振ってみせた。

「それから、シルヴァーデイル夫人とハッセンディーン氏が夕食をとりに、食堂に入ったわけだね？

彼女は夕食の給仕をしたのかな?」

「いえ。その頃にはもう気分が悪くなってましたので、私がベッドに連れて行きました。夕食の給仕をしたのは私ですわ」

「彼女は料理とかには触れてないんだね?」

「触れてません」

「夕食が終わるとすぐ、シルヴァーデイル夫人とハッセンディーン氏は出かけたのかい?」

女中は一瞬答えをためらった。

「はい。ただ――」

リングウッド医師は顔をこわばらせた。

「あったことを正確に話してくれ。猩紅熱の症状は誰にもはっきりしたことが言えないんだから」

「分かりました。ちょうどコーヒーをお入れするときに、ハッセンディーンさんがこうおっしゃいました。『コーヒーは客間でいただこうよ、イヴォンヌ。この部屋はちょっと寒いから』とかなんとか。ともかく、食堂でコーヒーを飲みたくないようでしたわ。それからコーヒーを入れに行きました。お持ちしましたら、お二人とも、客間の暖炉のそばに座っておられました。トレイをお渡ししようとすると、ハッセンディーンさんが『そこのテーブルに置いてくれ』とおっしゃいました。言われたとおりにしてから、食堂のテーブルを片づけに行きました」

「今朝、客間を掃除したのは、患者だったたね」リングウッド医師は考え込むように言った。「ハッセンディーン氏は、夕食のあと、客間に長くはいなかったんだね?」

「はい。お二人とも、コーヒーにそう時間はかけませんでしたわ」

リングウッド医師はいかにも事情を斟酌している顔をし、なにか難しい問題を考えているような顔をすると、再び話しはじめた。

「シルヴァーデイル夫人は、昼間、気分が悪そうだったかい？」

「いえ。でも、そう言われてみますと、お出かけになる前、いつもとなにか様子が違っていました」

「ほう？　そんなことじゃないかと思った。正確に話してくれるかな？」リングウッド医師はそう問いただしたが、本音は見せまいと努めていた。

「そうですね。はっきりとは言いにくいですけど。客間から出てこられると、外套を取りに二階に上がっていかれました。降りてらっしゃったとき、私は台所にお皿を下げる途中で、玄関ホールですれ違いました。先生に言われてみると、なんだかめまいを感じておられる様子でしたね」

「めまいだって？」

「目つきが変でしたの。うまく説明できませんけど。すれ違ったときも、私に気づいておられないような感じで」

リングウッド医師の表情は、次第に険しくなった。「シルヴァーデイル夫人も感染したおそれがあるな。ハッセンディーン氏はどうだった？」

女中はちょっと考えてから答えた。「ハッセンディーンさんには特に変わったところはありませんでした。ちょっとそわそわと――緊張した様子はありましたけど。でも、先生にそう訊かれなければ、私も別に気にも留めませんでしたわ」

リングウッド医師はもっともだという仕草を見せながら、心の内では、素人が病気に無知なのをありがたいと思っていた。

「そのあと、二人連れだって出かけたわけだね？」

「はい。ハッセンディーンさんが奥様から外套を受け取って、肩にかけて差し上げました。それから、奥様の腕をとって、車までお連れしました。車は家の前に停めてありましたわ」

「ほう！　患者の女中は、今日は外套に手を触れていないんだね？」

「ええ、もちろん。そりゃ、奥様の部屋には入ったでしょうけど、外套に触る理由などありませんもの」

リングウッド医師はなにか思い出そうと努めているふりをした。

「ハッセンディーンか！　そいつのことなら知ってるぞ。私くらいの身長で、ブロンドの髪に、小さな口髭をたくわえてるんじゃないか？」

「そうです。その人ですわ」

リングウッド医師の推測は裏付けられた。隣家の死体はハッセンディーン君なのだ。

「さて」と彼は言った。「一時間ほどあとに、またここに戻ってくるよ。二階の患者の容体をもう一度診たいんでね。シルヴァーデイル夫人もその頃には戻ってきてるかな？」

「十一時半頃ですわね？　いえ、きっとまだ戻ってませんわ。いつも深夜過ぎまで外出しておられますから」

「それなら、君には起きて待っていてもらいたい。十二時になっても私が戻ってこなかったら、就寝してもらっていいよ。だが——いや、もしかまわなければ、シルヴァーデイル夫人が帰宅されるまで起きていてもらおうか。患者を世話する者もいないままにしてはおけないからね。夜になると熱で少し頭がくらくらするかもしれん。君には大変だろうが、できるだけのことをしてやってほしいんだ」

「分かりました。先生がそうおっしゃるのでしたら」

「ご主人のシルヴァーデイル氏も戻られるだろうね。いつも遅いのかい？」

「旦那様のことはなんとも言えませんわ。夕食に戻ってきて、書斎で遅くまで仕事してらっしゃる日もあります。朝食をすませると出かけて、遅くまで戻ってこられない日もありますし。五分後に戻ってこられるかもしれないし、夜の二時にならないと帰宅されないかもしれません」

リングウッド医師は得られそうな情報はすべて引き出したと思った。患者が危ない状態になった場合の対処法を女中に指示すると、腕時計を見てから外に出た。

玄関の石段を降りながら、霧の晴れる様子がないのに気づき、相変わらず気をつけて進む必要があった。女中に質問して成果を得られたことは、まんざらでもなかった。ハッセンディーン君は確かに、もともと約束した上でシルヴァーデイルの妻と会っていたのだ。夕食を一緒にとり、霧の中を出かけた。女中の説明からすると、二人とも明らかに、家を出るときはなにか様子がおかしかったわけだ。「なんだかめまい」がして「ちょっとそわそわと――緊張」していたか。そんな表現を思い出しながら、言葉の曖昧さにややもどかしさを感じた。

おそらく、ダンスホールには行かずに、アイヴィ・ロッジに車を乗り入れただけだったのだ。ハッセンディーン君は、その時間、家に誰もいないのが分かっていた。そこでなにかが起きた。夫人のほうは自分で出て行ったか、連れ去られるなりして、青年は瀕死のまま置き去りにされたわけだ。だが、イヴォンヌ・シルヴァーデイルはどこに消えたのか？

リングウッド医師は、アイヴィ・ロッジのドアを開け、ポケットから喫煙室のキーを取り出した。家の中は、彼が出ていったときと同様、静まりかえっていた。明らかに誰も戻っていない。

# 第三章　アイヴィ・ロッジのクリントン卿

リングウッド医師は、喫煙室のドアを開け放したままにし、誰かが家に入ってきたら物音が聞こえるようにした。ハッセンディーン君の死体をもう一度ざっと検査したが、物の位置を動かさないよう気をつけたこともあり、最初に検査した時以上のことは出てこなかった。警察が現場に来るまでにすべきことはもうない。快適そうな椅子を選んで腰をおろし、時の許すかぎり息抜きをした。

隣家の患者のことが少し気にはなった。霧があろうとなかろうと、女中はすぐ病院に搬送すべきだったかもしれない。夜中に熱に浮かされるようになったらやっかいだ。彼の思考は、そこから、ほかの気にかかる患者たちのことに移っていった。インフルエンザの流行のせいで、カリューから引き継いだ診療業務は、代診医を引き受けたときに思っていたほど、軽く穏やかで単調な仕事ではなくなっていた。

なにやらとりとめもない連想で、またもや、さっき経験した出来事に思考が戻っていった。死は医者にとっては日常茶飯の出来事だが、殺人までは想定外だ。これまでは少なくとも殺人事件だと決めてかかっていたが、自殺の可能性もある。銃が見当たらなかったのを思い出し、ふと、凶器がないか、部屋を調べてみようかとも思った。ところが、そんな興味よりも疲労のほうがまさってしまい、この企てはやめることにした。どのみち警察が来れば、そんなことは彼らの仕事になるのだし、自分の知ったことではない。

とはいえ、事件のことは頭から振り払えなかったし、思わず知らず、なにが起きたのかを考えはじめていた。夕食のあとに、ハッセンディーン君とシルヴァーデイル夫人がアイヴィ・ロッジにそのまま車で移動したとしよう。それなら、玄関前に無人の車があったことも説明がつく。そのあと、彼らは家の中に入った。ドアには鍵がかかっていなかったし、誰でも入れたわけだな。そこがどうもおかしな点だ。状況からすれば、この家に来たお目当ては一つしか考えられないが、それなら、邪魔者が入らないように玄関の鍵をかけるくらいの用心はしたはずだ。だが、もし鍵をかけたのなら、シルヴァーデイルはどうやって中に入ったのか？　隣の家の鍵など持っているはずがあるまい。

シルヴァーデイルは鍵のかかっていない窓から入ったのかも、とリングウッド医師は思いついた。喫煙室の窓からなにかを見たので、コソ泥のように屋内に入ったのかも。だが、カーテンはみなしっかりと引いてあった。外からは見ようと思っても見えなかったはずだ。ということは、むろん、シルヴァーデイルが殺意に目覚めたのは、妻の不義を偶然見つけたからではないことになる。すでに疑惑を抱いて、不義密通の二人を意図的につけていたわけだ。

リングウッド医師は不本意ながらも、ついつい心の中で、その夜の出来事を再現しようと試みた。どう入ったかはともかく、家に侵入したのはシルヴァーデイルだと仮定しよう。彼が現れたことに二人は驚愕したはずだ。事の結末がハッセンディーン君の射殺だったわけだ。だが、イヴォンヌ・シルヴァーデイルと夫がその後どうなったかは相変わらず分からない。お次は妻だとシルヴァーデイルが銃口を向ける前に、夫人は夜陰に逃れたのだろうか？　それとも、夫が妻を無理やり連れ去ったのか――だが、どこへ？　それが事実としたら、なぜシルヴァーデイルはドアに鍵をかけておかなかったのか？　事件の全容を明らかにしたと言えるためには、説明を要することがまだまだあるようだ。まあ、それは警察の仕事だが。

こうして続いた思索も、玄関に響く足音のせいで突如破られた。はっと気をとり直し、椅子から立ち上がった。部屋から出ようとすると、ドアのほうが開いた。クリントン・ドリフィールド卿が同行者を一人連れて部屋に入ってきた。

「こんばんは、リングウッド先生」警察本部長が挨拶した。「なんとかお約束の時間に着けたようですな。このひどい霧のせいで苦労しましたがね」

彼は連れを紹介した。

「こちらはフランボロー警部ですよ、先生。この事件の担当です。ここでは、私はあくまで観察者に徹しますので。先生からお聞きした情報はみな伝えてありますよ。もちろん、警部としても、もっと細かい情報を聞かせてもらうことになるでしょうがね」

クリントン卿がそう言うと、フランボロー警部は歯ブラシみたいな口髭の下でにやりと口を弓なりにさせた。親しみを込めたのかなんなのか、得体の知れない笑みだ。警部は、医師とお近づきになろうとしながらも、警察本部長の発言になにか遠回しなジョークでも潜んでいるのではと忖度しているみたいだった。

「あなたが医者でよかったですよ。死は、医者にも警察にも日常茶飯事ですからね。どちらも、死に直面して動揺したりしないというわけです。こんな事件の証人たちは、たいていショックで混乱してしまって、筋の通った話を引きだすのが難しいものです。医者はそこが違いますよ」

リングウッド医師はお世辞を真に受けるたちではなかったが、警部がおそらく心底からそう言っていると感じた。彼らは三人とも死の専門家であり、お互いに儀礼的なお悔やみで時間を無駄にする必要はなかったのだ。三人とも、その夜まで死者と会ったこともなかったし、死者に対して感傷的になる理由もなかった。

「お座りください、先生」クリントン卿は医師の表情をちらりとうかがって言った。「かなりお疲れのようですね。このところのインフルエンザの流行のせいで振り回されているんでしょうな」

リングウッド医師は遠慮なしにすぐさま座った。クリントン卿も続いて座ったが、警部は、質問にとりかかろうと、ポケットから手帳を引っ張り出した。

「さて、先生」と軽やかな口調ではじめた。「最初からいきましょう。この件に関わるようになった経緯から説明をお願いします。時間も正確なところをお教えいただければ、大変助かります」

リングウッド医師はうなずいたが、返答する前にちょっとためらいを見せた。

「最初に一つだけはっきりさせておいたほうが説明しやすいでしょう。死体は、この家の住人のハッセンディーン君だと思いますが、死体をつぶさに検査したわけではありません——警察が来るまではみだりに動かさぬほうがいいと思ったからです。死体がハッセンディーン君だとすれば、ほかのいろんなことも符合するんですよ。できればご自身で検分いただいて、身元を確かめてもらえればと思います」

警部は上司と目配せを交わした。

「そうさせていただきましょう」と警部は答えた。

警部は部屋を横切り、大型ソファのそばにひざまずき、死体の衣服のポケットを探りはじめた。最初に探った二つのポケットからは身元確認の手がかりは出てこなかったが、夜会服のチョッキのポケットから小さな紙片を取り出した。

「〈アルハンブラ〉の定期入場券ですね」警部はちらりと見て言った。「おっしゃるとおりですよ、先生。ここに署名があります。ロナルド・ハッセンディーンとね」

「だと思いましたよ」とリングウッド医師は言った。「でも、はっきりさせたかったんです」

警部は立ち上がり、暖炉の前に戻った。

「さて、それでは、先生ご自身の話を聞かせていただきましょう。とにかくはっきりさせたいんです。つまり、目撃したとおりに話していただいて、付け加えたいことがあれば、その旨教えてください」

リングウッド医師は記憶を新たにし、順序正しく知っている事実を説明した。体の疲れにもめげず、その夜の出来事を順序に即してまとめ、ツボを押さえて説明することができた。話が警察の到着したところまできて、医師は説明を終えた。話が終わると、警部は手帳を閉じ、納得したようにうなずいた。

「実に役に立つ情報ですな、先生。先生のご支援をいただけて助かりました。先生のお話には、ほかの人から引き出そうと思ったら、もっと手間がかかった情報だってありましたから」

クリントン卿は医師にそのまま座っているよう身ぶりで勧めながら、自分は立ち上がった。

「当然ではありますが、先生」と指摘した。「先生のお話は、『一兵卒の証言』のようなものでしてね――直接証拠とはいえません。先生が話を訊いた人たちから、我々自身、もう一度聴取して確かめなくてはなりません。つまり、マークフィールド博士と隣家の女中です。ただの手順ですよ。むろん、先生のお話を疑っているわけではありませんから」

リングウッド医師は少し苦笑しながらうなずいた。

「私だって、患者の症状は自分で直接診察したいと思いますよ」と言った。「人からの伝聞というものは、どうしても少し歪んで伝わるものです。それに、お話ししたことには、ただのゴシップにすぎないことだってあるでしょう。ゴシップだって知っておくべきでしょうが、もちろん、そんなものがどこまで正確かは私にも保証できませんよ」

警部は医師のこの見解に、もっともだとばかりに微笑んだ。

「さて」と警部はクリントン卿のほうを見ながら言った。「この現場を検証して、なにか見つからないか、確かめたほうがよさそうですね」

彼はその言葉どおりに行動し、部屋を徹底的に調べはじめ、時おり、あとの二人に分かるように、口に出して状況を説明した。

「ここに銃はありません。どこかに隠したのなら別ですが」としばらくして言った。「殺人犯が持ち去ったんですよ」

クリントン卿は謎めかすような表情を浮かべた。

「一つ提案するがね、警部、事実と推論はきちんと分けるべきだと思う。我々にはっきり分かっているのは、今のところ銃は見つかっていないということだ」

フランボローはにやりとしたが、どうやら警察本部長の警句をなんとも思っていないようだった。

「分かりました。『単数または複数の銃は発見されず』ということですね。メモしておきます」

警部は手と膝をついてカーペットを調べはじめた。

「新たな発見がありましたよ」と言った。「カーペットの色が黒っぽいので気づきませんでした。模様のせいもあって分からなかったんですよ。でも、ほら、ご覧ください」

ドア近くのカーペットの繊維に人差し指を押しつけ、見てもらうために差し出すと、不気味な赤色に染まっていた。

「血痕ですよ。それもかなりの大きさだ！　このあたりにもっとあるかも」

「うん」とクリントン卿は穏やかに言った。「家に入ってきたときに、玄関ホールのカーペットにもあるのに気づいたよ。玄関からこの部屋まで続いているね。君は気づかなかったかもしれないが、目立たないからね」

警部は少ししょげたようだった。

「さすが目の利く方ですね。私は気づきませんでしたよ」

「ほかを調べる前に、この部屋の調査をすませてしまおう。窓はみな閉まってるね？」と警察本部長は訊いた。

フランボローは窓を調べ、すべて留め金がかかっていると報告すると、部屋のあちこちを探るように見回した。

「弾痕を探しているのかい？」とクリントン卿は訊いた。「けっこうだ。だが、見つかるまい」

「その点、はっきりさせておきたいんですよ」

「私もだよ、警部。きっとリングウッド先生もそうだろう。まあ、一点だけ確かなことがある。今夜、この部屋で二発撃たれたとして、窓もみな現状のまま閉じていたのだとすれば、部屋に入ったときに硝煙の臭いがしたはずだ。でも、しなかったね。つまり、この部屋で撃ったのではないのさ。だから、弾痕を探しても無駄ということだ。この推論に納得がいくかね、警部？」

フランボローは無念さを身振りで表した。

「おっしゃるとおりです」と認めた。「気づくべきでした」

「では、この部屋に関するかぎり、重要なポイントは把握したわけだ」クリントン卿は警部の悔しそうな様子など気にも留めずに言った。「先生、死体を検査して、肺を撃たれたという所見が正しいか、確かめていただけますか？」

リングウッド医師はうなずき、死体に歩み寄って、ハッセンディーン君の死体を綿密に検査していった。ほんの数分で、傷は胸の銃創しかないことが確かめられた。医師は初見の診断が正しかったことに納得すると、警察本部長のほうを向いた。

「もちろん、検死解剖をしないと確実なことは言えませんが、銃弾が入った箇所からすると、銃弾が左の肺を傷つけたのは明らかです。外出血はほとんどないようですし、肋間の動脈の一つを傷つけたように見えますね。相当な内出血をしているはずです。たぶん、検死解剖ではっきりするでしょう」

クリントン卿は文句なしにこの判断を受け入れた。

「君はどう思う、警部？」フランボローのほうを向きながら言った。

「そうですね。こうした小口径の銃では、推測以上のことは言いにくいですが。見たかぎりじゃ、銃はかなり至近距離で発射されたようですな。傷のあたりのワイシャツに、焦げて変色したような箇所があります。血のせいではっきり分かりませんが。もっときちんと調べてみるまでは、これが言える精いっぱいのところです」

クリントン卿は医師のほうを向いた。

「肺の傷が死因だとすると、実際に撃たれてから死ぬまでの時間は流動的でしょうね。つまり、こんな傷でも、かなりの時間生き延びて、場合によっては撃たれたあとでもある程度動くこともできたということですが」

リングウッド医師はすぐさまこの意見に同意した。

「一、二時間――場合によっては何日も生存することもあり得るでしょう。もちろん、すぐに絶命することもあり得ます。肺の傷となると、確実なことは言えませんね」

クリントン卿はこの意見を反芻しているようだった。すると、ドアのほうに歩み寄った。

「じゃあ、血痕をたどってみよう。明かりを消して、ドアに鍵をかけてくれたまえ、警部。誰かこの部屋にうっかり入って仰天したりしないようにね」

彼らが玄関ホールに出ると、クリントン卿はさっき気づいたカーペットの血痕に警部の注意を促した。

「さて、外の車を見てみようか」と彼は言った。

警部は、玄関の石段を降りながら、懐中電灯をポケットから取り出し、スイッチを入れた。光は霧を照らすばかりだった。車も、そばまできてやっとまともに姿が見えた。警部は身をかがめ、運転席を指でこすると、懐中電灯の光で手を確かめた。

「ここにも血が付いていますね」と言った。

指先の血を拭いとると、同じやり方でほかの座席も調べたが、結果は得られなかった。運転席のドアのステップに一、二箇所、血痕があったのを別にすれば、ほかはきれいだった。フランボロー警部は身を起こし、クリントン卿のほうを向いた。

「自分で車を運転して家に戻ってきたようですね。運転していたのがほかの人間なら、血痕は運転席ではなく、ほかの座席に付いていたはずですから」

クリントン卿は身ぶりで同意を示した。

「あり得ますか、先生？　肺に傷があっても、まだ身動きできたなんてことが？」

リングウッド医師はかぶりを振った。

「傷の性質によりけりですね。一見したかぎりでは、否定する根拠はないですよ。車の運転は、体の筋肉にそれほど大きな負担をかけるわけではないですから」

クリントン卿はサイドランプの光を頼りに車の外側をざっと眺めまわした。

「オースティンだな。ということは、おそらくこんな夜でも、セルフスターターでエンジンを始動できたわけだ。クランクを回して発進させなくてもよかったんだ。運転手にはなんの苦労もなかっただろう」

警部は地面を調べた。

「かなり凍てついてますね」と言った。「こんな夜に車の走路を追跡するのは無理でしょう。いくら町なかを通った痕跡をしらみつぶしにたどってみてもね。そっちの筋は行き詰まりです」

「車番を控えておいたほうがいい、警部。気づいた警官がいるかもしれない。こんな夜では、その可能性はきわめて低いけどね」

フランボローは車のうしろにまわってナンバープレートを見ると、手帳に車番を書き留めながら声に出して言った。

「〝GX6061〟です」

また前のほうに戻ると、懐中電灯で車内をくまなく調べた。

「足元に女性用のハンカチが落ちています」助手席の下を覗きながら言った。それから、ハンカチをサイドランプの光に裏表とかざしながら言った。

「〝Y・S〟と隅に刺繡してあります。イヴォンヌ・シルヴァーデイルのイニシャルでしょうね。これだけじゃたいしたことは分かりません。ハッセンディーン君と一緒に出かけたのはこの車だったということだけです。ほかを探せば、もっと見込みのある証拠が見つかるかも」

「君が気づいたのはそれだけかい？」とクリントン卿は問いただした。

「そうです」

警察本部長が次の言葉を発する前に、二人の人間の姿が霧の中からぼんやり現れてきた。甲高いすっとんきょうな女の声が、車のまわりにいた彼らにも聞こえた。クリントン卿はリングウッド医師の腕をつかみ、急いで耳元にささやいた。

「女中たちが家に戻ってきたんです。ハッセンディーン君が事故に遭って、家に運び込まれたと話してください。医師だと明かしてね。彼らにヒステリーを起してほしくない」

リングウッド医師は、霧の中のぼんやりした姿に近づいていった。

「医師のリングウッドです」と自己紹介した。「女中さんたちですね？　どうかお静かに願います。ハッセンディーン君が大変な事故に遭いましてね。安静にしていなきゃならんのです。玄関に入って右側の部屋にいますよ。ですので、家の中で騒がないでほしいんです。そのまま寝室に行かれてください」

すぐさまささやきあう声がし、女中の一人が尋ねた。

「自動車事故ですの？」

リングウッド医師は詳細に立ち入らないように気をつけ、うしろの窓のほうを身ぶりで示した。

「大声を出さないでください。ハッセンディーン君は絶対安静なんです。できればそのまま寝室に行っていただいて、静粛にお願いします。ところで、ご家族の方はいつ帰宅されるんでしょう?」

「ブリッジをしに出かけましたわ」さっきしゃべった女中が言った。「いつもなら十一時半頃に帰宅なさいますけど」

「ありがとう。それまで待ちますよ」

そう告げると、もう一人の女中が大胆に前に進み出て、車のランプの光でぼんやりと見える医師を疑わしそうに見つめた。

「失礼ですけど」と彼女はあえて言った。「お話が事実だとどうして分かるのかしら?」

「つまり、私がコソ泥だとでも?」リングウッド医師は、ぐっとこらえながら答えた。「なるほど。ここにフランボロー警部がいますよ。彼の存在が十分な保証というものでしょう」

女中はフランボローの姿を確かめてほっとした。

「あら、そういうことね。フランボロー警部でしたら、警察の競技大会でお姿を見ました。確かに警部さんですわね。疑ったりしてごめんなさい――」

「いいんですよ」リングウッド医師は相手を安心させた。「さあ、寝室に行ってください。患者を気遣ってあげなくては」

「ひどい事故だったんですの?」

「重傷でしょうね。とまれ、お話ししても治療にはなりませんから」

リングウッド医師も女中のしつこさに少ししびれを切らしつつあった。しかし、女中は意を察して、仲間と一緒に家に向かっていった。フランボロー警部は、ドアの前で二人を身ぶりで押しとどめた。

「それはそうと、ハッセンディーン君が今夜外出したのはいつかね？」と問いただした。

「分かりませんわ。私たちは七時に出かけました。ハッセンディーン様と妹さんは、そのときちょうどお出かけになるところでした――夕食に出られたんです。確か、ロナルド様は身支度をなさってました。あの方も夕食に出かけるおつもりだったんです」

フランボローは二人を解放し、女中たちは玄関ホールに消えた。クリントン卿は、二人の姿が見えなくなって十分な間をおいてから、次の行動に移った。警部は手帳にメモを書くのに集中していた。

「もう一度家の中に戻ろう」と警察本部長は言った。「入ったらドアをしっかり閉めてくれ、警部。家族が戻ってきたら、分かるようにしておいたほうがいいだろう」

卿は石段を上がって玄関ホールに入り、手当たり次第にドアを一つ二つ開けると、客間を選んで中に入った。埋み火が暖炉に燃えていた。

「この部屋で待ったほうがいい。そう待たずにすみそうだしね。お座りください、先生」

リングウッド医師の表情に気づくと、話を続けた。

「お引き留めして申し訳ありませんな、先生。しかし、先生にはいてほしいんですよ。ハッセンディーン氏と妹さんが戻ってくるまではね。なにが起こるか分かりませんし。医学上の確認が必要な話だって出てくるかも。先生が居合わせたのはまさに僥倖ですし、お差支えないかぎりは、是非いていただきたいんですよ」

リングウッド医師は不本意ながらも快諾してみせたが、ベッドにもぐりこめないのが内心恨めしかった。

「けっきょく一日仕事ですよ」と言った。「隣家の猩紅熱患者のこともちょっと心配ですし。帰る前に診察に行かなくては」

「我々も行きますよ」とクリントン卿は言った。「この家の住人から証言を得たら、電話して死体を安置所に運んでもらわないと。隣の家なら電話があるとのことでしたね？」

「ええ。私も、そこからあなたに電話したんです。ハッセンディーン家には電話がないもので」

「じゃあ、先生と一緒に行きましょう……。おや！　ドアの呼び鈴が鳴ったよ、警部。出てくれるかね。中にお通ししてくれ」

　フランボローは部屋からあたふたと出ていった。ひそひそ声の話が驚きと恐怖の叫び声で途切れる様子が聞こえてきた。それから、警部がハッセンディーン氏と妹を客間に案内してきた。リングウッド医師は、二人にあまりよい第一印象を持たなかった。ハッセンディーン氏は、赤ら顔で白髪、七十歳くらい。なにやらがなり散らすような話し方をする男だ。妹のほうは、五歳ほど年下で、流行をまねて、二十歳くらい若づくりの服を着ていた。

「なんだ？　どういうことだ？」ハッセンディーン氏は部屋に入るなり問いただした。「なにっ！　甥が撃たれただと？　なにが起きたんだ？」

「それは我々も知りたいんですよ」フランボロー警部の穏やかな声が、老人の滔々とまくし立てる言葉に割って入った。「あなたがこの事件になにか手がかりを与えていただけるのではと思ってるんですがね」

「わしが？」ハッセンディーン氏は、どうやら声に緊張感をみなぎらせることで、警部の示唆に対する自分の気持ちを伝えようとむなしく試みた。「わしは警察官じゃないぞ、君。引退した乾物商だ。おいおい、わしがシャーロック・ホームズに見えるかね？」

彼は一瞬なにを言っていいか分からなくなったらしく、口をつぐんだ。

「なあ、君」と話を続けた。「帰宅すると君らが家にのさばっていて、甥が撃たれたという。あいつは確かにごくつぶしだ。だが、そんなことはどうでもいい。わしは誰が撃ったのか知りたい。まったく単純な質問だろう。その質問に答えもせず、君はずうずうしく自分の好きなように仕事させろと言っておるわけだ！　なんのために警察の仕事に税金を払ってると思っとるんだ！　それに、客間にいるこの連中は何者だ？　なんでまたこの家にいるのかね？」

「こちらはクリントン・ドリフィールド卿、それにリングウッド医師です」警部はすらすらと答え、ハッセンディーン氏のほかの発言はあっさり無視した。

「ほう！　あなたの噂なら聞いたことがありますな、クリントン卿」ハッセンディーン氏はぶしつけな態度をやわらげながら言った。「で、どういうことですかな？」

「我々はいささか困った状況にあるのです、ハッセンディーンさん」クリントン卿はなだめるように言った。「だが、これもどうしようもないことでしてね。お気持ちはよく分かりますよ。帰宅したらこんなありさまでは、さぞ驚かれたことでしょう。しかし、是非とも情報提供にご協力いただきたいのですよ――甥御さんを撃ったやつを追跡するのに役立つ情報であれば、どんなことでもです。今こそあなたのご助力が必要なのです。時が経つごとに犯人を捕まえるのが難しくなりますのでね。知らず知らずに、あなたは重要な手がかりを握っておられるかもしれないのですよ」

その言葉よりも、態度のおかげで、警察本部長はこの老人をなだめるのに成功した。

「ふむ、そう言われては仕方ありませんな」彼は荒々しい語調を少しばかりやわらげて譲歩した。

「ご質問をどうぞ。できるかぎりお答えしましょう」

リングウッド医師はこの態度の変化を観察しながら、俗物を扱うには肩書きがものを言うんだな、と内心苦笑していた。

（この頑固おやじは、警部にはあたまっから無礼にふるまったくせに、まったく同じ質問をクリントン・ドリフィールド卿がすると、実に愛想がいいわけだ）と思った。（なんて野郎だ！）

警察本部長は尋問をはじめるにあたって、すでにある程度の情報を得ていることを悟られないよう気をつけた。

「そもそもの始まりからお訊きしたほうがいいでしょうね、ハッセンディーンさん」いかにも貴重な協力者に相談しているような雰囲気で言った。「甥御さんの今夜の予定のことはなにかご存じですか？　家にいる予定だったのか、それとも、出かける予定だったのか、ご存じでしょうか？」

「隣の尻軽女のところへ夕食に出かけるとか言っておったな」

クリントン卿がにやりとしたのを見て、ハッセンディーンのおやじはすっかり気を許した。

「もう少しはっきりおっしゃっていただけますか。近頃は尻軽女が多いもので」

「いやまったく！　まさにそのとおり。ごもっともですな。わしの言っとるのは、隣のフランス女のことさ。名前はシルヴァーデイル。甥はいつも、あの女のスカートにまとわりついとったよ。あの女には気をつけろと口を酸っぱくして言っといたんだが」

「私には分かってたのよ！　いまになにか起こるって」ミス・ハッセンディーンは、予言が実現したカサンドラ（予言能力を持つが、誰にも信じてもらえないギリシア神話の登場人物）のような口ぶりで宣言した。「ほうら、言ったとおりになったでしょ」

クリントン卿は話を本筋に戻した。

「甥御さんが今晩、隣の家に行くと思っておられたわけですか?」

ミス・ハッセンディーンは、兄が答える前に口をはさんだ。

「あの女と一緒に〈アルハンブラ〉にダンスをしに行くと言ってたわ。憶えてるのよ。だって、私が今夜どこに行くのか訊いてきたものだから。あの子がそんなの気にするのはめったにないことだもの」

「金の無駄遣いだな、まったく!」兄のほうは腹立たしそうに言い捨てた。

「すると、無駄遣いするほどのお金があったんですな?」クリントン卿はさりげなく訊いた。「若いのに、恵まれてますな」

その言葉は、なにやら気に食わぬことを老人に思い出させたようだ。

「そう、あいつには年五百ポンドほどの実入りがあった。独身の若者にしちゃ、けっこうな収入さ。わしはあいつの財産受託者なんですよ。四半期ごとに金を払ってやり、あいつがそれで宝石だのなんだのを買って、隣のアマっ子に貢いでやるのを黙って見てなくちゃならなかった。わしは金持ちじゃありません。もちろん、わしならもっとましな使い方をしたでしょう。だが、わしにはあいつを抑えることはできなかった。大事な金がドブに投げ捨てられるのを、黙って見てるしかなかったんだ」

リングウッド医師は、乾物屋の衷心からの告白に思わず笑みを漏らしそうになり、悟られまいと横を向いた。

「そうすると、その金は今、誰のものになったわけですか?」とクリントン卿は尋ねた。

「わしですよ。わしならもっとましなことに使う」

クリントン卿は、この意見にもっともだとうなずいてみせると、次の質問をする前にちょっと考え込んだ。

「甥御さんに恨みを持つ者に思い当たる節はありませんか?」

老人はちらりと目を上げ、この質問に疑わしげな様子を見せた。だが、妹のほうはさほど気にかけなかったらしく、代わりに答えを返した。

「ロナルドには、火遊びはいい加減になさいと何度も注意したのよ。ご亭主のシルヴァーデイルさんは表立っては怒ってなかったけれど……」

彼女は言葉を途切らせた。クリントン卿は彼女が期待したほど興味を示さず、その説明になんの感想も口にしなかった。

「すると、ハッセンディーンさん、お話しいただいたこと以外には、この事件に思い当たる節はないというわけですな?」

老人はたっぷり情報を提供したつもりだったらしく、どっちつかずの身振りで反応しただけだった。

「ご協力に感謝します」クリントン卿は話を続けた。「むろん、お分かりとは思いますが、いくつか必要な手続きがあります。遺体は搬送して検死解剖を行わなくてはなりません。フランボロー警部が甥御さんの書類に目を通して、事件の手がかりがないか調べることになります。ご異議がなければ、すぐにも調べさせたいのですが」

ハッセンディーンはそう聞いてたじろいだ。

「必要なのかね?」

「残念ですが」

この判断に、老人の顔には不安の色がよぎった。

「できればご勘弁願いたいですな」と口ごもりながら言った。「法廷で使うんじゃないでしょうな？それは困る。実を言いますと」とぶちまけるように言った。「わしらは折り合いがよくなかった。あいつとわしだがな。たぶん、あいつのことだから、わしのことをいろいろ言って――つまり、書いているだろうし、そんなのが新聞などに載せられては困る。あいつは見下げ果てたやつだったし、わしもそうはっきり言ってやったものだ。あいつの父親の遺言で、二十五になるまでわしの家に住むことになったし、そのせいでわしの生活もかきまわされました。つけていた日記にもわしの悪口を書いているでしょう」

「その日記のことはメモしておいてくれ、警部」クリントン卿は、フランボローならいかにも分別をわきまえていると言わんばかりの口調で言った。「そんなにご心配なさることはありませんよ、ハッセンディーンさん。事件に直接かかわりがないかぎり、日記の内容が表に出ることはありません。お約束しますよ」

乾物屋はそれが最後通牒だと気づいたが、なかなか鷹揚には受け入れられなかった。

「好きになさるがいい」としぶしぶ認めた。

クリントン卿はこうしてまた不機嫌さがぶり返したのも無視した。

「あとは警部に任せますよ」と彼は言った。「私はリングウッド先生と行くよ、警部。電話もしなくてはね。もちろん、君はここに残ってくれ。ほかの者が交替で来るまでね。やることはたくさんあるさ」

卿は気乗りしない様子の家の主人たちに別れを告げ、医師と一緒に家を出た。

# 第四章　ヘザーフィールド荘の犯罪

「とんだ老いぼれ七面鳥でしたね」リングウッド医師は、クリントン卿とともにアイヴィ・ロッジの門に向かって手探りで私道を進みながらそう言った。

警察本部長は、その見事にツボにはまった表現に思わず苦笑した。

「確かに最初からちょっとけたたましかったですね」と認めた。「しかし、ああいう手合いは、扱い方さえ間違わなければ、たいていはおとなしくなるものですよ。もっとも、あんなのと一緒に生活したいとは思いませんがね。内弁慶なところがあるようだから」

リングウッド医師は短く笑った。

「さぞ、にぎやかな家庭でしょうね」と医師は言った。「いかにももったいぶって騒いだけれど、あれじゃ、さほど貴重な情報も得られなかったでしょう」

「一人か二人の人物描写を得ましたよ。そういう情報は、この手の事件を扱うときには、青天の霹靂のように思いがけず役に立つものです。医師が初めての患者に接するときも同じではないですかな。ただの心気症《ヒポコンデリー》かもしれないし、本当に具合が悪いのかもしれない。その人の過去の治療歴を前提には対処できないというわけです。警察の場合はもっとやっかいですよ。死者とは話ができないし、そいつがどんな人間だったかも分からないんですから。ほかの人たちがそいつにどんな印象を持っていたかを急いで情報収集し、そのうちの半分は偏見の産物として捨てなきゃいかんというわけです」

「日記をつけていたとすれば、少なくとも今回は、本人の思いを情報収集できますよ」と医師は指摘した。

「その日記がどんなものかによりけりですな」とクリントン卿は留保を付けた。「だが、期待はしたいところです」

ヘザーフィールド荘の玄関に近づくと、リングウッド医師はその家の事情のほうに関心が移っていった。玄関に目を向けると、前に来たときには暗かった窓に明かりがついているのに気づいた。

「二階の明かりのついているところは寝室でしょう」医師はクリントン卿に説明した。「さっき来たときは明かりはついてなかったのに。シルヴァーデイルか奥さんが帰宅したのかな」

輪郭のはっきりしない影が明かりのついた部屋のカーテンを一瞬横切ったのが見えた。

「内心ホッとしましたよ」と医師は正直に言った。「あの女中を患者と二人きりで残したのは心残りだったんです。高熱を発する症状の場合、なにが起きるか分かりませんから」

玄関の石段を上がりながら、医師はふと思いついたことがあった。

「この家では、ご自身の身分を明かされるつもりですか?――つまり、お名前のことですが」

「とりあえずは控えたいですな。人に立ち聞きされずに電話をかけられるのならね」

「分かりました。うまく対応しましょう」リングウッド医師は、呼び鈴のボタンを押しながらそう言った。

驚いたことに、呼び鈴が鳴っても誰も玄関に出てこなかった。

「彼女、ベルを無視してるな」医師はもう一度ボタンを押しながら言った。「さっき来たときは、すぐ出てきたのに。なにか問題が起きてなきゃいいが」

クリントン卿は、医師が指を離して、長々と続いたベルの響きが消えると、身をかがめて郵便受けの隙間からじっと耳をすませた。

「今は確かに誰かが動きまわっている音がした」再び身を起こしながら言った。「屋内に誰かいるのは間違いない。窓に影が見えたしね。どうもあやしいですよ、先生。もう一度呼び鈴を鳴らしてくれますか？」

リングウッド医師は指示に従った。家の奥のほうから重々しい銅鑼みたいに響く音が聞こえた。

「これで目も覚めるはずだ」医師は不安げな様子をにじませながら言った。「こんな経験は今夜二度目ですよ。どうも気に食わない」

しばらく待ったが、誰も玄関に出てこない。

「合法的とは言えないが」とクリントン卿はついに言った。「なんとか中に入らなくては。最悪の場合、患者の存在を口実にできるだろう。ちょっとここで待っていてください。手立てを探ってみます」

卿は石段を降りると、霧の中に姿を消した。リングウッド医師が一、二分ほど待つと、玄関ホールのほうから玄関に向かってくる足音が聞こえた。クリントン卿がドアを開け、入るように合図した。

「家は無人のようですね」と彼は早口に言った。「ここにいて、誰か出ていこうとしないか見張っていてください。まず一階を調べてみますよ」

玄関ホールを部屋から部屋へと明かりをつけながら移動し、それぞれの部屋の中をすばやく確かめた。

「この階にはなにもありません」と報告し、そのまま台所のほうへ向かった。

遠ざかっていく足音がリングウッド医師に聞こえた。しばらくすると、ドアが閉じて、掛け金がかかる音が聞こえた。ほどなくして、クリントン卿が姿を見せた。

「誰かが屋内にいた様子がある」と簡潔に言った。「さっき聞こえた音はそのせいです。裏口のドアが開いていましたから」

リングウッド医師は、このわけの分からない冒険の渦中で途方に暮れた気持ちになった。

「あの女中、持ち場放棄して、どっかに行っちまったんじゃなきゃいいが」医師はこの混乱した状況の中で、患者に対する自分の責任を痛感しながら声を上げた。

「この霧では、誰かを追跡しようなんて思っても無理ですよ」今度はクリントン卿が自分の職業上の視点から言った。「姿をくらましたのが誰であろうとね。二階へ上がって確かめてみましょうか、先生」

卿は先に進みながら、階段の下にあるスイッチをパチンと下げたが、リングウッド医師が驚いたことに、頭上の電灯はつかなかった。クリントン卿はポケットから懐中電灯を取り出し、急いで二階に上がっていった。階段の曲がり目を過ぎると、卿は押し殺したような叫び声を発した。それと同時に、二階から甲高い声が聞こえ、意味不明の言葉を奔流のようにしゃべりだした。

（あの女中、うわごとを言ってるんだ）リングウッド医師はその声を聞きながら分析した。階段を上がる足を速めた。しかし、小さな踊り場まで来て前方を見ると、目の前の光景に思わず足を停めた。階段を上がったところの床に横たわっている物に、クリントン卿が懐中電灯の光を当てながら身をかがめていた。ひと目見て、それがさっきこの家を訪ねたときに出迎えた女中だと分かった。

「来てください、先生。彼女を診てくれませんか」クリントン卿の声に、医師は思わずハッとなった。階段をもどかしげに飛び越え、自分も女中の体にかがみ込んだ。クリントン卿は医師のために横にどき、女中の顔に懐中電灯の光をあてた。階段のさらに奥のほうから、うわごとを口にする患者の声が聞こえたが、その声はもの憂げなつぶやきに変わっていた。

すばやく検査すると、女中はもはや助からないと分かった。

「人工呼吸を試みてもいいですが、明らかにもう手遅れでしょう。手際よく首を絞められています」

クリントン卿は女中の体に身をかがめたまま表情を固くしたが、声にはなんの感情も表れていなかった。

「それなら、上にあがって患者の女中を診てやってください、先生。明らかに症状が重くなっていますよ。こっちは私が対応しますから」

リングウッド医師は反射的に、踊り場より上の階段の電灯のスイッチを入れたが、そっちは明かりがついたのに内心驚いた。

「ヒューズが飛んでるのかと思ったが」医師は階段を急いで上がりながら思わず口にした。

クリントン卿も持ち場を離れて、懐中電灯の光を踊り場の役に立たない電灯の取り付け器具に向けた。すると、案の定、電球がソケットから外されていた。探すとすぐに、その電球がカーペットの上に落ちているのが分かった。警察本部長はそっと取り上げ、懐中電灯で綿密に調べたが、ガラスには新しい指紋が付いていないのが分かっただけ。電球をそっと脇に置き、明かりのついた寝室に入ると、その部屋の電灯のソケットの一つから別の電球を取り外した。

それから踊り場に戻り、新しい電球を空のソケットに取り付けられるように、踏み台にできるものがないか見まわした。使えそうな家具といえば、踊り場の隅にある、ぞんざいにクロースをかけた小さなテーブルくらいだった。クリントン卿はテーブルに歩み寄り、きめ細かく調べた。

「誰かがこれに乗ったんだ」と彼は言った。「だが、痕跡はほとんど残っていない。クロースが厚くて、靴底の跡もテーブルの上に残らなかったんです」

テーブルには手をつけず、もう一度さっきの部屋に入ると、別の小さなテーブルをそこから持ってきて、これに乗って踊り場の上の空のソケットに新しい電球を取り付けた。ところが、明かりがつかなかったため、卿は階段の下まで行き、スイッチを反転させて電流が流れるようにした。

クリントン卿は懐中電灯を消すと、踊り場に戻り、再び死体に身をかがめた。死因は明らかだった。両端に粗野な木製の取っ手をつけたコードが女ののどに巻きついていた。止血帯のように首を締めあげるのに使われたのだ。コードがのどの肉に深く食い込んでいるところからして、殺人犯がいかに容赦を知らなかったかがはっきり分かった。クリントン卿は検査を手短にすませると、ポケットからハンカチを取り出し、死体のひきつった顔を覆った。そうするあいだに、リングウッド医師が背後から階段を降りてきた。

「救急車を呼ばなくては」と医師は言った。「彼女をあんな症状のまま、ここに置いておくなんてとんでもないことです」

クリントン卿はうなずいて同意すると、なにか思いついたようだった。

「錯乱してたんでしょうね？」と問いただした。「それとも、先生の言うことを理解しましたか？」

「うわごとを言ってましたよ。私に気づきもしなかったようです」リングウッド医師は簡潔に説明した。

医師はふと、警察本部長の問いの意味に気づいた。

「証言が可能かということですか？　無理ですね。ひどい熱病ですから。なにか見聞きしたとしても、憶えていないでしょう。なにも引き出せませんよ」

クリントン卿は特にがっかりした様子は見せなかった。

「さほど期待はしてませんでしたよ」

リングウッド医師はそのまま階段を降り、電話機に歩み寄った。救急車を呼ぶと、再び二階に戻った。部屋の一つに明かりがついていたため、ドアを開けて入ると、クリントン卿が引き出し付きの古いたんすの前でひざまずいていた。

医師は部屋を見まわして、そこがシルヴァーデイル夫人の部屋と分かった。半開きになった衣装だんすからドレスが何着か見えた。化粧テーブルには女性物の装身具が散らかっていたが、その中に持ち主が箱に入れ忘れた化粧用パフがあった。シングルベッドのそばの椅子には化粧着が掛けてあった。部屋の様子全体が、女性が身支度をするのにいつも使っている部屋であることを示していた。

「ほかになにかありましたか？」リングウッド医師が尋ねると、クリントン卿は手を離して目を上げた。

「これだけですね」

警察本部長はたんすの一番下の引き出しを指さした。

「誰かが鍵を壊して、急いで中身を探ったんですね。引き出しを乱暴に戻したものだから、少し開いたままになっている。この部屋に入ったとき、すぐ目につきましたよ」

卿はそう言いながら引き出しを引いた。リングウッド医師は近寄って、警察本部長の肩越しに見下ろした。隅のほうに宝石箱がいくつかあり、クリントン卿はそこにまず目を向けた。箱を一つ一つ開けていくと、中身はほとんど残っていた。指輪が一つか二つと、小物が二つほど欠けているようだ。

「夫人が今夜身に着けていった物でしょうね」と説明すると、革製の箱を引き出しに戻しながら、「ほかも調べてみましょう」と言った。

次に手に取ったのは、様々な人が写ったひと束の写真だった。その中にはハッセンディーン君の写真もあったが、ほかの写真の中にぞんざいに突っ込まれていたところからして、シルヴァーデイル夫人はそれをさほど大切にしていないようだった。

「あまり役に立つものはないようですね」とクリントン卿は意見を述べた。

次に、大切にしまってあった古いダンスのプログラムの束を調べた。医師にも見えるように、順に取り出しながら手に取ると、警察本部長は何人かのパートナーの名前が走り書きしてあるのに目を留めた。

「どうやら男性の一人を目立たないようにしてありますね」と指摘した。「イニシャルもない——線を引いてアステリスクを付けてあるだけだ」

卿はプログラムの束を素早くめくっていった。

「アステリスク氏はお気に入りのようですね、先生。どのダンスにもしょっちゅう出てきますよ」

「たぶん、夫人のダンスのパートナーなんでしょう」とリングウッド医師は推測を述べた。「きっとハッセンディーン君ですよ」

クリントン卿はプログラムを下に置き、引き出しをもう一度調べると、ボロボロのノートを探り当てた。

「修道院の女学校にいたあいだにつけていた日記の一部か……。ほう！　女学生時代の産物だな」ページを繰って読みながら話を続けた。「真面目な女学生ではなかったんだな」と、ある個所で手を停めて結論づけた。「さしあたり、この日記から得るものはない。あとで、なにかのときに役立つかもしれませんが」

　小さなノートを置くと、もう一度引き出しのほうに手を伸ばした。

「これで全部のようです。一つだけはっきりしている。鍵を壊したやつは、ただのコソ泥じゃない。それなら装身具類を盗ったはずだ。問題は、たんすを探った目的はなにかということだ。たぶんなにか盗られているだろうから、推測の余地はいろいろあるだろう。もう一度見てみましょう」

　突然、卿は身をかがめ、引き出しの底から小さな物を拾って取り出した。卿がかざして見せると、リングウッド医師はそれが紙片だと気づいた。裏返して見ると、それが封筒から引き裂いた断片であり、切手の一部がまだ貼りついたままなのが分かった。

「ほう！　決定的な証拠ではないが、示唆に富んではいる」とクリントン卿は判断を下した。「見た瞬間、乱暴に開封された封筒から引き裂かれたものだとは思いましたがね。ということは、この引き出しにはもともと手紙があったわけだ。だが、我らが殺人犯殿が手紙の束を探していたのかどうかまではっきり言えない」

　卿は立ち上がり、その断片を電灯の下にかざしてきめ細かく調べた。

「地方郵便局の消印があります。〝ＶＥＮ〟とある。日付は一九二五年だが、月の部分は欠けている」

　断片をリングウッド医師に見せると、札入れに慎重にしまった。

「拙速に結論を出したくはありませんよ、先生。だが、確かに、誰かが手紙を手に入れるためにこの家に押し入ったように見えますね。それを手に入れるために、その場で殺人にまで及んだのだとすれば、よほど重要な手紙に違いない」

リングウッド医師はうなずいた。

「無防備な女まで殺すなんて、とんでもない野郎ですよ」

クリントン卿はかすかに笑みを浮かべた。

「性別は二つあるんですよ、先生」

「どういう意味ですか？……ああ、もちろんです。『野郎』と言いましたが、女の可能性もあるわけですね？」

「女ではないでしょう。ただ、先入観にとらわれたくないんですよ。確実に言えることは、何者かがこの家に来て、不運な女を殺したということだけです。あとはまったくの推測だし、正しいかどうかも分からない。事実に当てはまるように筋書きを考えるのは簡単ですから」

リングウッド医師は手近な椅子に歩み寄って座った。

「私は頭が疲れ切っていて、なにも思いつきませんよ」と医師は白状した。「でも、この事件を解き明かす説明があるのなら、お聞きしたいところですね」

クリントン卿は静かに引き出しを閉めると、医師のほうに向きなおった。

「いや、簡単ですよ」と彼は言った。「それが正しい解説かどうかは別にしてね。あなたは、この家に十時二十分頃に来られた。女中に中に案内され、患者を診て、女中から説明を聞いた――そうした機転を利かせたのは幸いでしたよ。さもないと、女中はもう口がきけないわけで、証言も得られなかったでしょうから――それから、十一時二十五分前に家を出たということですね。我々はちょうど一時間後にこの家に戻ってきた。言うまでもなく、犯罪はそのあいだに行われたわけです」

「あまり解釈を加えないんですね」と医師は指摘した。

「頭の中でおさらいしているだけですよ」とクリントン卿は説明した。「まずは時間をはっきりさせるのが大切です。では、論を進めますか。先生がこの家を出てからしばらくして、殺人犯がやってくる。その人物をXと呼ぶことにしましょう。年齢や性別に先入観を持たないためにね。さて、Xは最初から殺人を犯すつもりでいた。だが、それほど前からじゃない」

「なぜそうだと分かるんです？」とリングウッド医師は訊いた。

「止血帯の両端に付けた二片の取っ手が、見たところ、木から折り取ったばかりの木片だからですよ。Xは家に入る前に木片を入手したんでしょう――つまり、計画的だったわけです。しかし、もっと以前から計画していたのであれば、Xは取っ手としてもっとましなものを使ったはずです。私自身がやるとすれば、直前になって手頃な木に登るようなリスクは冒しませんよ。Xは、言ってみれば、非常に冷静で有能な人間だと思いますね。おいおい分かりますよ」

「お話を続けてください」医師は興味をあらわにして言った。

「我らが友人のXは、おそらくポケットにコードを持っていて、ここに歩いて来ながら、即席の止血帯を作ったんでしょう。たぶん、Xは手袋をはめていたんですな」

「どうしてそんなことが分かるんですか？」とリングウッドは訊いた。

「あとで説明しますよ。Xは正面玄関に上がってきて、呼び鈴を鳴らす。女中が出て、おなじみのXだと知って……」

「どうしてそんなことが分かるんですか？」リングウッドは同じ質問をした。

「分かるわけではありません。聞きたいとおっしゃったから、仮説をお示ししているだけです。それが正しいとまでは言いません。話を続けますよ。このXという人物は、シルヴァーデイル（あるいはシルヴァーデイル夫人かも）が在宅か尋ねる。むろん、女中は不在だと応える。おそらく、女中はXに、同僚の女中が猩紅熱だと伝えたでしょう。そこで、Xは伝言を残すことにし、伝言を書くために家の中に入れてもらう。それも、かなり長めの伝言とのこと。そこで、女中は、Xが書き終わるまで、台所で待つように言われる。こうして女中は退く」

「それで？」

「もちろん、Xは実際に伝言を書くつもりなどない。女中が出ていったとたん、Xは二階にこっそり上がり、この部屋の電灯をつける」

「外から見えたのがこの部屋の窓から漏れる明かりだったのを忘れてましたよ」リングウッド医師が口をはさんだ。「どうぞ続けてください」

「それからXはできるだけ静かに、電灯のついている踊り場のテーブルを動かし、階段を照らす電球を外す。あのテーブルに乗れば届きますからね。それからテーブルを元の場所に戻す。電球に指紋は残っていなかった――したがって、さっき言ったように、Xは手袋をはめていたわけです」

「ずいぶんと詳しく把握しておられますね」医師は感心した。「しかし、なぜまたそんなことをやったんですか？」

「すぐに分かりますよ。さっき言ったように、この殺しをやったやつは、非常に冷静で有能なやつです。準備が整うと、Xは女中を呼ぶ。女中はなにも疑わずに階段の下まで来るが、Xがうろうろと家の中でなにをしてるんだろうとは思っていたでしょう。きっと、Xは二階にいる病気の女中を、おびき寄せるための口実に使ったんでしょうな。かくして、女中は階段の下まで来て、踊り場の電灯のスイッチを入れる。電球が外してあるから、もちろんつくはずがない。女中はきっと、スイッチを入れたり消したりしてみて、電灯が壊れているか、ヒューズが飛んでいると考えたことでしょう。おそらく女中は部屋のドアから明かりが漏れているのを見たのです。いずれにしても、彼女はなにも疑わずに階段を上がって行った」

クリントン卿は、まるで医師に異議申し立ての機会を与えようとするみたいに口をつぐんだが、何の反応もなかったので話を続けた。

「Xのほうは、部屋のドアの真向かい、二階に続く階段の下に身を潜めた。憶えておいででしょうが、そこは薄暗いから、うずくまっていると、下の階段から上がってくる者には見えません。もちろん、止血帯はもう用意してあったのです」

リングウッド医師はかすかに身震いした。クリントン卿が描く状況は、淡々とした語り口とは裏腹に、あまりに生々しかったからだ。

「女中は微塵の疑いも抱かず上がってきた」クリントン卿は話を続けた。「彼女はXを知っていた。浮浪者とかそんな手合いじゃない。襲われるとは予想もしていなかったのです。そして、すぐさま襲いかかる。たぶん彼女はXが明かりのついた部屋にいると思って階段を曲がったことでしょう。それから、絞首ロープが首に巻かれ、膝を彼女の背中に押し付けながら……」

クリントン卿は言葉で言い表すより効果的に、不気味な身振りで殺人の説明を締めくくった。

「こうして、Xは身の安全を得た。二階の女中は熱にうなされていて、証人にはなれない。Xは猩紅熱をうつされないよう、あえて彼女には近寄らなかったのです——うつりでもしたら致命的ですからね。警察としては当然、来週以降に猩紅熱にかかる患者がいないか目を光らせるでしょうから。おそらくは猩紅熱が彼女の命を救ったのです」

リングウッド医師の表情から、医師がその重要さに気づいたことが分かった。

「それからどうしたのでしょう?」医師はクリントン卿を促した。

「あとは明白ですよ。Xはこの部屋に入り、我々の知らないなにかを探した。それはこの引き出しに入っていたのです。Xは、ここにあると分かっていたのですよ。ほかは乱されていない――ほんのわずかにかき回されてはいますが、おそらく引き出しの鍵がそのあたりにないか探したのでしょう。鍵が見つからなかったので、Xは引き出しを壊して開け、それから我々が来たのです。Xにとってはおそろしい瞬間だったでしょう。我々が玄関の呼び鈴を鳴らしたときの、我らが友、Xの戦慄たるやいかばかりでしょうね。だが、冷静な思考力があれば、こんな難局も切り抜けられる。我々が玄関の石段でなにも疑わずに待っているあいだに、Xは階段をそっと降りて裏口から出ると、霧の煙幕の中に姿を消したというわけです」

警察本部長は話を締めくくりながら立ち上がった。

「では、今の説明が実際に起きたことだと?」とリングウッド医師は訊いた。

「起きたかもしれないことです」クリントン卿は用心深く答えた。「いくつかの部分は間違いなく当たっていますよ。裏付けとなる証拠もありますからね。あとは推測にすぎません。さて、電話をしなくては」

警察本部長が部屋を出ていくと、二階で病に伏せている女中がかすかにうめき声をあげたため、リングウッド医師はあくびを抑えきれないまま席を立った。部屋の戸口で立ち止まり、階段の曲がり目にある死体のほうを見た。殺人犯が止血帯を手にし、身をすくめて待ち伏せていたというクリントン卿の解説は、医師の想像力を超えるほど生々しいものだったのだ。

# 第五章　バンガローの悲劇

クリントン・ドリフィールド卿は、これまでの職歴を通じて、自分が人目にどう映るか、ずいぶんと気を遣ってきた。ただ、それは世の男たちとは目的が違っていた。卿の目的は極力目立たないようにすることだったからだ。身なりはきちんとしながらも、ハイカラにならぬようにし、知的そうに見せつつも、切れ者に見えすぎないよう努めていた。自分のことをあれこれ忖度させないように人と接していたし、とりわけ、自分の態度に役人ぶったところが微塵も表れないよう気をつけていた。それもこれも、自分自身が注目の的とならないようにするためだ。まだ地位も低かった頃は、世間並の人がやる保護的擬態でも十分用を足したが、そんな配慮が不要になった今でも、この習慣に磨きをかけていた。

オフィスのデスクにはワイヤーバスケットがあり、きちんと見出しの付いた書類の束が入っている。そんなデスクに座っていると、どこかの大企業の中間管理職だと言っても通用しただろう。目に宿る疲労の色だけが、ヘザーフィールド荘とアイヴィ・ロッジで徹夜したことを物語っていたが、レターを開封しはじめると、疲れた様子も次第に消えていった。

目の前にある封筒類を手に取ると、電報の茶色いカバーが目に入ったため、最初にそれを開封した。電文にざっと目を通すと、眉をかすかにつり上げた。それから電報を下に置き、デスクの電話をかけて、部下の一人に話しはじめた。

「フランボロー警部は来てるかい？」

「はい。ここにいますよ」

「こっちへ寄こしてくれ」

受話器を置くと、クリントン卿はもう一度電報を手に取り、電文を見直した。相手がドアをノックして部屋に入ってくると、目を上げた。

「おはよう、警部。ちょっとお疲れのようだね。昨夜の仕事はみんな片づいたかい？」

「はい。二人の死体は安置所にあります。医師には検死解剖の必要があると指示しましたし、検死官には検死審問を行うべきことを伝えました。ハッセンディーン君の書類はすべて押収しました。ざっと目を通す程度の時間しかありませんでしたが」

クリントン卿は満足のしるしにうなずき、デスク越しに電報をぽいと投げた。

「まあ座って、これを見てくれ、警部。君の押収品に加えてもらっていいよ」

フランボローは紙片を手に取り、デスクに椅子を引き寄せながらざっと目を通した。

「『ウェスターへイヴン警察本部長殿。ハッセンディーンのバンガローを調べよ。リザードブリッジ・ロード』。ジャスティス』。へえ！　今朝八時五分に郵便本局に投函されたものですね。略し方をちょっと間違えているようですが。あと三語切り詰めずに加えていたら、意味不明にならなかったでしょうに。送信者は誰ですか？」

「〝世話焼きご奉仕団〟のメンバーかもな。この部屋に来て、デスクにこれがあるのを見つけたのは、ほんの数分前さ。これで君も、私と同じだけのことは知ったわけだ、警部」

「素人探偵気取りの一人じゃないですか?」と警部は言ったが、やや辛辣なその物言いには、余計なおせっかいだという意見がにじみ出ていた。「昨年、ラックスフィールド事件を担当していたときも、その手のやつがたくさん来ましたよ」

警部はひと息ついて話を続けた。

「ずいぶんと敏速な支援の申し出ですね。これは午前八時五分に出したものだ。ですが、事件の公表があったのは、『ヘラルド』に締め切り土壇場で突っ込んだ記事だけですからね。私も道すがら一部買いましたよ。はっきり言って、ただの悪ふざけだと思いますが」

彼は馬鹿にしたように電報に目をやった。

「〝リザードブリッジ・ロード〟。〝ジャスティス〟って、なんのことですかね? リザードブリッジ・ロードに住んでる治安判事《ジャスティス・オブ・ピース》はいませんよ。仮にいたとしても、なんのことやらさっぱり分かりませんが」

「〝ジャスティス〟は署名だと思うよ、警部――あえて俗っぽく造語すれば、おふざけネームというところかな。むろん君は俗語になど興味はないだろうがね」

警部はにやりとした。警部が非公式の場で使う言葉は、公式用語とはずいぶん違っていたし、それはクリントン卿も知っていたのだ。

「ジャスティスですって? けっこうですな!」フランボローは電報をデスクに置きながら、ばかにしたように声を上げた。

「正当なる裁きをもたらしたいみたいだね」クリントン卿はおざなりに言った。「まあ、いずれにしても、警部、そいつをゴミ箱に捨てるわけにはいかんよ。昨夜の二つの事件については、いずれも具体的な手がかりと呼べるものは少ないわけだしね。けっきょく空クジだと分かったとしても、この電報を無視するのはよくない」

　フランボロー警部は自分が判断したことじゃないとばかりに、こっそりと肩をすくめた。

「なんでしたら、すぐに郵便本局に職員を派遣して調べさせますよ。朝のこの時間なら、受け付ける電報もそう多くはないだろうし、送信者の情報もそれなりに得られるはずです」

「かもな」クリントン卿の様子からすると、そうさせたいようだった。「部下を派遣してくれたまえ、警部。そのあいだに、我らが友の言う〝ハッセンディーンのバンガロー〟のことを探ってほしい。郵便局の職員なら知ってるはずだ。そこに手紙を配達する地方郵便局に電話したらいい。郵便配達の職員ならなにか知ってるだろう。すぐに電話してくれたまえ。ただの悪ふざけなら、できるだけ早くそうと分かったほうがいいしね」

「分かりました」警部は、クリントン卿に自分の意見を受け入れさせようとしても無駄と悟ってそう言った。

　警部は電報を取り上げ、ポケットに入れると部屋を出ていった。

　警部がいなくなると、クリントン卿は急いでレター類に目を通し、それからワイヤーバスケットの書類に取りかかった。卿は書類区分を選別しながら思考を働かせるこつを心得ていた。フランボローが報告を携えて戻ってくると、警察本部長はようやくハッセンディーン事件に再び気持ちを切り替えた。この警部なら、やれと言われれば、大事な情報はあますところなく集めてくると信頼していたのだ。

「ハッセンディーン家はリザードブリッジ・ロードにバンガローを持ってましたよ」フランボローは

戻ってくると報告した。「地元の郵便配達夫を電話に呼び出して話したところ、期待どおりの情報を得ました。ハッセンディーン氏は投機のつもりでバンガローを建てて、高値で売ろうと目論んでいたんです。終戦直後は値が上がりました。ところが、維持費がかさみすぎるし、売れずに残ってしまったわけで。最近、農場を新たに造成している場所がありますが、ここからその場所に行く途中にある丘の道端に建っているやつですよ」

「ほう、あれか?」とクリントン卿は言った。「そこなら知ってるよ。よく車で通りかかるところだ。茶色い瓦葺の屋根で、前に木の植え込みがたくさんある家だ」

「その家ですよ。郵便配達夫も同じ説明でした」

「ほかに分かったことは?」

「一年の大半は無人だそうです。郵便配達夫の話だと、ハッセンディーン家は夏の別荘に使っていて――たいていは春の終わりに越してくるんですよ。海が見えます。高台に建ってますのでね。空気も新鮮というわけです。ただ、今は閉まってます。二か月前――つまり、九月中旬頃に町のほうに戻ったそうですから」

クリントン卿は急になにかに気づいたようだった。

「そう聞いてなんとも思わなかったのかい、警部? 実に妙だよ! どうも興味を引かれるね。私が運転するから、すぐ行ってみよう」

警部はいきなり出かけようと言われて面食らった。

「そこまでご足労いただくほどのことはないと思いますが」と言い返した。「必要とあらば、私一人が行けば十分ですよ」

クリントン卿は答えを返す前に書類二通にサインし、椅子から立ち上がった。

「あえて言うがね、警部、殺人が二つも、三時間ほどのあいだに私の管轄内で起きるというのは、私にしてみるとあまりに度が過ぎてるんだよ。糸口をつかむまでは、総力を挙げて取り組むべき事件だ。君の仕事を取り上げるつもりはないよ。ただ、一人でやるよりは二人のほうが手堅いに決まっている。可及的速やかに事件を解明しなければならんのだ」

「それはよく分かっております」フランボローは腹も立てずに譲歩した。「不服があるわけではありません。こんなのはただのいたずらで、時間の無駄じゃないかと思うだけです」

最後の言葉に、クリントン卿は手ぶりで異議を唱えた。

「それはそうと」と卿は付け加えた。「医師も一緒に連れて行くべきだな。なにを目論んでいるにせよ、ジャスティス氏はくだらんいたずらで我々を悩ませたりはしていないと思う。ちょっと待てよ。スティール医師はいま手がふさがってるはずだな。ほかの医師を探さなくては。あのリングウッドという医師は見たところしっかりした男だった。警部、彼に電話して、ご足労願えるか訊いてくれ。事情を話してくれればいい。私の見込みどおり、彼が意欲的な男なら、きっと都合がつくかぎり来てくれるさ。十分後にお伺いすると言って、用が済めばすぐに家までお送りすると伝えてほしい。私の車をすぐこっちへまわしてくれ」

二十分後、一つの通りを走り抜けながら、クリントン卿はリングウッド医師に語りかけた。

「この場所が分かりますか、先生？」

リングウッド医師はかぶりを振った。

「どうも見覚えがありませんね」

「でも、昨夜ここに来たんですよ。ほら、ここがアイヴィ・ロッジです」

「門柱の名前を見ると確かにそうですね。でも、ご存じのとおり、家そのものを見るのは初めてなんですよ。昨夜は霧がすべてを隠していましたから」

クリントン卿の車は通りのはじを左に曲がった。

「もうそんなにはかかりませんよ。ここから目的の場所までは道一本をまっすぐですから」

ウェスターヘイヴンのはずれまで来ると、クリントン卿はスピードを上げた。やがてリングウッド医師にも、道から少し外れたところに、平屋で横長のバンガローが海に面して建っているのが見えてきた。農園の囲いの中に建っていて、囲いの木々のせいで一方が見えなかった。庭には成長の早い灌木の茂みが点在し、すたれた雰囲気を醸し出していた。

クリントン卿が車を停めると、フランボロー警部は後部座席から降りた。

「門には鍵がかかっていません」警部は門に歩み寄るとそう言った。「ちょっと待ってください。私道の路面を見てきますから」

警部は地面に目を光らせながら家までの短い距離を歩いた。戻ってくると、車が入れるように門の扉を大きく開いた。

「車で入ってもかまいませんよ」と言った。「昨夜は地面も凍てついてましたし、足跡や轍《わだち》らしきものは見当たりませんから」

車がそばに来ると、警部は再び乗り込み、クリントン卿は家のそばまで車を走らせた。

「ここで降りて、あとは歩くことにしよう」と、エンジンを止めながら言った。「見たまえ。カーテンはみな引いてある……。おや！　正面の窓ガラスの一つが割れているぞ。ちょうど留め金のある部分だ。君はジャスティス氏に謝らなきゃなるまい、警部。いずれにしても、彼は空クジを引かせるために我々をここに案内したわけじゃない。家宅侵入があったんだ」

卿はほかの二人を従えて壊れた窓に歩み寄り、念入りに調べた。

「足跡のたぐいはないな」窓敷居を見ながら言った。「窓は閉めてある。どうやら侵入者が入ったあとに閉めたようだね――中に入ったとしてだが。明らかに用心のためだ。窓が開いたままでは人目につくからね」

窓枠に目を向けると、高さ四フィート、幅二〇インチの鉄製の枠で、これが三つ組み合わせで一つの窓になっている。窓枠は鉄製のバーで八つの小さな窓ガラスに仕切られていた。

「まさに盗人の格好の標的だな！」クリントン卿は嘲るように言った。「窓ガラスの一つをこうやって割り、中に手を入れる。レバーを上げて、窓枠を蝶番を起点に押し開けて――屋内に入る。こういう旧式の窓を扱う場合は、サッシを取り外す手間もいらない。二秒もあれば、これだけのことで屋内に入れるわけだ」

卿は、割れた窓ガラスのうしろのレバーを疑わしげに見た。

「指紋が残っているかもしれん」と言った。「触れないほうがいいな。玄関のほうに回って、開いているか確かめよう、警部。開いてなかったら、現状を乱さないように、この窓の反対の端のガラスを割って、別の窓枠を使って中に入ろう」

玄関は鍵がかかっていると警部が報告すると、警察本部長はさっきの提案どおりに実行した。いじられていなかった窓枠は大きく開き、中に入る用意ができた。中はそれまで、カーテンが引かれていたせいで見えなかった。クリントン卿が真っ先に行く手を遮るカーテンを押し開けると、押し殺した叫び声がほかの二人に聞こえた。

「空クジじゃなさそうだね、警部」卿は落ち着きを取り戻しながら言った。「中に入ろう」

警部、リングウッド医師と続いて、開いた窓を乗り越えると、警部は目前の光景に思わず目を見張った。入った場所はバンガローの居間の一つらしかったが、家具を覆う埃よけのシーツが、冬期に向けて家が閉め切られていたことを示していた。入ってすぐのところにある肘掛椅子には、イヴニングドレスを着て、肩に外套を掛けた女の死体が座っていた。かすかな流血の筋が頭の傷から流れ出ていて、右肩にまで伝わっていた。足元にはオートマチックが落ちている。小さな椅子が一、二脚、部屋の中にてんでんばらばらにあった。なにやら格闘でもあったみたいだ。しかし、椅子に座った女の様子はまったく自然だった。まるで、ただくつろぐために座り、死が予告もなく訪れたみたいだ。表情にもなんの恐怖の色も表れてはいなかったからだ。

「ジャスティス氏の予想には賭け金を払ってもいいくらいだよ、警部」クリントン卿は死んだ女を見つめながら考え深げに言った。「彼の助言がなかったら、この事件に気づくのにまだしばらくはかかったろうからね」

卿はちょっと部屋を見回すと、なにか問題にぶつかったみたいに唇をかんだ。

「細かく調べる前に、中を見て回るほうがいいだろう」と示唆すると、先に立って部屋を出て、バンガローの玄関ホールに入っていった。「手当たり次第に部屋を見てみよう」

その言葉どおりに、卿は一番手近な部屋のドアを開けた。そこは内装を取り払った寝室と分かった。化粧台にはなにもなく、ベッドからもワイヤーマットレス以外はすべて取り払われていた。二つめの部屋のドアを開けると、そこは明らかにバンガローの食堂だった。その部屋の様子からしても、家が冬期に向けて閉め切られていたことを示していた。三つめのドアを開けると、トイレだった。「ほう！　掛け具にきれいなタオルが掛けてあるな？」とクリントン卿は指摘した。「空き家にしては妙じゃないか」

　さらに突っ込んで調べるまでもなく、次の部屋に向かった。

「物置きのようだね。マットレスもいくつかあるが、明らかにベッドに敷くやつだ」

　その小さな部屋の片隅に、カーテンのかかった棚があった。クリントン卿がカーテンを開けると、食卓用のリネン類、タオル、シーツなどが詰まっていた。

「この家で飲食の準備をしていた者がいたようだね」きちんと積み上げた物をぞんざいに引っ張り出したために、乱れている個所が一、二あるのを指し示した。「ほかも調べてみよう」

　次の部屋はほかの部屋とはまったく違っていた。調度がみなきちんと揃った寝室だった。ベッドはきちんと整えられ、明らかに誰も寝た跡がない。化粧台には、女性が身支度に使う通常の小物類がずらりと置いてある。花瓶類は、明らかにこの部屋の調度にもともとあったものではないが、ここに集められ、いずれも高価な花が挿してある。一番意外だったのは電気ストーヴで、半分の温度にしてスイッチを入れてあり、部屋を暖かくしてあった。

「彼女はこの家で生活していたんだ！」警部は驚きをあらわにしながら叫んだ。

　クリントン卿は身ぶりで異を唱えた。部屋を横切り、衣装だんすの扉を開け放つと、中は掛け具にも棚にもなにもなかった。

「衣服はイヴニングドレスだけで、ここで生活していたとでも？」と訊いた。「なんなら周囲を見回してみたまえ、警部。賭けてもいいが、彼女はこの部屋に足を踏み入れたこともないのさ。たいしたものは見つからんはずだよ」

化粧台に歩み寄ると、置いてある小間物類を一つひとつ調べた。

「いずれも開けて間もないよ、警部。この白粉の箱を見てみたまえ——まだ開封してないし、帯も付いたままだ。口紅も使われてない。ちょっと見ただけで分かる」

フランボローは、上司の解説が正しいことを認めざるを得なかった。

「ふむ！」と警部は言った。「むろん、あの死体はシルヴァーデイル夫人ですね？」

「たぶんね。だが、すぐに確かめられるだろう。それまでに、屋内を調べてしまおうよ」

あとの調査からはたいしたことは分からなかった。家のほかの部分は、明らかに冬期に向けて調度が取り払われていた。クリントン卿は一度だけ立ち止まったが、そこはパントリーだった。壁のフックに掛けてあったコップを調べると、いずれのコップにも薄くほこりが被っていることをフランボローに示した。

「食器類はもう何週間も使われていないね、警部。飲食もせずに一つの家で生活することはできないよ」

「では、逢引きの場所だったのでは？」警部はなおも言い張った。「彼女とハッセンディーン君は、人目につかないようにここに来ていたのかも」

「かもね」クリントン卿はなま返事で認めた。「さて、リングウッド先生にお手伝いを願いますかな」

卿を先頭に、最初に家に入ってきた部屋に戻った。

「むろん、銃で撃たれる前に死んでいたんだ」卿はドアの敷居をまたぎながら言った。「だが、それ以外にも留意すべき点がある」

「なぜ銃で殺されたのでないと確信をもって言えるんですか？」と警部は尋ねた。

「銃創からさほど出血していないからさ。銃で撃たれたときはすでに死んでいたんだ――死後数分は経過していたはずだ。血を循環させる心臓の機能が停止していたから、結果として、血は下のほうに集まり、頭のほうはほとんど血の気がなかった。だから、銃が撃たれたとき、わずかな滴りしか銃創から流れなかった。そうじゃありませんか、先生？」

「おそらくそうですね」リングウッド医師は同意した。「確かに予想される通常の出血量ではありません」

「となると、重要なポイントは、彼女の死因はなにか、ということです。この点は先生が頼りですよ。では、検査してください」

リングウッド医師は肘掛椅子に歩み寄り、死んだ女の検査をはじめた。まず見開いた目をざっと調べた。目の色は妙に黒っぽかった。それから、外観の異常な点を簡単に調べると、唯一可能な評決を下した。

「なにかの散瞳薬を盛られたようです――アトロピンかなにかですね。目の瞳孔が著しく拡大していますから」と言った。

クリントン卿はあえて警部のほうには目を向けなかった。

「死亡時刻は推定できませんか？」と卿は尋ねた。

リングウッド医師は手足の硬直を検査したが、ごく手順どおりの検査だということが表情から窺えた。

「その点はしかとは申し上げられません。ご存じのとおり、死後硬直はごくおおざっぱな検査でしかないんです。未知の毒物が使われたりすると、状況はますます複雑になります。そうなると、さほど信の置ける数字を挙げることはできません。死後数時間は経っています――そのくらいはご自身でも推定できるでしょう」

「さすがですな、先生！　そこまで正直におっしゃる人はまずいませんよ。自分の専門にかかわる質問をされて、『分からない』と答える人はね。よろしければ、次は銃創を診ていただけますか」

リングウッド医師が傷口を調べているあいだ、フランボロー警部のほうは部屋の中を調べるのに余念がなかった。警部が声を上げたため、クリントン卿が行ってみると、警部は床の黒いしみを指さした。そこにずらされた椅子のせいでそれまで見えなかったのだ。

「ここに大きな血だまりがあります」クリントン卿が見やすいように、椅子を傾けながら言った。「これをどう説明されますか？」

クリントン卿はふざけたように警部のほうを見た。

「私の見解のボロを見つけたつもりかね、警部？　残念だが見込み違いだよ。これは彼女の血じゃない。無難に考えれば、これはハッセンディーン君の血だ。部屋の中を調べながら、空の薬莢が床に落ちてないか見てくれたまえ。三つあるはずだ」

警部は床に這いつくばりながら熱心に捜査に取りかかり、重い家具類の下も探った。

「さて、先生、どう思われますか？」クリントン卿はリングウッド医師が検査を終えたのを見計らって尋ねた。

「見たところははっきりしています」医師は死体から離れながら答えた。「かなりの至近距離から撃たれています。耳のすぐ上ですね。髪が火薬の火で焦げています。弾丸は頭を貫通して、椅子の詰め物した背部分に当たったんです。そこに残ったままでしょう。お気づきでしょうが、撃たれても体は身じろぎもしていません。座っている姿勢からもはっきり分かります。私も賭けていいですが、彼女は撃たれる前に死んでいたんです」

「検死解剖ではっきりするでしょう。毒が検出されればね」とクリントン卿は応じた。「ただ、この手の植物性の毒物は、特殊なものだったりすると、検出の難しいことがあるんです」

再び警部のほうに目を向けると、警部は身を起こし、ズボンの膝の埃を払っていた。

「確かに薬莢を三つ見つけましたよ」と報告した。「二つは向こうの寝椅子の下にありました。三つめは窓のそばの隅っこに落ちていました。拾い上げてはいません。この部屋の見取り図を作る必要があるだろうし、そうなると、物は動かさずにおいて、正確な場所が分かるようにしといたほうがいいでしょうから」

クリントン卿はわが意を得たりとうなずいた。

「見たところ、オートマチックから薬莢が排出される仕方から考えると、窓のそばに落ちていた薬莢が女を撃った弾丸といえるだろう。接近して落ちていたほかの二つは、ハッセンディーン君の肺を貫いた二発とみていい。だが、これもただの推測だ。銃を調べてみようか、警部」

フランボローはチョッキのポケットに手を突っ込み、かがみこんで銃をそっと取り上げると、チョークで床に、銃の落ちていた位置を示す輪郭をおおまかに描いた。

「指紋があるか確かめますか？」と訊いた。「検出用噴霧器なら車の中にありますので」

警部は了解を得て、パタパタと外に出て粉噴霧器を取ってくると、すぐに検出用具を使って銃を調べた。しかし、警部の顔には深い失望の色が浮かんできた。

「たいしたものは出てきませんね。この銃に最後に触れた者は、手袋をはめていたに違いありません。役にも立たない汚れしか付いてませんよ」

クリントン卿はその情報に失望した様子はなかった。

「では、銃身を開いて、弾倉を見てくれ、警部」

「銃身に残っている薬莢を数えると、三発分を除いて弾が詰まっています」フランボローは台尻から弾倉を取り外してからそう説明した。

「では、まさにこの銃から発射された弾の数に一致する空の薬莢はすべて見つけたわけだ。誰か残して、その他の細かいことは見取り図を作る際に調べさせよう。なにか見つかるとも思えんがね。さてと――おや！　こりゃなんだ？」

卿はすばやく部屋を横切り、四脚立ての小さな書棚の下に転がっていた物を拾い上げた。手に取って見ると、ほかの二人にも、それが琥珀製のたばこ用パイプだと分かった。フランボローは悔しさを表情ににじませた。

「その下も確かに見たはずなんですが」と警部は言った。

「もちろんさ、警部。だが、こいつは書棚の脚の一つにほとんどぴったりくっついてたんだ。たぶん、君が四つん這いになっていたときの位置からすると、見えなかったんだろう。さっき私が立っていた場所から見て右側のほうに落ちていたんだ。さて、調べてみようか」

管に指紋を付けないよう最大の注意を払って、先端のほうを持ちながら差し出して見せた。ちょっと見には、どこのたばこ屋でも売っているような、ただのたばこ用パイプにしか見えない。しかし、親指と人差し指でつまみながら回し、円筒の反対側を見せると、パイプの素材の中に蝿が埋まっているのが見えた。

「琥珀の中の蝿というのはよく聞くがね」とクリントン卿は言った。「本物を見るのはこれが初めてだよ」

リングウッド医師は身を乗り出し、囚われの身の虫をよく見た。

「すぐに蝿と分かりますね」と医師は言った。「私も琥珀の中の蝿というのは見たことがありません。しかも、これは羽を半分広げていますし、持ち主の仲間のあいだではきっとよく知られたものだったでしょうね」

「だが、こんなものはこの事件となんの関係もないのでは」フランボロー警部が口をはさんだ。「たぶん、夏のあいだ家を使っていたときに落としたんですよ。来客の誰かが落としたというのが関の山です。ハッセンディーン家の誰かの物かもしれませんし」

クリントン卿はその小物を縦にして、たばこの受け口になる筒の中を覗き込んだ。

「これは夏のあいだの落し物ではないよ、警部。管の中にはタールが液体のまたっぷり残っている。ふた月もそこにあったのなら、タールは粘着してしまっているはずだ。いや、これは間違いなく最近――ここ一日、二日のあいだに使われたものだよ」

卿は窓のほうに歩み寄った。

「指紋検出用具を持ってきてくれないか、警部。ここに粉を吹き付けてくれ」

フランボローは指示に従ったが、粉を吹き付けても、パイプの胴体に形のはっきりしない斑点が一つ二つ出てきただけだった。

「なにもなしか!」リングウッド医師はがっかりした様子を隠そうともせずに声を上げた。

「なにもないね」クリントン卿も認めた。

パイプをフランボローに手渡すと、警部はしっかりとしまい込んだ。

「死体はあらためてよく調べてみなくては」と警察本部長は言った。「君がやってくれるかい、警部」

「この手の今風のドレスにはたいした手がかりはありませんね」フランボローは女のイヴニングドレスをばかにしたように見ながら言った。「だが、バッグを持っていたはずだな……。おや、ここにあるぞ！」

死体と椅子の背のあいだに手を突っ込むと、小さなバッグを引っ張り出し、中を開けてみた。

「よくある白粉の箱」と、物品の名を挙げながら取り出しはじめた。「手鏡、それも銀色の枠付きでイニシャルはなし。小さな櫛。口紅――一、二度使われたやつ。金はなし。ハンカチもなし」

「シルヴァーデイル夫人のハンカチなら、昨夜、車の中に見つけたね」クリントン卿は記憶を促した。

「ということは、これは彼女の死体に間違いない。ふむ、これで全部みたいです」

「指輪をいくつかはめているが、そっちはどうかね」と警察本部長は言った。「外せるか試してくれ。内側に銘が入っているかもしれない。その手の銘を好む女もいるからね」

さいわい、死体の手は硬直していなかったので、指輪を外すことができた。フランボローは、指輪を三つ手中に収めると、注意深く調べはじめた。

「まさにおっしゃったとおりですよ。これは結婚指輪です。〝23・11・7〟と銘が刻んであります――婚姻の日付でしょうね。日付の両横にイニシャルがあります。〝Y・S〟――これはもちろん、イヴォンヌ・シルヴァーデイル。〝F・S〟――これは夫のイニシャルでしょう。それから、留め指輪に使っていたダイヤの指輪があります。見てみましょう。これも、〝23・10・4〟という日付の両横に同じイニシャルがあります。これは婚約指輪ですね。ふむ！　婚約期間がひと月と三日ということは、さほどよく考える時間も持たずに結婚したということですな」

　二つの指輪をクリントン卿に手渡すと、最後の一つを掌から取り上げて調べはじめた。

「これは小指から外したものです。装飾のない金の指輪で、YとSを組み合わせた印章付き指輪です。明らかにシルヴァーデイル夫人のものですね。内側の銘はと……。ほう！　また違うのがありますね。こっちの日付は〝25・11・5〟です。でも、両側には一文字ずつしかありません。一方はY、もう一方はBです。なにやら妙ですな」警部は、上司の表情からなにか読み取れないか盗み見ながら説明を終えた。

「君の言うとおりだ、警部」というのが、なんとか引き出せた精いっぱいの言葉だった。「では、ブレスレットと首にかかった真珠のネックレスを外してくれ。ブレスレットでなにか気づいたことは？」

「特にありません」警部はちらりと物を見てから言った。

「よし、町に戻ったら、みんな保管しておいてくれ。ここでの仕事はこれで終わりかな？」卿は部屋を見回すと、もう一つの窓に目を留めた。バンガローの側面から外が見える窓。カーテンは引かれたままだ。卿は、外の陽光が差し込んでくる小さな隙間に注目した。カーテンの生地に目を走らせると、ふと考えが浮かんだようだ。

「ちょっと外に出てみようか」そう言うと、先頭に立って玄関ホールを通って外に出た。「さて、例の窓はこのあたりだね。ちょっと離れていてくれ」

　窓の外で立ち止まると、しばらく地面を綿密に調べた。

「分かるかい、警部?」と卿は尋ねた。「はっきり識別できる足跡は付いてない。だが、窓の真ん前にある小道脇の花壇に足を踏み入れた者がいる。明らかに花が踏みつぶされている……。それも、見たところ最近のことだ」

窓敷居の下にある花壇にそっと足を踏み入れると、かがみこんで、カーテンのあいだの狭い隙間に片目を寄せ、部屋の中を覗き込んだ。

「面白い」身を起して仲間のほうを向きながら言った。「ここから部屋の中がすっかり見えるよ。昨夜、この隙間を利用した者がいるようだね。真っ暗で閉め切った家の中を覗き込もうとする者はいない。ということは、おそらく、そいつが隙間から覗き込もうとしたときには、電灯がついていたんだ」

警部は嬉しそうな様子をあらわにした。

「そいつを捕まえることができりゃいいですね。殺人の現場を見ていたかもしれませんよ」

クリントン卿のほうは手放しに喜ぼうとはしなかった。

「みなただの仮説だよ」と冷やかに指摘した。

フランボローは素直に、それまで懐疑的だったことを謝りたい気持ちになった。

「ジャスティス氏の件では、おっしゃったとおりでしたね。そいつこそは鍵を握る人物ですよ。そいつを捕まえて、昨夜なにを見たのか吐かせれば、あとはなんの手間もいりません」

クリントン卿は苦笑を禁じ得なかった。

「君は私にも真似が出来ないくらい早合点だね、警部。その〝覗き屋〟がジャスティス氏かどうかは分からない。どっちの証拠もないんだよ」

卿は小道にもう一度戻った。

「さて、警部、君にはここを持ち場として残ってもらいたい。このところ、君の役目になるのが当たり前になってるみたいだね。交替要員を二人あとで送るよ――図面作成する職員もね。来たら指示してやってくれ。それと、シルヴァーデイル夫人の死体を移動させる手配もしておくよ」

「分かりました。交替要員が来るまでここに残ります」

「それじゃ、リングウッド医師と一緒にすぐに失礼させてもらうよ」

二人はバンガローの外を回って、車を停めた場所に行った。クリントン卿は運転しながら医師に話しかけた。

「ご足労いただき、あらためてお礼申し上げますよ、先生」

「いえ、どういたしまして」とリングウッドは答えた。「今朝は、ライダーに患者の診察を代わってもらいましたから――少なくとも危急を要する患者についてはね。とてもいいやつですよ。あなたに呼ばれてるんだと伝えたら、こころよく引き受けてくれました。確かに、これは愉快な仕事じゃありませんが、少なくとも、退屈きわまりないカリューの診療業務から解放してもらえたわけですから」

クリントン卿はしばらくなにも言わずに運転すると、医師に質問をした。

「ハッセンディーン君が、肺にあんな傷を負ったまま、バンガローからアイヴィ・ロッジまで自分で運転したとはまず考えられないでしょうね？」

「検死解剖で不可能だったと判明しないかぎりは、断言するつもりはないですよ。肺を損傷した人が――致命傷の場合でも――しばらく元気に動き回った事例だってありますから。もちろん、動き回ったりすれば、組織に新たな損傷を生じたりするでしょうけどね。むしろ驚きなのは、昨夜のあの霧の中をどうやって家まで帰ったのかということですよ」

「そう難しいことでもないでしょう」とクリントン卿は言った。「この道は、バンガローからローダーデイル・アベニューのはじまでまっすぐ通じています。車をまっすぐ走らせて、曲がり角のあるところさえ認識しておけばいいんですから。複雑な道を切り抜けなくてはいけないわけじゃありません」

　ふと考えがひらめいたようだった。

「ところで、先生、例の日付の奇妙な一致にお気づきになりましたか？」

「日付ですか？　いえ、なにも。どういうことです？」

「そう」警察本部長は考え深げに言った。「引き出しで見つけた、例の破かれた封筒の紙片にあった日付は、一九二五年でした。あの謎めいた印章付き指輪の数字は、〝25・11・5〟でした。そこにふと思い至りましてね」

　卿の様子からすると、それ以上詳しくは話したくないようだった。リングウッド医師は話題を変えた。

「そういえば、窓のレバーの指紋を調べませんでしたね」問いただすような口調をにじませながら言った。

「警部がやってくれますよ。彼なら抜かりはありません。どのみち、レバーに指紋があるとは思えませんがね」

　しばらくのあいだ、クリントン卿は黙って運転し続けた。そろそろウェスターヘイヴンの外れまで来ていたからだ。もう一度口を開いたときの卿の言葉は妙に曖昧だった。

「昨夜、ヘザーフィールド荘で殺された気の毒な女中が、あんなにきれい好きでなければよかったんだが」

リングウッド医師は目を見張った。

「どうしてですか？」と尋ねた。

「だって、仕事を面倒くさがって、例のコーヒー・カップを洗わないままにしておいてくれたら、ずいぶんと手間が省けたからですよ。ところが、流し場を見ると、みんなきれいに洗って片づけられていた」

「なるほど……。さすが見逃しませんね」と医師は認めた。「あなたが注目なさったのは――シルヴァーデイル夫人が客間から出てきたとき、様子が変だったという女中の話を私がお伝えしたからですね？　そのときから、薬物のせいだと思っておられたと？」

「そのとおりです」とクリントン卿は答え、少し間を置いて付け加えた。「使われた薬物についても分かっているつもりですよ」

# 第六章　考えられる九つの解決

　クリントン卿が指揮を執っているときの警察組織は、いつも円滑に機能する。通常業務が殺人のような不測の事態に妨げられた場合でもだ。この巨大で機動的なエンジンは、ほとんど反射的に異常事態に対応してしまうようだ。ハッセンディーンとヘザーフィールド荘の女中の死体は、警察の所管に移され、手続きもすませて検死が行われていた。ヘザーフィールド荘でも、警官が常時見張りに立っていた。写真班が呼ばれ、二軒の家にあった死体の正確な位置を示す〝計測写真〟を撮っていた。前夜の交通車両についても、捜査が地区全体にわたって手分けして行われていた。こんな突発事件でも、手がかりになりそうな情報はどんな些細なものであろうと、手広い情報収集体制をとって地道に拾い上げていた。最後に、この組織は、バンガローで立ち往生していたフランボロー警部を救うためにも触手を伸ばし、警部に代わって警察官を常駐させるとともに、シルヴァーデイル夫人の死体を搬送して、屋内の図面を作成する手配もしていた。

「なにか新しい情報はあるかい、警部？」警部が部屋に入ってくると、クリントン卿は書類から目を上げながら尋ねた。

「一、二点、明らかになったことがあります」フランボローは気さくそうな顔に自信をのぞかせながら言った。「まず、窓の掛け金のレバーに指紋がないか調べさせました。なにも出てきません。その件は以上で終わりです。その問題にはさほど重きを置いておられなかったようには思いましたが」

警察本部長は黙ってうなずき、フランボローが報告を続けるのを待った。

「屋内外の血痕を調べましたところ、小さな血痕を二、三箇所見つけました――部屋から玄関に続いていました。ただ、思ったほど血痕はなかったですよ」

警部は血の染みたハンカチを取り出した。

「今朝、霧が晴れてから、ローダーデイル・アベニューのかどの近くで拾ったものです。隅にHという文字があります。ご存じのとおり、ハッセンディーンの死体にはハンカチはありませんでした。間違いなく、出血を抑えるためにこのハンカチを使ったんです。おそらく、これが見つかった場所で、車から落としたんでしょう。医師の話では、外出血はほとんどなかったようですし、流れ出た血の多くはこのハンカチでぬぐい取ったんですよ」

クリントン卿は再びうなずき、警部は話を続けた。

「三人の死体から指紋を採取しました。必要なら記録照会します。それから、バンガローの例の側窓をよく調べました。何者かがそこに立っていたのは間違いありません。ただ、痕跡が乏しくて、保存用記録が採れるようなものはありませんでした。

細かい特徴はおろか、靴跡すら判別できません」

「ほかには?」とクリントン卿は尋ねた。「よく突っ込んで調べたようだね」

フランボローは、その言葉に込められた賞賛に嬉しそうな顔をした。

「広告の案を作りました――もちろん言葉を慎重に選んでのことですが――ジャスティス氏に対して、まだ情報を握っているなら教えてほしいと求める広告です。もう出稿しました。今晩の『イヴニング・オブザーヴァー』と明日の各紙朝刊に載りますよ」

「よし！　まあもっとも、それほど結果は期待できんがね、警部」

フランボローはうなずいた。手を胸ポケットにやると、紙を取り出した。

「ヤロウ部長刑事から報告がありました。ジャスティス氏の電報を調べるために郵便本局に派遣したんです。送信者の特徴を得ることはできませんでした。電報は窓口で直接受け付けたものではありません。通常の封筒に電報料金を同封して郊外のポストに投函されたものなんです。郵便本局に届いたあと、そのままこっちのかどにある地元郵便局宛てに電信したというわけです」

「ほう！」とクリントン卿は言った。「では、君の広告はなおのことさしたる効果は期待できないね。ジャスティス氏は明らかに正体を隠したがってる」

「そのとおりです。すぐに分かりますがね。よろしければ、まずヤロウの報告を最後まで話させてください。郵便本局でこの情報を得ると、彼は封筒を集荷した郵便局員を突き止めて質問したわけです。封筒が投函されたのは、ヒル・ストリートとプリンスズ・ストリートのかどにあるポストのようです。リザードブリッジ・ロードからはほど遠い場所ですよ——ほら、町のちょうど反対側ですから」

「バンガローから少なくとも五マイルは離れているな」とクリントン卿は言った。「話を続けてくれ、警部」

「ヤロウが聴き取ったところでは、局員がこの封筒を含む郵便物を集荷したのは、今朝七時です。その前に同じポストから集荷したのは、昨夜八時でした」

「すると、はっきりしているのは、封筒は午後八時と午前七時のあいだに投函されたということだな」

「そうです。ヤロウは、元の電報用紙を手に入れました」フランボローは、手にした用紙をちらりと見て言った。「封筒は無造作に破って開封されて、ゴミ箱に捨てられていたのですが、ヤロウはこれもうまく回収しました。現物に間違いありません。ヤロウは、職員たちが郵便局で仕事をしていたあいだに誰が封筒と封入物に触れたかも突き止めました。職員全員に協力を求めて、現場でみずから指紋を採取しました。それから、収集した証拠を持ち帰り、封筒と封入物に残された指紋を検査させ、検査用粉末で指紋を検出したあと、二つとも写真に撮らせました」

「で、なにも手がかりは得られなかったんだね？」

「今のところ得ておりません。検出された指紋はすべて郵便局員か仕分け係、電信係のものでした。ジャスティス氏の指紋は一つもありません」

「正体を隠したがってると言っただろ、警部」

警部はクリントン卿の前のデスクに紙を置いた。

「同氏のことで判明したのはこれだけです。筆跡すら明るみに出していませんよ」

警察本部長は、身を乗り出して用紙を確かめた。メッセージを別にすれば、ごく普通の電報送信用紙だった。メッセージは、「ハッセンディーンのバンガローを調べよ。リザードブリッジ・ロード。ジャスティス」となっていたが、切り抜いた文字や文字列をゴム糊で紙に貼ったもので、手書きの文字は一つもない。

クリントン卿は、タイプ文字にしばらく目を走らせると、用紙に印刷された公式の指示事項も読んだ。

「どうやら、ほかの電報用紙から文字を切り抜いてきたようだね」

「そうです」

「実に巧妙だ。これではまず正体を突き止めるチャンスはないからね。電報用紙をどこから入手したかを調べても無駄だ。仮に使った用紙を突き止められたとしてもね。この人物は、先を見通して対処することのできる稀な知性の持ち主だよ。ジャスティス氏に会ってみたいものだ」

「まあ確かに、たいした情報は得られないですね。ヤロウは精いっぱいやりましたよ。これ以上のことは望むべくもありません。ただ、結果は空クジだったわけです」

クリントン卿は腕時計を見ると、たばこケースを取り出し、警部に一本勧めた。

「座ってくれたまえ、警部。ここからは非公式の話だ。捜査をさらに進める前に、できるだけ下準備をしておくのも悪くないだろう。けっきょくは時間の節約になるものさ」

フランボロー警部は、目の前に罠が仕掛けられたと感じた。

「どういうことでしょう」

警察本部長は、フランボローの頭になにが浮かんだか悟ったように笑みを浮かべた。

「自分でやってみる前に、人にやれと言うのは嫌いでね」と目をかすかにきらめかせながら言った。「だから、君にも分かるように、持ち札はテーブルに並べてお目にかけよう。気が向いたら、いずれ君自身も同じことをやってみたらいいよ、警部」

警部が浮かべたかすかな笑みは、ニヤニヤ笑いにまで広がった。

「分かりました。まったく非公式なことというわけですね」

「見たところ」とクリントン卿は説明をはじめた。「人が二人、昨夜、バンガローで死を迎えた。もちろん、ハッセンディーン君は実際にはそこで死んだのではないが、そこで撃たれたわけだ」

フランボローは、話の腰を折らず、同意のしるしにうなずいた。

「不慮の死は三つの事例に分類されるだろう」と警察本部長は続けた。「事故、自殺、他殺のいずれかだ。謀殺の可能性も含めてね。さて、バンガローでは、二人の人間が死を迎えた。いずれのケースも、この三つの死因のいずれかであるはずだ。順列と組み合わせは学校で習ったよね、警部?」

「習いませんでした」フランボローは怪訝そうな様子で告白した。

「まあいい。二人の人間の考えられる死因が三つのうちのいずれかとすれば、九つの異なる組み合わせがある。書き出してみよう」

紙を一枚引っぱり出すと、さらさらと走り書きし、その紙をテーブルの上を滑らせて警部に渡した。

フランボローが身を乗り出して読むと、次のように書いてあった。

| | ハッセンディーン | シルヴァーデイル夫人 |
|---|---|---|
| 一. | 事故 | 事故 |
| 二. | 自殺 | 自殺 |
| 三. | 殺人 | 殺人 |
| 四. | 事故 | 自殺 |
| 五. | 自殺 | 事故 |
| 六. | 事故 | 殺人 |
| 七. | 殺人 | 事故 |
| 八. | 自殺 | 殺人 |

「さて、この表には、理論上起こり得るすべての可能な組み合わせが挙げてある」とクリントン卿は続けた。「だから、真相はこの範囲内のどれかなんだ」

「ええ、もちろん、どれかですね」フランボローはばかにしたように言った。

「一つひとつ順に取り上げていけば、起こり得たことの手がかりを多少は得られるだろう」クリントン卿は、このアイデアに警部があからさまにばかにした態度を見せても、ものともせずに話を続けた。「だが、その前に一、二点はっきりさせておこう。現状で分かるかぎりでは、女の死因は毒であり、頭を撃たれたのは死後だ。ハッセンディーン君は二発の銃弾で死んだ。異論はあるかい？」

「ありません」フランボローはどうでもよさそうに同意した。

「では、いよいよ個々のケースを取り上げよう。ケース一。いずれも事故だった。このケースに当てはめると、女は、自分自身か誰かが誤って盛ってしまった致死量の毒を飲んだことになる。ハッセンディーン君は、誤って自分を二度撃った——ちょっと考えにくいね——か、第三者が意図せずして二度撃ったかのいずれかだ。このケースをどう思う？」

「あまり説得力がありません」

「では、ケース二だ。二重の自殺。これはどうだい？」

「恋人同士の心中は珍しくありませんね」と警部は認めた。「真相に近いかもしれませんね。万一毒が効かなかったことも考えて、自分を撃つ前に彼女の頭を撃ったのかも」

警部はポケットから手帳を取り出した。

「ちょっと待ってください。ハッセンディーン君が銃所有許可を持っていたか、確認するのを忘れないようメモしておきますよ。きっと持っていたと思いますがね。あなたがお帰りになったあと家宅捜索していたら、引き出しからひと箱半ぶんの弾薬を見つけましたから」

警部がメモしているあいだ、クリントン卿は話を中断した。

「では、三番目のケースを取り上げよう」フランボローが手帳を閉じると、話を続けた。「シルヴァーデイル夫人は意図的に毒殺、ハッセンディーン君は故意に射殺。撃ったのは死ぬ前の夫人か、別の第三者だ」

「二人だけを想定するより三人目がいた可能性のほうが高いでしょう」と警部は言った。「窓を開けた者がいますし、そいつの存在を当てはめないと。争った形跡もありますし」

「そのとおりだ、警部。シルヴァーデイル夫人の頭に撃ちこまれた弾丸もこの構図に当てはめられるかい？」

フランボローはこの問いには無言のまま首を横に振った。

「では、ケース四だ」警察本部長は話を続けた。「シルヴァーデイル夫人は自分の意思で毒をあおり、ハッセンディーン君は事故で死に至った。言い換えれば、彼はシルヴァーデイル夫人か第三者に撃たれたわけだ――自分を二度も間違って撃ってしまう者がいるとは考えにくいからね」

フランボローはまたもや首を横に振ったが、今度はもっときっぱりと振った。

「ありそうにないですね」

そう言うと、ハッと顔色を変えた。

「いや、ちょっと待ってください」とすぐ付け加えた。「それが事実としたら、彼女は自殺の動機があったことになります。何者かに追い詰められていたのかも。とても危険なやつですよ。彼女は万事休すと悟った。具体的にどういう事情だったか分かるとまでは言いませんよ。でも、彼女をつけ狙っていたやつが、昨夜、ヘザーフィールド荘で止血帯を使ったやつだとすれば、夫人にしてみれば毒をあおるほうがもっと楽な逃げ道だと思ったかも。一つの可能性ですが」

「それでは、まったく仮説に基づく謎を設定して、その手がかりを追い求めることになるよ、警部。もちろん、君の言うことが間違ってると言うつもりはないが」

「もう十分錯綜してますよ」フランボローは虚心坦懐に言った。「それと、このケース四には、もうひとつ穴があります——むしろ、もっとありますね。私の提示した仮定を採用でもしないかぎり、そもそもなんで女が毒を所持していたのか説明がつきません。なにやら荒唐無稽ですよ。それに、第三者なるものがこの事件に存在したとして、そいつがハッセンディーン君を事故で二度も撃ったと想定しなくちゃいけません。私にはどうも納得できない。無理がありますよ。それに、シルヴァーデイル夫人が事故で彼を撃ったとしても、そんなことで自殺を図る必要もありません。彼女がそこにいるとは誰も知らなかったんだから。彼女はただ玄関から出て、誰にも見とがめられずにずらかることもできた。それに、すでに毒をあおっていたのだとしたら、自分の頭を撃つ必要はなかったのでは？」

「強力な異議申し立てだ」クリントン卿は認めた。内心、警部がこのゲームに乗り気になってきたのが面白かった。「では、ケース五に進もう」

「いや、ケース五はただの絵空事ですよ」警部は遠慮なく言った。「夫人は事故で毒を飲んだ。そして、事故で撃たれた。それから、ハッセンディーン君が自殺を図る。こりゃいくらなんでも無茶苦茶ですよ」

「君の端的なもの言いは気に入ったよ」クリントン卿は感心したかのように言った。「では、ケース六に進むかい？　夫人は意図的に殺され、青年は事故で撃たれた。この場合はどうだい？」

「それを可能性として受け入れる前に、殺人の動機を知りたいですね。夫人が意図的に毒を盛られたのなら、ハッセンディーン君が夫人をバンガローに連れ込んだのはなんのためだったんでしょう？彼が夫人に毒を盛ったというなら、まさに自分に疑いがかかるだろうし……」

フランボローは口をつぐみ、しばらく考え込んだ。

「こりゃ思いもよらなかったぞ」と突然叫んだ。「毒を用いたのは夫人かハッセンディーン君だとばかり想定していましたよ。だが、第三者の可能性もある。その線は考えてもみませんでした」

もう一度考え込んだが、そのあいだクリントン卿は警部の顔をじっと見つめていた。

「毒が効き目の遅いものだったとすると、全然違う人間かもしれませんね。ヘザーフィールド荘にいた者かも」

「そのとき、ヘザーフィールド荘には、身動きできる者は一人しかいなかったんだよ」とクリントン卿は指摘した。

「女中のことですか？　もちろん、そうですよ！　そう考えれば、彼女が死んだのも説明がつく。私的報復かもしれませんね。警察を煩わせずに自分で落とし前をつけてしまったやつがいるのかも」

新たな視野が警部の思考に開けてきたようだ。

「やってみると、こんな方法もなかなか有意義ですね」と警部は鷹揚に認めた。

「その『やってみると』というのが気に入ったよ、警部。だが、ともかく、君にもこの方法が役に立つのが分かったようだね。それだけでも意味があったよ」

「確かに普通なら思いつかないひらめきをもたらしてくれますね。次のケースに行きますか?」

「ケース七かい?　さっきのケースの真逆だね。青年を撃ったのは故意で、夫人の死は事故。どう思う?」

「要するに、夫人は誤って薬を飲みすぎたか、同じく誤って誰かが致死量を与えてしまったかです。それから、夫人か第三者がハッセンディーン君を撃った」

「そんなところだ」

「ふむ!　ほかの解決案と比べても悪くないですね。それにしても……。見たところ、夫人は麻薬常用者には見えませんでした。もっとも、麻薬初心者で、誤って服用しすぎたのかもしれない。目の瞳孔はすっかり拡大してましたからね。モルヒネやヘロインを吸入したのならそうはなりませんが、案外、コカイン中毒だったのかも……。この方法はなかなか思考を刺激しますよ。思いもよらぬ考え方を生み出しますね」

「さて、もうひとつの考え方に進もうか、警部。ケース八だ。つまり、青年は自殺、夫人は殺人」

「またもや動機の不明という問題が出てきますね。そのケースは後回しにしましょう」

「では、ケース九だ。青年は殺人、夫人は自殺。どう思う?」

「一つひとつ検討させてください。まず、青年が殺人なら、夫人が殺したか、第三者がやったわけです。夫人が殺したのなら、事前に計画していて、ハッセンディーン君を撃ったあとに飲むつもりで毒も携えていたのかもしれない。それなら分かります。第三者がハッセンディーン君を殺したのなら、夫人は、次は我が身と恐れて自殺したのかも。ただ、その場合、夫人はもともと毒を携えていたことになりますね。それと、この第三者が誰であれ、そいつは二人に相当恨みを持っていたことになる。その視点からこの事件を考察することもできますね。ただ、このケースは別の捉え方もできます。心中するつもりで、夫人がその手段に毒を携えていたとしましょう。それから、青年が毒をあおる前に、第三者が現場に現れ、彼を撃ったというわけです。それも一つの可能性ですね」

「それから、その第三者が、なにかよく分からん自分の都合で、ご親切にも余った毒を片づけてくれたというわけかい？」

「うーん！　ばかげてますかね？」

「もちろん、ありそうにないことも実際起きたりするものだ」クリントン卿は認めた。「犯罪の確からしさにこだわるつもりはないよ。珍しい犯罪の事例だってあるからね」

　フランボローはポケットから手帳を取り出し、クリントン卿の分類を写し取った。

「この件については、またあらためて考えてみます」写し終えると、そう言った。「最初に見せていただいたときにはそれほどとも思わなかったんですが、確かにこれは、やってみてひらめくところのある方法のようですね」

「さて、事件を別の視点から見てみよう」とクリントン卿は提案した。「ハッセンディーン君とシルヴァーデイル夫人がバンガローの部屋にいたと仮定しよう。側窓に誰かがいた痕跡があるし、間違いなく何者かが正面のガラスを割っている。それはそうと、警部、昨夜、ハッセンディーン君の衣服を調べたときに、キーホルダーとかはあったかい？」

「鍵はいくつかありました――アイヴィ・ロッジの掛け金の鍵と、もう一つか二つ」

「バンガローの鍵がその中にあったか確かめるべきだ。もしなければ、押し入らなきゃいけなかったわけだからね——それなら、割れた窓の説明もつく。だが、割ったのは彼ではないと確信しているよ。午後に前もって花を生けて、部屋を整えておいたわけだからね。玄関の鍵を持っていなかったとはまず考えられない」

「おっしゃるとおりです」警部はうなずいた。

「とりあえず、割れた窓は第三者の仕業だとしておこう。そう想定すると、なにが考えられる?」

「一つしか考えられないんじゃないですか?」とフランボローは問い返した。「側窓には、あなたの言われる〝覗き屋〟がいたわけです。他方、正面には、窓を破って部屋に侵入するほどいきり立った二人目の人物がいた。まさか、この二人の人物を一人に集約しようと考えておられるんじゃないでしょうね? 〝覗き屋〟が側窓から離れて正面の窓まで歩いて行き、そこから押し入ったなんてばかげてますよ。押し入るなら、どちらの窓でもよかったわけです。場所を変える必要はないですよ」

「ないね」クリントン卿もなにやら考えている様子で同意した。「そういう視点から考えていたわけじゃない。ジャスティス氏はどこに当てはまるかを考えていただけだ」

「つまり、〝覗き屋〟は彼か、それとももう一人のほうか、ということですか?」

「まあね」と警察本部長は答えると、話題を変えて言った。「これからどんな情報を探るつもりだい、警部?」

フランボローはあらためて思考を整理し、咳払いしてから話しはじめた。

「まず確かめたいのは、毒の種類、出所、それに効き目がどれほどのものか、ですね。検死解剖の結果からなにか分かるでしょう。内臓の一部だっていつでも分析に回せますし」

クリントン卿は同意のしるしにうなずいた。

「毒物の確認に関しては、二人の人物にそれぞれ別に依頼しよう。一人はロンドンの専門家、もう一人は、そう、当地のクロフト・ソーントン研究所の化学者がいいね。どのみち、リングウッドの話の裏を取るためにも、マークフィールドという男には会う必要がある。その際、分析を頼める者がいないかも聞ける。マークフィールド自身が引き受けてくれるかもな」

警部は、自分があとを受けて話すのをクリントン卿が待っているのを見てとり、必要とされる証拠を一つひとつ挙げはじめた。

「ヤロウにハッセンディーン君の銃所有許可の確認をさせます。調べるのにそうはかからないでしょう。それで、床に落ちていたのが間違いなく彼の銃だと確認できます。銃が外部から持ち込まれたとはまったく考えていませんがね。引き出しにあった開封した弾薬もその点を裏付けるものと思えます」

「その点では君の意見を支持するよ」とクリントン卿は同意した。

「それから、女中殺しのほうを調べて、彼女がシルヴァーデイル夫人に恨みを抱いてなかったかも確かめたいですね。もう一人の女中が病重篤というのが残念です。しばらくは彼女から情報を得るのは無理でしょう。女中からはもう一つ知りたいことがあります。そもそもシルヴァーデイル夫人自身が麻薬中毒だったかですよ。ただ、もしそうだとしたら、別の情報筋からも手がかりを得られるとは思いますが。もちろん、毒物が麻薬と無関係のものと判明すれば、その線の調査も優先度が低くなります」

「それで?」とクリントン卿は先を促した。

「それから、ハッセンディーン君のポケットにあった鍵がバンガローのドアに合致するか、部下を派遺して確かめさせます。割れた窓の件をはっきりさせるためにもね。そう時間はかからんでしょう」

「ほかには？」

「そうですね。〝覗き屋〟とジャスティス氏が何者なのか、調べる必要があるでしょう」

「私のささやかな選択肢のリストからいろんな手がかりを引き出したようだね、警部。最初にばかにしてかかったのはまずかったと思うだろ」

「まあ、そうですね。予想以上に教えられましたよ」

「一つだけ確かなことがあるよ、警部。事件の真相はこの小さな表のどこかにある。正しいケースを選択するだけのことさ。賭け率は最高で八対一だ。非現実的すぎる組み合わせを除外すれば、実際はもっと絞り込める」

デスクの電話が鋭く鳴り響き、クリントン卿は伝言を聞きとった。

「君にも耳よりの情報だよ、警部。シルヴァーデイル氏が帰宅して、クロフト・ソーントンに行ったとの報告があった。ヘザーフィールド荘を受け持っていた警官に自分の行き先を告げたんだ。実に気の回ることに、クロフト・ソーントンならここから近いし、自分に訊きたいことがあるなら、そこに来てくれれば都合がよかろうと言ったそうだ。なかなかしっかりした男だね。さて、どうする、警部？」

「すぐに行きます」フランボローは腕時計をちらりと見るとそう言った。

「私もお供させてもらうよ」クリントン卿は進んでそう言った。「それはそうと、例の蝿入り琥珀製のたばこ用パイプだが、下の階の連中が検査をすませたのなら、そいつも持っていったほうがいい。ハッセンディーン君がクロフト・ソーントンで働いていたのなら、そこの職員が彼の物だと確認してくれるかもしれない。その件で親族を煩わせたくないんだ」

「分かりました」フランボローは同意した。「車が必要ですね。すぐ手配させます」

# 第七章　琥珀の中の蠅

フランボロー警部がクロフト・ソーントン研究所の巨大な棟の玄関で守衛に身分を告げると、職員が迷路のように入りくんだ階段や廊下を案内してくれた。

「こちらがマークフィールド博士の実験室です」案内役は最後にドアをノックしながら言った。「男の方が二人お見えです」と告げると、脇に寄ってクリントン卿と警部を中に招じ入れた。

二人が実験室に入ると、トレヴァー・マークフィールドは、それまで没頭していた実験台から彼らのほうに歩み寄ってきた。二人が見知らぬ相手と分かると、少し驚いた様子だ。

「なにかご用でしょうか」丁重ながらも余計な感情は見せずに尋ねた。

フランボローは、上司のさりげない目配せに応じて、一歩進み出た。

「こちらは警察本部長のクリントン・ドリフィールド卿です、マークフィールド博士。私は警部のフランボローです。お伺いしましたのは、ある事件に関して専門的なご支援をいただきたいと思ったからです」

マークフィールドは、フラスコを温めている湯煎器のほうをちらりと見ると、実験室に隣接する小さなオフィスに二人を案内し、皆が入ったあとにドアを閉めた。

「ここなら人に聞かれません」博士は身ぶりで二人に椅子を勧めながら言った。「助手の一人がもうすぐ戻ってくるし、おそらくご用件は内密を要する話でしょうから」

警部は同意のしるしにうなずいた。

「毒殺事件でして、毒物を特定するために協力をお願いしたいんです」

「ちょっと漠然とした話ですね」マークフィールドは苦笑しながら言った。「まあ、毒といってもたくさんあります。砒素とかだったら、一年生の学生でも検出できますよ。でも、有機物のたぐいだとかなり手ごわいでしょうな」

「散瞳性のアルカロイドのようなんです」とクリントン卿が口をはさんだ。「アトロピンか、それに近いものですね。死体の瞳孔が拡大していましたから」

マークフィールドはちょっと考え込んだ。

「私もアルカロイドを扱ったことはありますよ」と言った。「しかし、その手の事例なら、優秀な専門家が必要ですね。アルカロイドは少量だと、特定のきわめて難しいものもありますから。もちろん、私にご依頼とあれば、料金をいただいてやりますよ」とかすかに笑みを浮かべて言い添えた。「ただ、実を言うと、上司のシルヴァーデイル博士がアルカロイドの専門家でしてね。長年にわたって研究していますから、やり方は指導してくれるでしょう。彼の部屋にご案内しますよ」

博士は椅子から立ち上がったが、フランボローは身ぶりで押しとどめた。

「そうもいかんのです、マークフィールド博士。実を言いますと、調査しているのは、シルヴァーデイル夫人の死亡事件なんですよ！」

マークフィールドは、警部の言葉に驚きの色を隠しきれない様子だった。

「シルヴァーデイル夫人ですって？　夫人にまさかのことがあったというんじゃないでしょうね？

なんてことだ！　夫人のことはよく知ってます。彼女に恨みを抱く者などいませんよ」

その話が信じられないとばかりに二人の捜査官の顔を交互に見た。

「ちょっと待ってください」少し間をおいてから言った。「もしかして勘違いをしているのかな。イヴォンヌ・シルヴァーデイルのことですよね？」

「そうです」と警部は念を押した。

マークフィールドは、信じていいかどうか激しく迷っている表情を浮かべた。

「でも、夫人に敵がいたはずがない」ようやくそう言った。「絶対にあり得ませんよ」

「彼女の死体を検分しましたよ」警部は素っ気なく言った。

淡々としたその言い方にも効果があったようだ。

「ふう、そういうことなら、私にできることがあれば、なんでもおっしゃってください。喜んでお引き受けしますよ」

「ありがたいことです、マークフィールド博士」クリントン卿が口をはさんだ。「ところで、別の線でもお手伝い願いたいことがありましてね。シルヴァーデイル夫人のご友人とお見受けしましたが、彼女のことを教えていただけませんか——捜査に役立ちそうなことなら、どんなことでもです」

マークフィールドはなにか心をかすめた様子だったが、かすかな不信の色が顔に表れた。

「まあ、どんなご質問にも喜んでお答えしますよ」と言ったが、声には乗り気でない雰囲気が感じられる。

クリントン卿の様子からは、次は警部が質問する番だぞ、という意思がうかがえた。フランボローは手帳を取り出した。

「では、マークフィールド博士、まずお訊きしますが、シルヴァーデイル夫人と初めてお知り合いになったのはいつですか？」

「ご夫妻がウェスターへイヴンに越してきた直後です。およそ三年前ですね」

「夫人のことはよくご存じでしたか？」

「ダンスホールとかでよく顔をあわせました。最近はさほどお目にかかってませんね。もちろん、ほかに友人ができたからでしょう。私も近頃はあまりダンスをしませんので」

「夫人はダンスがお好きだったようですね。夫人と最近よく接していた人たちが誰か、ご存じですか？」

「よろしければ、何人かリストアップしますよ。ハッセンディーン君もその一人ですね。私の知るかぎりじゃ、彼をいわばダンスのパートナーにしてたんですよ。ただ、私も最近行くことが少なくなったので、その点についてははっきりしたことは知らないんですが」

「あなたの見たところ、シルヴァーデイル夫人はどんな人でしたか？」

マークフィールドはその質問に答えるのにちょっと考えた。

「夫人はフランス人でした」と博士は答えた。「とても頭のいい人だと思いましたよ。尻軽女だと言う人もいましたがね。もちろん、よく遊び歩いてました。こんな地味な土地じゃ、ちょっと浮いてしまうのも当たり前でね。パトロンになってくれる人も何人かいたようです。ご婦人方は、彼女が着飾ったりしてるのを快く思ってなかったですよ」

「麻薬をやっている節はありましたか？」

マークフィールドは、この質問にびっくりしたようだ。

「麻薬？　とんでもない。麻薬に手を出したことなんてないですよ。誰がそんなでたらめを？」

フランボローはこの質問を巧みに回避した。

「では、あなたの知るかぎり、夫人が自殺するとは考えられないと？」

「もちろんです」

「夫人に悩みはなかったわけですね？　たとえば、家庭内の問題とか」

マークフィールドは、この質問を聞くと、胡散臭げに目をかすかにつり上げた。

「他人の問題にくちばしを挟むものじゃないでしょう？」警部の問いに明らかに困惑した様子で問い返した。「町の噂話を私からあらためて言わせるためにいらっしゃったわけではないでしょうに」

「つまり、個人的な事柄はなにも知らないと？」

「つまり、同僚の家庭内のことでゴシップ話をするつもりはないということです。そんなことに関心がおありなら、彼に直接お訊きになればいい」

マークフィールドは明らかに〝噂話〟なるものに厳格な考えを持っていたし、警部もこの件をこれ以上追及しても得るものはないと気づいた。同時に、マークフィールドが同僚への忠義立てで隠そうとするあまりに、かえって隠していることが見え見えになっていることに内心苦笑した。シルヴァーデイルの家庭が円満でなかったことは明らかだし、そうでなければ、マークフィールドもその質問を封じたりはしなかっただろう。

「ハッセンディーン君の名前を出されましたが」とフランボローは話を続けた。「彼も殺されたのは、むろんご存じですよね？」

「今朝の新聞で見ましたよ。さしたる損失でもありませんがね」マークフィールドは容赦なく言った。

「この研究所の同僚でしたが、稀に見るほどの無能で生意気な若造でしたよ」

「どんな男だったんですか？」警部は突っ込んだ。

「欲しい物はおねだりすればなんでももらえると思ってる傲慢なガキでしたよ。とんでもないうぬぼれ屋でしたね。しかも、私に言わせれば、くだらんおしゃべりを垂れ流すやつでした。無理やり黙らせるまで、途方もないたわごとをダラダラしゃべって、うんざりさせられたことも何度かありましたよ。あいつには我慢なりませんでした」

ハッセンディーン君がマークフィールドの神経を逆なでしたことは確かなようだ。

「彼に恨みを抱くような人がいたと思いますか？」

「あいつがどんなやつか分かれば、恨まれてたとしても驚きませんがね。あいつなら、聖人君子が相手でも傲岸無礼に足蹴にしかねませんよ。でも、おっしゃる意味が、殺人に至るほどの強い恨みということなら、なんとも言えません。勤務時間中もほとんど顔をあわせないようにしてたし、プライバシーにかかわることには関心もありませんから」

この調子では、役に立ちそうな情報はなにも得られそうになかった。警部はハッセンディーン君の人柄の話は切り上げ、別の話題に水を向けた。

「ハッセンディーン君は喫煙者でしたか？」

「吸ってるところを見たことがありますよ」

「ちなみに、これは彼のパイプですか？」

フランボローはそう言いながら、蠅入り琥珀製パイプを取り出し、テーブルの上に置いた。マークフィールドの顔をちらりと見ると、驚いたことに、にわかに顔色が変わった。ハッと驚愕したかと思うと、まごついた様子だ。すぐさま落ち着きを取り戻したが、かすかな不安の色が目に浮かんでいた。

「いえ、これはハッセンディーン君のパイプではありません」と答えた。

「誰の物か分かりますか？」

マークフィールドは身をかがめてパイプをつぶさに見たが、それがなにかよく知っているのは明らかだった。

「その質問にお答えしなくちゃなりませんか？」と気まずそうに問い返した。

「検死審問の場で宣誓の上、今の質問に答えさせられるはめになりますよ」警部は厳しい口調で言った。「今ここで答えて、手間を省いたほうがよろしいのでは」

マークフィールドはしばらく琥珀の中の蠅をじっと見つめていた。

「これを拾ったのはどこで？」警部の質問には答えずに問い返した。

しかし、フランボローは相手がなにかを探ろうとしているのを見てとり、引っかかってなるものかと考えた。

「それは捜査上の秘密ですよ」と警部は素っ気なく言った。「どうやらこれをご存じのようだ。誰の物ですか？　隠し立てしても無駄ですよ。あまりに目立つ代物ですしね。言わないおつもりなら、ほかの人から聞き出すまでです。ただ、我々の目をごまかそうとなさるのは賢明ではありませんな」

マークフィールドにも、警部がたばこ用パイプを重視しているのは明らかだったし、これ以上の言い逃れは無理とはっきり悟ったようだ。

「私から出所を明らかにするつもりはありません」と博士は言った。「これが重要な手がかりだと教えてくださったようなものですね。断言できるほどよく知っているわけじゃないんです。はっきり証言できそうな者をここに呼びますよ。私にできるのはそれだけです」

ベルのボタンを押し、静かに待っていると、用務員が呼び出しに応じてやって来た。

「ギリングをここにすぐ呼んでくれ」とマークフィールドは指示した。用務員が退がると、二人の捜査官に向きなおった。

「ギリングはここの主任整備士です。彼に質問してください。物わかりのいい男ですよ」

しばらくして、整備士が姿を見せた。

「お呼びですか?」と訊いた。

マークフィールドは身ぶりで警部を紹介し、フランボローは質問をはじめた。

「これを見たことがありますか?」

整備士はテーブルに近寄り、たばこ用パイプを念入りに確かめた。

「ええ。これは私が作ったものです」

「確かですか?」

「間違いありません。自分の作ったものは分かりますよ」

「知っていることを話してください」と警部は求めた。

整備士はちょっと考えた。

「三か月ほど前のことです。なんでしたら、仕事場の帳簿を見て正確な日付を確かめますよ。日々の作業記録を付けてますので。シルヴァーデイル博士のために二つ作ったんですよ」

フランボローは目を伏せたマークフィールドの顔をちらりと見た。誰をかばおうとしているのかも、これではっきりした。警部は、マークフィールドがシルヴァーデイル夫妻の家庭内のもめごとについて尋ねた質問をかわそうとしていたのを思い返した。

「どういう経緯だったか、正確に教えてくれますか?」フランボローは整備士を促した。

「ある朝のことですが、シルヴァーデイル博士が、手になにか小さな物を持って私のところに来たんです——このたばこ用パイプと同じ、琥珀みたいなものでした。なにかの新素材——ベークライトみたいな凝縮物を製造していたという話でしたね。これにやすりをかけたり、旋盤にかけたりできるか見てくれとおっしゃいました。蠅が入っているのを見せてくれたのも憶えてます。冗談のつもりで、その素材に蠅を入れたんですよ——蠅があれば本物の琥珀だと思わせることができるし、それを人に見せて話に引き込むというわけです。その凝縮物は棒状のもので二つありました。長さは六インチ、厚さが一インチほどです。それでたばこ用パイプを二つ作ってほしい、旋盤にかけるときに割れたり、ひびが入ったりしないよう気をつけてくれ、という話でした。というわけで、パイプを二つ作って差し上げたんです。研磨しながら蠅を傷つけないように苦心したのを憶えてますよ」

「そのあと、パイプはどうなりました?」

「シルヴァーデイル博士は、蠅の入ってないほうをしばらく使ってました。もう一つは見世物用にとっておいたんです。そしたら、蠅のないほうを失くしてしまいましてね——いつもパイプを作業台の上に置きっぱなしにしてたからですよ——それで、蠅の入っているほうを使うようになったわけです。喫煙用に使いはじめてひと月にはなりますね。ちょうど先週、口にくわえて仕事場に入ってこられたときに、使い心地がいいか、お尋ねしたのを憶えてますよ」

「もう一度よく見てください」とフランボローは言った。「間違いないか、はっきりさせたいんです」

ギリングはもう一度パイプを確かめた。

「私が作ったものです。請け合いますよ」

そう言うと、質問したそうにちょっとためらう様子だったが、フランボローは聞きたかったことを知ると、有無を言わせずに整備士を退がらせた。彼が行ってしまうと、警部はマークフィールドに向きなおった。

「あなたの対応は気に入りませんな、マークフィールド博士。こんなまどろっこしいことをしなくても、すぐに教えてくれたらよかったものを。このたばこ用パイプがなにか、あなたが気づかれたことはすぐに分かりましたよ。言っときますが、然るべき調査をしているのに、同僚をかばおうとなどすれば、事後従犯として共犯と同様の扱いになりますぞ」

マークフィールドは、警部の警告を聞きながら表情を固くこわばらせた。

「私があなたの立場なら、相手に告発を浴びせる前に、名誉棄損に関する法の規定を確認しますよ、警部。事情がお分かりになれば、理解していただけるはずです。シルヴァーデイル博士がこのパイプを使っているときも、離れたところからしか見たことがないんですよ。あなたに突きつけられるまで、しかと見たことはなかったんです。そりゃ、誰の物なのか、ほとんど疑問の余地はありませんでしたが、シルヴァーデイルの物だと断言するわけにもいかなかった。でも、ちゃんと確認できる者をお呼びしました。それでもご不満だと?」

フランボローは、この自己弁護に、いかにも納得がいかぬという表情を浮かべた。マークフィールドには最初から、明らかに追及をはぐらかそうとしている印象があったのだ。

「ともかく、今回の分析をやっていただく以上、証人席で証言してもらうことになるのをお忘れなく」とぶっきらぼうに言った。「そのときは、いかなる留保も都合のいい例外も認めるわけにはいきませんよ」

「分析の結果はしっかり把握するよう努めますよ」同じく、マークフィールドもぶっきらぼうに言い返した。「でも、当たり前のことですが、毒物は存在しなければ発見できるはずもありません」

「医師によれば、必ず存在するはずです」フランボローは断言した。「では、シルヴァーデイル博士に面会したいですな。おられる場所を教えていただけますか」

マークフィールドは見るからに怒りをくすぶらせていたし、警部を厄介払いできるのを明らかに喜んでいた。廊下を案内してドアを指し示すと、いかにも不愛想に立ち去った。

二人は案内された部屋に入った。フランボローが自己紹介しているあいだに、クリントン卿はシルヴァーデイルの様子をそっとうかがっていた。明敏そうで、スポーツマンらしい男。愛想がいいし、三十五歳のわりには若く見えた。シルヴァーデイルに家庭の問題があるとしても、ほとんどそんなふうには見えない。二人が入ってきたときには、微妙に釣り合っている秤の前に座っていて、立ち上がると、器具を保護するために、ガラス覆いをかけた。周囲の環境を別にすれば、職業を見分けるのも難しかっただろう。いかにも野外活動家の外観があって、実験室に閉じこもっている雰囲気など微塵もなかったからだ。態度もきちんとしているし、古びたツイードの実験着の右袖に付着したピクリン酸の黄色い染みだけが身だしなみのよさの例外で、化学者だということを図らずも表していた。

「お待ちしておりました、フランボロー警部」来客が誰か分かると、すぐそう言った。「昨夜の事件は恐ろしいことです。今朝帰宅して知りましたが、青天の霹靂でしたよ」

口をつぐむと、問いかけるように警部のほうを見た。「あの気の毒な女中がなぜ殺されたのかご存じですか？　さっぱりわけが分かりません。恐ろしい事件です」

フランボローは警察本部長と目配せを交わした。シルヴァーデイルが妻の死に触れなかったため、その話はほかの問題を片づけたあとで伝えたほうがいいと警部は思った。当然のことながら、シルヴァーデイルはバンガローでの事件のことを知るはずもなかった。その情報は警察とリングウッド医師しか知らなかったからだ。

「警察も今のところ見当がつきかねているんですよ」フランボローは率直に認めた。「現状から判断すると、強盗が盗みの現場を女中に見つかり、殺してしまったということだと思いますね。その手の輩を引き寄せるような貴重品がお宅にあったんでしょうか？」

シルヴァーデイルはかぶりを振った。

「妻はかなり宝石を持っていましたが、だからといって、そんなもののために人殺しをするほどの値打ち物があるとは思えませんな」

「奥様はどこに宝石をしまっておられましたか？」

「部屋の古いたんすの引き出しにしまっていました――その強盗が壊した引き出しですよ。ただ、ほかの場所にしまっている物もあったかも。ほかにも部屋はあるし、妻が自分の部屋のどこに物をしまったかなんて、あえて調べたこともありませんのでね」

「奥さんの宝石のリストは出せますか？」

「無理ですね。どんな物を持っていたかも知りません。もちろん、一つ二つくらいなら分かりますが、すべて憶えているとは言えませんな」

フランボローは違う方向に話題を変えた。

「女中さんは信用できましたか？　つまり、もしかして、強盗の共犯だったとは考えられないかということですが」

シルヴァーデイルは首を横に振った。

「まずあり得ませんな。あの女中は私たちが結婚して以来ずっと仕えてきたんですよ。その前は、亡くなった私の伯母に仕えていたんです。気立てのいい女中だったし、そんな愚行に及ぶような歳でもありませんでした」

「古くからの一家の使用人だったわけですね？　なるほど。彼女ともめごとを起こしたこともないわけですな？」

「もちろんです」

フランボローはさっきの質問に話を戻した。

「強盗がお宅に目を付けるような物がほかにあったとは思えないわけですね？　つまり、宝石以外にということですが」

シルヴァーデイルはその質問にまごついたようだ。

「どういう意味ですかな。宝石や金銀製の食器類以外に強盗が狙う物があるとでも？　盗まれずにすんだ食器類を全部盗んでいったとしても、さほどの身入りにはならなかったはずですよ」

フランボローはこの問題でこれ以上の質問を思いつけなかった。警部は顔色を改めて言った。

「実は悪いお知らせがあるのです」と警部は切り出し、簡潔にバンガロー事件の概略をシルヴァーデイルに伝えた。クリントン卿は妻を亡くしたことを知らされた夫の様子をうかがっていたが、見た様子からはなにも読み取れないと言わざるを得なかった。シルヴァーデイルの態度と発言は、こういう状況でまさに予想されるとおりのものだった。

フランボローはいきなり質問を再開するのではなく、気を遣って少し間を置いた。

「さて、シルヴァーデイル博士、いくつかぶしつけな質問をさせていただくことをお許しください。しかし、この事件を解明するために全面的にご協力いただけるものと信じておりますよ。お手を煩わせたくはありませんが——ご賢察いただけるとは存じますが——情報は極力早い段階で収集することが肝要でして。平にご容赦ください」

シルヴァーデイルが答える前に、実験室のドアが開き、スラリとしたスタイルの美しい女性が入ってきた。見知らぬ客が二人いるのに気づくと、はにかんだように立ち止まった。クリントン卿はシルヴァーデイルが女のほうを向いたときに目がきらりとしたのに気づいた。なにやら名状しがたい表情だ。

「ちょっと待ってくれ、ミス・ディープカー。いま手が離せないんだ」

「例の混融点を調べたことをお伝えしに来ただけですわ。お見込みのとおり、ヒヨスチンとピクリン酸の混合物でした」

「ありがとう」とシルヴァーデイルは応じた。「しばらくしたら君の部屋に行くよ。待っていてくれたまえ」

簡単な言葉を交わしただけだったが、クリントン卿はその言葉に注意を引きつけられたようだ。卿が女のほうをちらりと見ると、彼女はきびすを返して部屋を出ていった。それから卿は、再びフランボローの質問に注意を集中しはじめたようだ。

「さて、シルヴァーデイル博士」とフランボローは話を続けた。「実にやっかいな事件ですし、目下のところ暗中模索状態だと正直に認めさせていただきます。女中と奥様の死にはなにか関係があると思われますか？」

　シルヴァーデイルはしばらく床を見つめていたが、いろんな可能性を思いめぐらしているように見えた。

「どこにどう関係があるのか見当もつきませんね」とようやく言った。

　フランボローは一番触れにくい質問をすることに決めた。警部の態度を見ているだけでは、次にどんな質問をするのか見当もつかなかったが、なにか重要なことを質問するつもりなのは明らかだった。

「さて、シルヴァーデイル博士、できるだけ要領よく質問したいと思いますが、行き過ぎがあるようでしたら、遠慮なくそうおっしゃってください」

「いや、遠慮は無用ですよ」シルヴァーデイルは初めて苛立った様子を見せて言い返した。「なんでも忌憚なくご質問ください」

「ありがとうございます」警部は見るからにホッとしながら言った。「では、率直にお尋ねいたします。奥様とハッセンディーン君とはいかなる関係にあったのでしょうか？」

　シルヴァーデイルは、自分の申し出に対してこんな遠慮のない問いが返ってくると、かすかに青ざめ、唇を引き結んだ。どう答えるか慎重に考えているようだった。

「つまり、こういうことですかな。『妻が私を裏切ってハッセンディーン君と不倫をしていたのか？』と。それなら、答えはこうです。『私の知るかぎり、事実ではない』と。確かに妻はあの若造といちゃついてましたよ。二人のふるまいは私の目にも軽率だと映りました。ただ、私の知るかぎり、それ以上のものではなかったんですよ。はっきりした証拠でもあったら、二人とも締め上げてやったところですが」

「それが率直なご意見ですか？」と警部は問いただした。「隠していることはありませんよね？」

「なに、では私が……」とシルヴァーデイルはまくし立てそうになったが、言いかけてやめた。「これが私の率直な意見ですよ。おっしゃったとおりね」と穏やかに言った。

フランボローはどうやら期待していた情報を得たようだ。話題を変え、まったく違う話をしはじめた。

「一九二五年にあったことで、重要な出来事はなにか憶えておられますか？」

「ええ、ロンドンを離れて、この研究所で職を得ました」

「一九二三年にご結婚されたんでしたね？」

「ええ」

「奥様はこの国に縁者でもおられたんですか？　奥様はフランス人でしたよね？」

「兄がおりました。オクターヴ・ルナールといいます。ロンドンで仕事をしていました。実のところ、現在も続けていますよ。私の知るかぎり、親類では、あとは高齢の伯母が一人いるだけです」

「ロンドンを離れる前に、奥様のことでなにか問題はありませんでしたか？――つまり、ハッセンディーン君みたいな例ですが」

「目にとまったことはなにもありませんよ」シルヴァーデイルは記憶を探ってから答えた。

「あなたか奥様の友人で、イニシャルがBの方がいませんか？　姓と名のどちらでもいいですが。男でも女でもです」

この問いは明らかにシルヴァーデイルをまごつかせた。

「イニシャルがB？」と鸚鵡返しに言った。「いや、そんな人は思い当たりませんな」

頭の中で人々の名前を思い浮かべているようだったが、三十秒も経つと、きっぱりと首を横に振った。

「いや、そんなイニシャルの人は思いつきません」

フランボローは不満の色を顔に浮かべた。明らかになにか情報を得られると期待していたのだ。

「では、もう一つお訊きします、シルヴァーデイル博士。奥様が麻薬中毒だった節はありませんか?」

今度ばかりは、この質問に対するシルヴァーデイルの驚きは嘘偽りのないものだった。

「麻薬? あるわけがない! カクテルも麻薬だと言うなら別だが。なんでまた、そんなことを思いついたのかね?」

警部は、なにやらバツが悪そうにこの話題を切り上げ、別の話に水を向けた。

「ハッセンディーン君についてご存じのことを教えていただけますか。この研究所で仕事をしてたんですよね」

「〝仕事〟という言葉にどんな意味をもたせるかにもよりけりですがね、警部。確かにここでダラダラとなにかしていましたが、ほとんど仕事らしいことはしてませんよ」

「ほう」フランボローはもどかしげに言った。「ほかになにかご存じのことはありますか? これまで質問した人は皆、彼はのらくら者だったと言います。もっと肝心なことを知りたいんですが」

シルヴァーデイルはしばらく考えた。

「最初からお邪魔虫でしたよ。ここに来た当初は——三年ほど前ですが——ミス・ヘイルシャムという女性の助手につきまとってばかりでした。彼女の仕事にちょっかいを出すもんだから、何度か注意したものですよ。そしたら、彼女、彼と婚約しましてね。しばらくして、妻が親しくなったら、ミス・ヘイルシャムとの婚約を破棄したんです――おそらくは妻を喜ばせるためにね。婚約がぽしゃったときは、ここも気まずい状況になったものです。ミス・ヘイルシャムが取り乱してしまったので。無理もありませんが、私に言わせりゃ、彼女にとってさしたる損失でもなかったと思いますがね」

フランボロー警部はこの情報に耳をそばだたせた。

「そのミス・ヘイルシャムは今もここで助手をしているのですか?」と聞いた。

「ええ」とシルヴァーデイルは説明した。「私の専属助手の一人ですよ。定型業務をやる女性職員は何人かいますが、ミス・ヘイルシャムとミス・ディープカー――さっきここに来た女性ですが――は並みの職員より少しはましなんです」

「ミス・ヘイルシャムとお話しさせていただけますか?」とフランボローは頼んだ。

「今日はいません」とシルヴァーデイルは答えた。「のどが痛いとかで休んでます。でも、日を改めて来ていただければ、彼女の部屋にお連れしますよ。身分を明かしたくなければ、中を案内してもらっているお客さんのふりをしていただいてもいいでしょう」

「ありがとうございます。別の日にお伺いしますよ。さて、恐縮ですが、もう一つ質問があります。奥様は印章付きの指輪をしておられましたね。指輪のことをご存じですか? あなたが差し上げたものですか、それとも奥様が自分で買われたものですか?」

「私がプレゼントしたものじゃありません」シルヴァーデイルは即座に答えた。「彼女が宝石細工人か誰かに作らせたものだと思います。そう言えば、数年前のことですが、手紙にはすべて印章を押そうという気を起しましてね――当時の流行《はやり》かなにかで、そういうのになびくんですよ。ところが、一度やりはじめたら、ずっと指にはめるようになりましてね。印章付き指輪を作らせたのも、はめるのが目的だったんでしょう」

フランボロー警部は、その情報がさも重要であるかのように重々しくうなずいた。それから、さりげなく尋ねた。

「当然ですが、昨夜はお宅にはおられなかったんですよね？　どこにおられましたか？」

「私は――」

不意にシルヴァーデイルは頭になにかよぎったらしく、突然、言葉が途中で途切れた。それから、あからさまに言い直した。

「ここで夜勤でしたよ」

フランボロー警部は、いかにももったいぶって手帳にメモをした。それから、部屋の中を見回し、なにか腑に落ちないという様子を見せた。まるで、次の質問をする前に考える時間を稼ごうとしているかのように、窓のほうに行き、下の大通りをじっと見下ろした。なにを考えていたにせよ、その結果は実に貧弱なものだった。シルヴァーデイルのほうに向きなおると、締めくくりの質問をした。

「この事件の捜査に役立ちそうなことで、ほかに思いつくことは？」

シルヴァーデイルはきっぱりと首を横に振った。

「皆目、見当もつきませんよ」

警部はしばらくじろじろと彼のほうを見た。

「さて、そういうことなら、これ以上お時間をお取りすることもないでしょう。お宅からも警官は引き揚げさせます。衛生班がすでに消毒をすませましたし、いつでもご希望のときにお宅に戻れますよ。

ご協力に感謝申し上げます」

フランボローは、シルヴァーデイルの実験室から廊下一つ分離れてから、ようやくクリントン卿に話しかけた。

「もう一度マークフィールド博士のところに寄りますよ」と言った。「どうも釈然としないことがあります」

「いいとも、警部。まったく同感だよ！」

「今回の分析依頼の段取りを口実にしますよ。マークフィールドの分析結果を得ても、さほど重視するつもりはありませんがね。さっきの証言を聞いていても、印象が悪いし。殺人事件だというのに、友人をかばいたいというだけで、ごまかしをしちゃいけませんよ。こっちはそれでなくとも、いろんな難問を抱えてるってのに」

「まあ、彼はうまく扱わなきゃいかんよ、警部。さもないと、ますます頑なになるかもしれないからね。『記憶にありません』とかいう言葉で逃げを打たれたら、ろくなことも引き出せなくなる」とクリントン卿は言った。

「脅したりはしませんよ」フランボローは、マークフィールドの部屋に向かう途中、そう約束した。

部屋に入ると、マークフィールドは、また二人がやってきたのに、驚き顔で目を上げた。

「分析用の試料をお渡しする段取りを説明し忘れていたのに気づきましてね」フランボローは前に進み出ながら言った。「もちろん、密封した瓶に入れます。私から直接お渡ししたほうがいいでしょう。こちらかお宅へ伺えばよろしいですよね？」

「こちらへ来ていただいたほうがいいでしょう。家政婦がインフルエンザにかかった親戚の看病に行っていて不在でしてね。私自身が在宅の時以外は家に誰もいないんですよ。朝九時から夕方六時までならここにいます——もちろん昼食時間は別ですが。たいていは六時にこの部屋を出て、町なかで夕食をとります」

「長い一日をお過ごしですな」警部はさりげなく言った。「夕方はここに仕事に戻ることはないんですね?」

「戻る時もありますよ。戻りたくなるほど興味深い仕事があればですが。でも、ここ数週間はそんなことはありませんでしたね」

「ここは夜間は閉めてあるんですね? つまり、門衛なり警備員はいないんですよね?」

「いません。ただ、責任者はいずれも自分用の鍵を持ってますがね。私ならいつでも好きな時に入れます。研究棟も同じですよ」

警部はふとなにか思いついたようだ。

「もしかして、この建物になにか貴重なものがあるとか?」

「泥棒が狙うようなものはないですよ。金庫には、千から千五百ポンドの値打ちのプラチナや、皿、電極などがあります。勤務中の人間なら、金庫には特に気をつけているし、怪しげなことがあればすぐさま連絡するはずですが、そんなことが起きたなんて聞いたこともありません」

「職員が夜間に自由に出入りできるとなると、警察にとっても調べるのが難儀ですな」と警部は指摘した。「巡査が窓から明かりが漏れているのを見ても、怪しいとは思わんでしょう? シルヴァーデイル博士は、よく遅くまで仕事をしてるんですか?」

「なんとも言えませんな」

「個人的にお会いすることはあまりないんですか？」

「ほとんどありませんね」とマークフィールドは答えた。「たまたま町なかで出くわすことがあるくらいですよ。昨夜みたいに」

「会ったんですか？」

「とも言えませんがね。ここを出てから、夕食をとりに〈グローヴナー〉に寄ったんですよ。今は自炊しないと家では食事できませんから。食後のコーヒーを飲んでいたら、シルヴァーデイルがミス・ディープカーと食堂に入ってきて、窓下のくぼみにあるテーブルに着いたんです。邪魔はしなかったし、二人とも私には気づかなかったと思いますよ」

「ということは、あなたがそこを出たとき、彼らは夕食をとりはじめたところだったわけですね？何時だったか分かりますか？」

マークフィールドは警部を疑わしげな目で見た。

「私に、その――誰かの不利になるような証言をさせようとしていますね？　はっきり言って、気に入りませんな。まあ、彼らに給仕したウェイターからも情報を得られるわけだから、差し障りはないでしょう。六時三十五分頃に〈グローヴナー〉に行きました。そのあと、手紙を取りに研究棟に行くつもりでした。なので、その晩は早めに夕食をとったんです。シルヴァーデイルとミス・ディープカーは、私がちょうど夕食をすませる頃に入ってきたわけですから――七時十五分頃ですかね。きっと彼らは夕食後にショーを観に行ったと思いますよ」

「彼女はイヴニングドレスを着ていましたか？」

「そんな質問はよしてください。女性がイヴニングドレスを着てたかどうかなんて、そんな近頃の新しいファッションのことなど、私は気に留めたりしませんよ」

フランボロー警部は手帳を閉じていとまごいし、クリントン卿もあとに続いた。再び通りに出て、待たせてあった車に乗り込むと、警察本部長は部下に向きなおった。

「実に多くの面白い情報を得たね」

「私にすっかりお任せになりましたね。でも、いくつか貴重な情報を得たと思いますよ。ちょっと断片的ですし、整理するのに思案を要しそうではありますが」

「現状を踏まえると、君の推理は?」とクリントン卿は訊いた。

「まあ、ちょっと時期尚早ですけど。ただ、考えてたことが一つあるんです」

「ほう、それは?」

「〝覗き屋〟というのは、実は〝覗き嬢〟じゃないかな、と」とフランボローは生真面目に言った。

「もちろん、性別は二つある」クリントン卿は同じく生真面目に言った。「鼻を突っ込みたがるのも、男より女のほうによく見られる性格だ。そうなると、ジャスティス氏をジャスティシア嬢と名称替えしなくていいかも考えるべきだろうね。あらゆる可能性を考慮に入れなくては」

# 第八章　ハッセンディーンの日記

ロナルド・ハッセンディーンの日記が四冊からなる分厚い手書きの書だと分かると、クリントン卿は始めから終わりまで読もうなどという考えはすぐさま捨て、中身をつぶさに調べて、事件に直接関係のありそうな箇所を取捨選択する作業は、フランボロー警部にゆだねた。警部は日記を自宅に持ち帰り、大変な夜を過ごした。時おり、執筆者が自分の気持ちを赤裸々に述べていたりなどすると、思わずニヤニヤしてしまう瞬間もありはしたが。翌日、フランボロー警部は腕に冊子を抱えてクリントン卿のオフィスに姿を現した。栞代わりに使った付箋が列をなして冊子の端からはみ出ていた。

「いやはや！」警察本部長は驚きのあまり声を上げた。「へたくそな字で書いた百五十近くもの文章に目を通せってのかい？　人生はそれほど長くないよ、警部。持ってって、誰かに要約を作ってもらってくれ」

フランボローは歯ブラシみたいな髭の下にある口を開けてニタニタと笑みを浮かべた。

「見た目ほどひどい代物じゃありませんよ」と言った。「白い付箋は、事件とかすかながらも関連しそうな箇所に挿入したものです。直接関連する箇所を示すのには、赤い付箋を差し入れました。赤いほうの箇所はぜひお目通しいただきたいと思います。そんなに多くはありませんから」

警部は、差し込んだ栞が上司のほうを向くように冊子をクリントン卿のデスクに置いた。クリントンン卿は熱のこもらない目で冊子を見つめた。

「まあ、これも公務のうちなんだろうな、警部。君と一緒に目を通すことにするよ。ハッセンディーンの〝著作〟を通読した視点から特に注意を促してもらうべき箇所もあるかもしれないからね。君が大作をものした作家に飽くなき関心があるというなら、まずは『妖精の女王』（十六世紀のイングランドの詩人、エドマンド・スペンサーの代表作。寓喩をふんだんに用いた長詩）を試してみるといい。やはり〝喧しい獣〟の死がオチになっているがね」

「学校で少し読んだことがありますよ。残りはまさかの時のためにとっておくことにします」

クリントン卿は、再び四冊の浩瀚な冊子をあからさまに嫌そうな目で見つめた。どうやら、警部の裁定に服すると覚悟したこの期に及んでも、冊子を調べるのを後回しにできるものなら、なんにでもすがりたいようだ。

「こいつに手を出す前に、はっきりさせておきたいことが一、二ある。まず、ハッセンディーン君の車があの晩目撃されたかどうか照会をかけた結果、なにか報告はあったかい？」

「いいえ。回答のあった車の情報といえば、霧に紛れて盗まれた車が一台あったというだけです。ただいま調査中です。あ、それから、ある車の所有者の住所氏名の問い合わせがありました。どうやら車にはねられて、ナンバーを控えたというやつがいましてね。本当に被害を受けたとは思えません。ただの当たり屋ですよ」

「もっと大事なことがある。殺人があった夜、クロフト・ソーントンのシルヴァーデイルの部屋に明かりがついていたかどうか、パトロールの警官は知ってたかい？」

「なんでまたそんなことに気づいたんです？　私は一言も言わなかったのに」

「あてずっぽうさ、警部。シルヴァーデイルがクロフト・ソーントンで夜間ずっと仕事していたと言ったとき、すぐに嘘をついてるなと気づいたよ。君もだろ。そのあと、君は窓に歩み寄って、下のほうを見下ろした。私も、窓が外の通りから見えるかな、と思ったものさ。君がなにを考えてるか、さほど思案も要さずに気づいたよ。あとでマークフィールドに質問したことからも、パトロール担当の巡査のことが君の念頭にあると推察するに十分だった。その夜、シルヴァーデイルの部屋に明かりがついてたのに気づいたか、当番の巡査に尋ねて話の真偽を確かめるつもりなんだなと思ったよ。むろん、明かりはついてなかったんだろ？」

「はい。その夜は建物のどこにも明かりはついてなかったそうです。巡査に日誌を確認してもらいました」

「では、シルヴァーデイル御大がひどい嘘つきと分かったわけだ。それはそうと、我々が話していたときに部屋に入ってきた女性には目を留めたろうね。ミス・ディープカー。その夜、彼と一緒に町なかへ夕食に出かけたという女さ。どう思った？」

「きれいな女性でしたね、ほんとに。おとなしい感じでした。彼女に目を留めた男なら、なんとかして射止めたいと思うようなタイプですよ」

クリントン卿は、警部の寸評に納得しかねるという表情を浮かべた。

「ところで」と言った。「あのとき、彼女がシルヴァーデイルに言った言葉になにか気づかなかったかい？」

「特になにも。専門的すぎて——私にはまるで意味不明でしたよ」

「私には興味深かったけどな」とクリントン卿は打ち明けた。「化学者の友人がいてね——実は、毒物の検査にあたって、マークフィールドの検査が正しいか、確認してもらう予定のロンドンの専門家だ——彼がたまに化学の話をしてくれるのさ。〝混融点〟というのがなにかは知らないだろうね?」

「知りません。妙ちきりんな言葉ですよ」警部はむくれたように言った。

警察本部長はそう言われても気にも留めなかった。

「要点を説明するよ」と話を続けた。「それで私と同じだけの理解を得られる。純物質は、わずかでも異物が混入しているときの融点より高い温度で融ける。純粋なキニーネと思われる物質があるとして、キニーネと確認するための通常の検査試薬が手元にないとする。その場合にはどうするか。まず、その試料の融点を調べる。次に、はっきりキニーネと分かっている物質を、たとえば、自分の実験室の在庫から出してきて、少しだけその試料に加える。それから、その混合物の融点を調べる。あとで調べた融点が最初の融点より低ければ、元の試料に不純物を加えたことになるわけだ。はっきりキニーネと分かっている物質が不純物として作用したわけだから、元の物質は明らかにキニーネではないことになる。これと違って、試料にキニーネを加えても融点が下がらなかったら、元の試料もキニーネと証明されたことになる。二つの物質を混ぜて融点を調べることを『混融点を調べる』と言うんだ。これでピンときたかい?」

「さっぱりです」とフランボローはお手上げとばかりにぶすっと言った。「もう一度はじめからゆっくり説明していただけますか?」

「現時点ではそこまでする必要はないよ」とクリントン卿は言い、その話題を切り上げた。「またあとで教えてあげるよ。まあ、検死解剖の結果が分かってからかな。だが、あれは示唆に富んだ会話だったんだ、警部。私の推測が当たっているとすればだがね。さて、もう一つ別の問題がある。朝刊が一般家庭に届くのは何時頃か分かるかい?——つまり、普通に配達された場合、一番早くて何時かということだが」

「たまたま知ってますよ。地元の配達時間だと七時から始まります。郊外だと、もちろんちょっと遅くなりますが」

「その点はきっちり確認してほしい。『クーリエ』と『ガゼット』の発行部署に電話してくれたまえ。外来のロンドンの新聞は気にしなくていいから」

「分かりました。では、この日記を読まれますか?」警部は、いたずらっぽく愛想をきかして付け加えた。

「どうやら、私がこれを読まんかぎり、納得できないようだな」クリントン卿は、あからさまにその仕事に嫌悪を示しながら言った。「じゃあ、さっさと片づけちまうか。そいつにご執心のようだからね」

「私の見たところ」とフランボローは説明した。「事件に関係しそうな事柄は三点だけです。ヘイルシャムという女性との関係、シルヴァーデイル夫人との関係、それと金銭事情ですね——これは正直驚きでしたけど」

クリントン卿は、警部の言葉を聞いて目を上げたが、なにも言わずに分厚い冊子を手元に引き寄せ、フランボローが赤い栞で目印にした箇所を読みはじめた。

「どう見ても、サミュエル・ピープス（一六三三～一七〇三。詳細な日記を残したことで知られる英国の官僚）の文体を範にしたとは言えないね」素早くページを繰りながら言った。「どのページも一割は〝ぼく〟で埋まってるようだ。ほう！　ここが最初の赤い栞だな」

卿は該当箇所を入念に読んだ。

「ノーマ・ヘイルシャムと婚約したときの気持ちを述べた箇所だ」卿は声に出して言った。「なんだか傲慢な書きぶりだね。まるで婚約のことでは自分のほうが相手に格別の恩情をかけてやったみたいに思ってる。どうやら、若き日の初恋ですら、自分の価値に釣り合うものではなかったと思ってたようだ。ミス・ヘイルシャムが婚約時にこの日記を読んだとしても、光栄に思ったりはしなかっただろうね」

卿は口に出して論評はせずに、ほかの箇所に急いで目を通すと、ある書き込み部分まできてしばらく手をとめた。

「いよいよシルヴァーデイル夫人と出会って、第一印象を記したところまで来たな。どうやら、夫人の精神性より肉体のほうに惹かれたみたいだね。むろん、こう書いてるよ。『一人の女が、ぼくみたいに複雑な多面性を有する人間を完全に満足させることなどあるだろうか?』だと。そう言いながら、シルヴァーデイル夫人の魅力を惜しげもなく列挙してるんだからな」

フランボローはその箇所を思い出しながらニヤニヤと笑みを浮かべた。

「複雑な多面性の中でも、そういう面だけはよく発達してたみたいですな」と言った。「そういう記述が、冊子の最初から終わりまでずっと出てきますよ」

クリントン卿はさらに数ページ繰ってみた。

「ミス・ヘイルシャムは彼のやっかいな性格にうすうす気づきはじめたようだ」冊子から目を上げながら言った。「ほら、女は視野狭窄だとこぼしてる箇所だよ。どうやら、フィアンセに、自分の視野は相手が思ってるより広いのだと思わせようとしたようだが、相手のほうは、彼がシルヴァーデイル夫人を見つめすぎるとほのめかしたようだね。この書き込みでは、ヘイルシャム嬢の両手は、人生の伴侶として不可欠な美しさを具えていないと突然気づいたとのことだが、いかにも彼らしいじゃないか。結婚生活を通じて、その手が日々朝食のコーヒーを注ぐのを見ながらじっと我慢して過ごすのかと考えたわけだ。そんなことをえらく悩んだようだね」

「読み進めてもそんな話ばっかりですよ。はっきりしているのは、この娘にうんざりしてしまって、自分にふさわしくないと思う彼女の欠陥を片っ端から書き連ねていったということです」

クリントン卿は続く書き込みに目を走らせた。

「なるほどね、警部。今度は、彼女のダンスが思っていたほど上手じゃないという話のようだ」

「毛を吹いて傷を求む、というわけです」と警部は要約した。

「ここまでくると、二人はあからさまに諍いをはじめたようだ。さっそく、嫉妬についてひらめいた思想を二つ三つ書き付けたというわけだな。それも、自分の主張を裏付けるのにウェルズ氏の著作まで引用してね。この〝しがらみ〟なるものが自分の個性を束縛し、複雑な多面性の十全なる自己発現を妨げているんだとよ。我々が若い頃は、どうして〝自己発現〟という言葉を使わずにいられたのかねえ。天与の言葉だね。発明したやつにはメダルでも進呈したいよ」

「次の書き込みはなかなか重要ですよ」フランボローは注意を促した。

「ほう！　いよいよだな。こんな駄弁ばかりじゃなくて、ちっとは動きがないとな。これが最後の怒りの爆発というわけか？　いやはや！」

卿はその書き込みをじっくり読んだ。

「ふうん、ヘイルシャム嬢はまさかという時に彼をびっくりさせたようだな。彼のものの考え方をみんな見抜いた上で、ひどく腹を立てたんだ。イヴォンヌ・シルヴァーデイルの名前が言い争いの焦点として出てくる。『彼女ときたら、ぼくが思ってる以上になんでもお見通しだし、ぼくの仕打ちには償いをさせてやると詰め寄ってきた』だとさ。さらには、『遠慮なく仕返ししてやるわ、と言われた』だと。まったく痴話喧嘩もいいところじゃないか。『あの女に思い知らせないまま、捨てられたりしないわ』だとよ。なあ、警部、自分なりに手心加えて日記に書いただろうに、それでもけっこう怨念が伝わってくるよ。この女はさんざ相手を嘲ったあげく、怒り爆発というわけだ。私なら、このミス・ヘイルシャムに入れ込む気にはなれないね」

「気性の激しい女ですな」と警部も認めた。「この日記を読んだときに思ったのは、彼女はいつもこんな気性なのか、それとも、たまたまその時だけ燃え上がったのか、ということです。もし執念深いタイプだとすると……」

「彼女はパズルに嵌まる重要なピースじゃないかと言うんだね？　いずれにしても、ストーリーの中で一定の役割を演じている以上、彼女がどんな人か見定めなきゃならんだろうね」

警察本部長はあらためて日記に目を向け、一連の書き込みにざっと目を通した。

「君がどう思ってるか知らないが」と卿はしばらくして言った。「この青年は実に性格の悪いやつだ」

「これは心外ですな」と警部は皮肉を込めて言い返した。「彼がシルヴァーデイル夫人の魅力にまいってしまった箇所に来たんですね？」

「ああ。じりじりと焦燥感がつのっていく様子が一貫して出てくる。夫人が彼を誘惑しては失望させる。それも繰り返しね」

「複雑な性格だのなんだのといったたわごとと裏腹に、実に単純なやつみたいですな」とフランボローは評決を下した。「夫人は何か月もずっと、彼をダンスに誘っています。夫人が彼としかダンスしなかったのは誰の目にも明らかだったでしょう。彼自身の記述からしても明々白々ですよ」

「確かにね。だが、自分は非凡で――抗いがたい魅力を持ってるとうぬぼれていたことも忘れちゃいけない。物事をありのままに見ることができないやつだったのさ」

「そのあとの書き込みに進みましょう」と警部は勧め、クリントン卿はこれに従った。

「君が言いたいのはこの部分かい？　夫人にそっけなく拒まれ、彼にも現実がどうなのか、いやでも想像がついたと？」

「ええ。先へ進みましょう」とフランボローは促した。

クリントン卿は赤い栞の目印のある箇所を次から次へと読み進んだ。

「論調が少し変わってくるね。ますます焦燥感がつのってくるようだ。打開策を模索しているものの、良策を見出せないという印象があるね？　君もそう解釈したんだろ？」

「ええ」とフランボローは認めた。「『是が非でも』事態を打開すると言ってます。同じことを言ってる箇所がほかにもいくつかありますね」

「さあ、いよいよ一週間前の記述までできたぞ。ここで論調に変化が生じている。言ってみれば、期待感が膨らんで、焦燥感が少なくなっている」

「彼が計画を思いついた箇所ですね。成功疑いなしと思っていたようですが。次の箇所を読んでください。勝利なるものを収めると言ってるところですよ」

クリントン卿がページに目を落とすと、自分の推測が裏づけられたとばかりに一瞬顔を輝かせた。

「君の言うのはこの箇所かい？」と尋ねた。「『勝利を収めるのを知る者は自分だけだろう』という？」

「そうです。うぬぼれ以外の何ものでもありません。獲物を掌中に収めようと思っていたのは分かります。でも、それが実際なにを意味しているのか、ちょっと分かりません。けっきょくは相手の女を殺そうと考えていたとも読めます。そうなれば真相を知る者は自分だけだ、というわけです」

「その推測を退けるつもりはない」とクリントン卿は認めた。「だが、とりあえず、この調子で捜査を進めれば、その点は一両日中にはっきりするだろう」

「ずいぶんと楽観的ですね」警部にはそう言うのが精いっぱいだった。「一つだけ言いそびれたことがあります。というのも、事件とは無関係とも思えましたので。この日記の昨年の部分は、金銭事情の悩みだらけです。あれやこれやと、使える以上に浪費していたようです。お読みになりたければ、全部しるしをつけてありますよ。白い付箋を挟んである箇所の中にあります」

「要点を教えてくれればいいよ」と警察本部長は言った。「それを踏まえて、全部目を通すかどうか決める」

「きわめて単純ですよ。資力に見合わないほどの大金を借りてます。書き込みからすると、提示できる担保もなかったようです。自分の資産を担保に使わせてくれと叔父にすがるのもはばかられたようですし――つまり、受託者である叔父の手に握られていたハッセンディーン君本人の資産のことですよ。なので、債権者を受取人にして生命保険に入るよう説き伏せられたんです。まとまった保険金額でしょうが――額は書いてありません」

「ということは、現状から考えると、金を貸したやつは、一時払い保険料を支払っただけで保険金を全部いただきというわけかい？」

「保険会社が自殺と証明できないかぎりはそうなります」

クリントン卿は日記の最後の冊子を閉じた。

「その手の保険金詐欺は過去にもあったよ。むろん君も、三十年前にスコットランドで起きた銃撃事件を憶えているよね。あの事件では、検察側はまったく同様の計略を暴いてみせた。その線でも調べてみたのかね？」

フランボローは自分の有能さを示す絶好の機会とばかりに相好を崩した。

「すぐに調べましたよ。書き込みの中に保険会社の名前が出てきます。ウェスタン医療商事保険会社です。本社に長距離電話をかけて、保険契約の詳細を聞きとりました。保険金は五千ポンドで、受取人はダドリー・エイミアス・ギズボロー社——要は金貸しですよ」

「ずいぶんとご立派な名前だな」と警察本部長は言った。

「まあ、あくまで看板上の名前ですよ。本名はスプラットンといいます」

「保険金の支払い請求はまだなされてないんだね？」

「まだです。急いでないんでしょう。検死審問も延期されましたしね。自殺以外の評決が出ないことには、スプラットンも目立った動きはとれないでしょう。保険契約には自殺条項もありました。でも、殺人ということになれば、スプラットンは五千ポンドをポケットに入れることになります」

「となると、警部、ジャスティス氏はダドリー・エイミアス・ギズボロー社のためにいい仕事をしてくれたわけだ」

フランボローはハッと思いついたようだ。

「スプラットン氏に会いに行ってきますよ。すぐにとりかかります」

「ほう、するとこの土地の者なんだね？」

「そうです。そいつは昨年、ある事件にかかわりがありましてね。憶えておられないかもしれませんが。さほど大きな事件でもありませんでしたしね。スプラットンに金を借りて、この鮫野郎の強欲のせいで自殺に追い込まれたお年寄りがいたんです。フェリーサイド警部が調査にあたりました。その事件のことで警部と話したのを憶えてるんですよ。それで記憶に焼き付いてるわけでして」

「では、そいつに聞き込みをしてくれ、警部。ただ、仮に徒手空拳で帰ってきてもがっかりはしないよ。そいつがこの事件にかかわりがあったとしても、足がつかないように十分気をつけてるだろうからね。これが金を目的とした殺人なら、前もって綿密な計画を立てておく時間はたっぷりあったろう。となると、衝動的な殺人じゃないということだね」

# 第九章　債権者

規律を重んずるフランボロー警部は、金貸しの店内のいかにも効率的な様子に感心させられた。名刺を社長に渡してもらうよう頼んで、室外受付のカウンターで待っていると、ぴかぴかの建具類と、数少ない職員の勤勉さが目を引いた。

（獲物を捕まえる仕事だから見栄えもいいわけだ）と内心思った。（金なら潤沢にある、手堅い商売と思わせる。職員も愛想がいいしな。なるほど、スプラットンは新来の顧客に好印象を与えようとしてるわけだ）

一分も待たされないうちに職員が戻ってきて、調度類からしてオフィスらしくない部屋に案内してくれた。中に入ると、きれいに顔をあたった三十代後半の男が、暖炉のそばの肘掛椅子から立ち上がった。その容貌を一目見て、なにか記憶に思い当たる節があるのに気づいた。フランボローはそれがなにか突き止めようと、ぼんやりした記憶を探った。

金貸しは警部の訪問をごく当たり前みたいに受け止めているようだ。態度も愛想がいいし、感情も見せない。

「どうぞ、警部」快適そうな椅子を身ぶりで示して、座るよう勧めた。「たばこはいかがですか？」

大きな銀色の箱を差し出されたが、フランボローは断った。

「で、ご用件は?」スプラットンは箱をマントルピースの上に戻しながら親しげに尋ねた。「このところ金利はなかなかお高いですよ」

「金を借りに来たわけじゃありません」フランボローは少し皮肉っぽい笑みを浮かべながら言った。「当てが外れて申し訳ありませんな」

金貸しは訝しげに目を細めたが、それを除けば、なに一つ感情を表にあらわさなかった。

「となると、なにをご所望なのか、とんと見当がつきませんな」と認めたが、最初に見せた愛想のよさは少しも変わらなかった。「仕事は完全に法令の範囲内で行っておりますよ。なにか問題でも?」

警部は時間を無駄にするつもりはなかった。

「ハッセンディーン君の事件にかかわることです」と説明した。「先日殺された青年ですよ。事件は新聞でご覧になったでしょう。おたくの顧客だったはずですが」

ハッと気づいた様子が金貸しの表情をよぎったが、ほとんどすぐにかき消えた。

「ハッセンディーンですか?」と記憶を探るかのように繰り返した。「名前には聞き覚えがあります。ただ、私の仕事は手広いですし、細かいことまでみな憶えているというわけにもいきませんのでね」

彼は呼び鈴に歩み寄って鳴らした。職員が呼び出しに応じてやってくると、金貸しは指示を与えた。

「ハッセンディーン氏という方と取引があったかな――ロナルド・ハッセンディーン氏でしたよね?」確認するようにフランボローのほうに目を向け、また話を続けた。「その帳簿を持ってきてくれ、プロウデン」

こんなつまらぬ演技も、スプラットンが自分の置かれた状況を考える時間を稼ごうとしているだけだと、警部もすぐに気づいた。しかし、フランボローは辛抱強く待ち、やがて職員が戻ってきてテーブルの上に帳簿ケースを置いた。スプラットンは記憶を確かめるように、しばらくページを繰っていた。

（こいつ、なかなか演技がうまいな）とフランボローは感心しながら思った。（実に見事だ！　だが、どうも誰かを連想させるんだが）

スプラットンは、巧みに計算された幕間劇を終え、警部のほうを向いた。

「おっしゃるとおりです。確かに取引がありますな！」

「最初は十一か月前ではないですか？」

金貸しは承認のしるしにうなずいた。

「まず百ポンド貸してます。その二か月後――返済はありませんでしたが――二百ポンドを貸してますね。それから、四月に三百ポンドをさらに貸しています。その一部はのちに、支払いの滞っていた利息分として返済してもらったようです」

「その融資をするのに、どんな担保を取ったわけですか？」

またもや金貸しは一瞬目を細めたが、態度にはなんの感情も表さなかった。

「それまでは、相手の将来性を信じていたんですよ」

「その後、さらに借りに来たと？」

「そのようですな」スプラットンは帳簿を調べるふりをした。「六月に、さらに五百ポンド借りに来ています。もちろん利息は徐々に増えていました」

「札びら切って金を使っていたようですな」フランボローはさほど気に留めていない様子で言った。

「そんなふうに金を使いまくってみたいもんですな。経験したこともありませんよ。しかし、それほどの額になると、なにか然るべき担保を求めたのでは？」

警部はさりげない口調で言ったが、金貸しは罠を感じ取ったようだ。

「まあ、その頃には一千ポンド以上の金を私から借りていたわけですからな」

正直に答えるのが一番と悟ったようだ。

「取り決めをしたんです」と話を続けた。「彼がウェスタン医療商事の生命保険証を差し出したんですよ。ご覧になりたければ、証書は私の金庫にしまってあります」

「もちろん、万一のことがあれば、それなりの利益を得ることになっていたんでしょうな」フランボローは相手の意を察するように尋ねた。

「そりゃもちろん、彼は今後も借り続けると私も思ってましたからね。そうなると、万一の場合は、それなりの額をいただかなくては。保険証書は額面五千ポンドでしたよ」

「すると、相手が死んだ今、あなたは四千ポンドほど儲けたわけだ」フランボローはうらやましそうに言った。「世の中には運のいい人がいますな」

「そうは言っても、不良債権は清算しないわけにいきませんのでね」とスプラットンは言った。

フランボローは、この訪問で肝心なことを聞き出せたとは自分でも思えなかったが、これ以上面談を長引かせる口実もなかった。警部は椅子から立ち上がった。

「今お聞きした事実は、誰かを裁判にかけることになっても、明るみに出す必要はないでしょう」いとまごいする様子を見せながら言った。「もちろん、そうしなくてはいけなくなったら、必ず事前にお知らせします」

金貸しは廊下に直接通じるドアを開け、フランボローはオフィスを出た。廊下を歩くあいだも、フランボローはスプラットンが誰に似ているのか思い出そうと記憶を探っていた。そしてついに、歩道に出たところで、パッとひらめいた。

(そう、警察本部長だ！　あいつに口髭を付けさせて、少し髪を染めれば、暗がりだとドリフィールドで通るかも。双子の兄弟ほどじゃないが、確かに似たところがある)

金貸しの件では時間を無駄にしたと思いながら警察本部に戻った。直接会って品定めしたことを別にすれば、以前と比べてほとんど前進はない。あの男が得た利益の額など、あの手の業者にしてみれば明らかにたいした額でもないからだ。

本部の建物に入っていくと、巡査が寄ってきた。

「来客がお待ちです、フランボロー警部。シルヴァーデイル事件のことでお会いしたいとのことです。ルナールという名の外国人です」

「分かった。ご案内してくれ」とフランボローは指示した。

巡査はすぐに、小柄な男を案内してきた。黒い口髭に、もじゃもじゃのこわく毛羽立った髪がいかにも外国人らしかった。少しなまりはあるものの、問題のない英語を話したので、警部はホッとした。

「オクターヴ・ルナールといいます」と男は自己紹介した。「イヴォンヌ・シルヴァーデイルの兄です」

フランボローは、こんな悲劇があったにもかかわらず、男がしっかりした様子なのに感嘆しつつも、すぐにお悔やみを述べて相手を落ち着かせた。

「ええ、悲しいことです」小柄なフランス人は見るからに動揺を抑えようと努めながら言った。「妹を愛していました。妹はとても明るく、人生をとても愛していましたよ。日々のあらゆる瞬間を楽しんでいました。それなのに――」

途切れた言葉を身ぶりで表した。

フランボローは同情の色を顔に浮かべたが、多忙な身でもあるし、時間を無駄にするわけにいかなかった。

「私になにかお話があるそうですが？」

「新聞で読んだことしか知らないのです」とルナールは説明した。「事件の真相を知りたいのです――真の事実を。あなたが事件のご担当とお聞きしました。それでお伺いしたのです」

フランボローは一瞬ためらったが、細かいところは表現を和らげ、おおやけにしないほうがいいと思ったことは省きながら、バンガロー事件のあらましを説明した。ルナールはじっと話を聞いていたが、時おり神経質に顔を引きつらせ、想像を働かせて警部の骨格的な説明に肉付けしていることがうかがえた。

「ひどい事件です」フランボローが説明を終えると、ルナールは悲しげに首を振りながら言った。「前途洋々だった矢先にこんなことが起きるなんて！　信じがたい運命の皮肉です」

警部は耳をそばだたせた。

「妹さんは最近なにか幸先のよいことでも？　ルナールさん、なんのことですか？」

「ご存じないのですか？」小男は驚きながら言った。「でも、妹の亭主がお話ししたと思いますが？違うんですか？」

フランボローはかぶりを振った。

「それは変だ」とルナールは続けた。「どうも理解できません。妹は伯母のお気に入りだったんです。

伯母の遺言書で触れられているんですよ。分かりますでしょ？　伯母はとても裕福でした。いわゆる、ひと財産というやつです。ここしばらく、伯母は具合が悪かったんです。ここ一、二年のあいだにどんどん悪化しましてね。心臓疾患ですよ。ほんの二週間前ですが、ぽっくりです！——そんな感じで亡くなりました。ろうそくの灯が消えるみたいに」

「それで？」と警部は話を促した。

「遺言書は弁護士が保管していて、内容を私と妹に伝えてきました。私たちは受託者になっています。私は少額の遺贈を受け取りますが、大半は妹が相続します。驚きましたよ。伯母があんな大金を持ってるなんて——大半はアメリカの債券と株式です。英国の通貨で言うと、およそ一万二千ポンドになります。もちろん、フランでも大金ですよ——少なくとも百五十万フランにはなります」

「ほう！」フランボローはすっかり興味を惹かれて声を上げた。「それで、妹さんはそのことをご存じだったので？」

「妹が死ぬほんの二日前に、私から知らせました。もちろん、悪い話じゃありません。ここ数か月、伯母はひどく具合が悪かったですしね。狭心症はとてもつらい病気ですよ。伯母の苦しみに終止符が打たれて、むしろよかったと思ったんです」

フランボローは、示された事実を受け入れる前に、この新たな情報をよく検討してみる必要があると感じた。

「ウェスターヘイヴンにご滞在ですか、ルナールさん？」と尋ねた。

「ええ、まだほんの数日ですが」と小男は答えた。「私自身が立ち会わないといけない法律問題もありましてね。妹が死んだので、この財産の処分を考えないといけません。思いもかけなかった問題ですよ」

「ご滞在中の住所は？」

「インペリアル・ホテルです。いつもそこにおりますよ」

「それなら、またあらためてお話しさせていただきますよ、ルナールさん。今はちょうど手がふさがっておりましてね。手が空いたら、少し時間を割いていただけますか」

「もちろんですとも」ルナールは素直に同意した。「お越しになるときはご連絡ください。とてもつらいですよ、分かりますでしょ？」と声を震わせながら言葉を結んだが、これにはフランボローも、職務上の体面を超えて心を揺さぶられた。

# 第十章　新たな情報

続く二日ほどのあいだ、ハッセンディーン事件に対するクリントン卿の関心も薄れてしまったように見えた。フランボロー警部は、追及した一、二の手がかりも結局は空クジと分かり、捜査に目に見える進展がないことに不安になりはじめた。ホッとしたことに、ある朝、警部は警察本部長のオフィスに呼び出された。フランボローは、徒労に終わった捜査についてなにやら弁解がましく説明しはじめたが、クリントン卿は、警部にねぎらいの言葉を二言三言かけて話を遮った。

「はっきりした捜査の足掛かりが見えてきた」と言った。「毒物の検査を頼んだロンドンの専門家から予備調査報告書を受け取ったところでね。個人的な意見でいいから、できるだけ早く教えてくれと頼んでおいたんだ。もちろん、公式の報告書はあらためて届く予定だよ」

「突き止めたんですか?」警部は熱を込めて尋ねた。

「私と同じ結論だったよ――君も同じだと思うが」とクリントン卿は念を押した。

フランボローは戸惑いを隠せなかった。

「私には分かりませんでした」と遠慮がちに告白した。「はっきり言って、瞳孔の拡大を別にすれば、なんの毒かを明確に示す手がかりがあるとも思えないし、瞳孔拡大にしても、いろんな毒が原因として考えられますからね」

「推理の能力を発揮するチャンスを逃してはいけないよ、警部。今回のチャンスを邪魔するつもりもない。二つの事実を足してみたまえ。混融点の話とハッセンディーン君が日記に記した〝勝利〟という言葉さ。さらに、夫人の瞳孔を三つめのポイントとして加えてみると――さあどうだい！」

フランボローはこの盛り沢山の情報についてしばらく考えたが、けっきょくかぶりを振った。

「やっぱり分かりません」

「それなら」とクリントン卿はおおらかな慈愛の心を込めて言った。「君が気づいてくれるのをじっくり待つとしよう。いかに単純なことか途端にひらめいたら、地団太踏みたくなるかもしれないよ」

卿はそう言いながら立ち上がった。

「では、クロフト・ソーントン研究所を訪ねて、マークフィールドの検査の進捗具合を確かめに行こうか。揣摩臆測をたくましくするより、この目で確かめたほうがいいだろう」

実験室でマークフィールドに会うと、クリントン卿はすぐに用件に入った。

「例の毒物の検査状況を知りたくてお伺いしたんですよ、マークフィールド博士。なにか分かりましたか？」

マークフィールドはデスクのノートを指し示した。

「突き止めたと思います。ここにみな書いてありますが、まだきちんとした報告にはまとめる時間がなくて。これは――」

「ヒヨスチンですね？」クリントン卿が口をはさんだ。

マークフィールドはいかにも感心したように卿のほうを見た。

「ご明察のとおりです」と驚きを込めてうなずいた。「内々の情報を得たんですね」

警察本部長はその問いをかわした。

「こんなことをお訊きしたのも、自分たちが情報をほしいと思っただけのことでして。あなたに法廷での宣誓を求めるつもりはありませんよ。死体にあったヒヨスチンの量はどれだけと思われますか？　つまり、博士ご自身が得た結果から判断してということですが」

マークフィールドはちょっと考えた。

「推測でなら言えますが、かなり事実に近いと思いますよ。もちろん、宣誓はできませんが。私の検査結果からすると、ごく少量で、七、八ミリグラム前後でしょうね」

「毒物の情報はお調べになりましたか？――たとえば、極量（薬局方に規定された医薬品の最大限の用量）とか」とクリントン卿は尋ねた。

「臭化水素酸ヒヨスチンの極量は、専門書によれば、〇・六ミリグラム――薬屋の目方で言えば、およそ〇・〇一グレインです」

「すると、極量の十倍から十二倍の量を飲んだことになる」クリントン卿はちょっと暗算して言った。

しばらく口をつぐむと、もう一度マークフィールドのほうを向いた。

「すぐに調べられるなら、この研究所の在庫のヒヨスチンを確認したいのですが」

マークフィールドは異を唱えなかった。

「昨日来ていただいてたら、その瓶が私の手元にあったんですけどね。今は棚に戻してあります」

「混融点を調べるために使ったんでしょう？」とクリントン卿は訊いた。

「そうです。確認を要する物質の痕跡が少しでもあれば、それが一番簡単な方法ですから。それにしても、かなり科学の知識がおありのようですね？」

「間違って覚えていることだらけですが。たまたま、混融点のことを話してくれた人が以前いて、記憶に残ってたんですよ。では、在庫を確認しましょうか」

マークフィールドは先に立って廊下を進み、突き当りのドアを開け放った。

「ここです」と言った。

「施錠してないのですか?」クリントン卿は警部をあとに従えて中に入りながら、さりげなく訊いた。

「ええ」マークフィールドはやや驚きながら答えた。「この部署ではごく普通の化学薬品の貯蔵室です。施錠しておく理由がないですよ。薬品類はみなここにあるわけで、クロロホルムやベンジンなんかがほしいときに、いちいち鍵を引っ張り出してるんじゃ、ひどく面倒ですからね。もちろん、非課税のアルコール類は施錠してしまってあります。関税法上の義務ですので」

クリントン卿はもっともだとうなずいた。

「むろん、ここで働く方々はみな信が置ける人たちでしょうしね」と彼も認めた。「軽率ないたずらをするような若い学生がいる場所とは違うというわけですな」

マークフィールドは室内に並んだケースの一つに近寄り、棚に目を走らせて、小さな瓶を一つ取り出した。

「これです」と言いながら警察本部長に差し出した。「そう、臭化水素酸塩ですよ――アルカロイド塩の一種。薬品に用いられる化合物です」

クリントン卿は瓶を手に取ってみたが、その薬品自体にさほど関心はないようだった。フランボローに手渡したが、警部はいかにも分かったような顔をして見たあと、マークフィールドに返した。

「もう一つ思いついたことがあるのですが」マークフィールドが毒の瓶を元の場所に戻すと、警察本部長は言った。「もしかして、ハッセンディーン君が使っていたノートがこの研究所にありませんか？　そんなのがあると役に立つんですがね」

警部はその要望の意図を測りかね、思いあぐねながら当惑の色を浮かべた。マークフィールドは、返答する前にちょっと考え込んだが、クリントン卿の意に適った品があるか、思い出そうとしているようだった。

「私の部屋のどこかに、彼の雑記帳があったと思いますね」とようやく言った。「でも、計量記録とか、その程度のことしか書いてありませんよ。そんなものでいいですか？」

「十分ですよ」クリントン卿は嬉しそうに言った。「今見せていただけるとありがたいのですが。お手間でなければ」

マークフィールドが警部に劣らず当惑しているのは、表情から明らかだ。好奇心に駆られたせいか、自室に戻るのも心なしか足早だった。しばらくあちこち探すと、お目当てのノートを見つけ、クリントン卿の前のテーブルに置いた。フランボローはハッセンディーン君の筆跡をよく知っていたので、書き込みが死んだ青年の手になるものだとすぐに分かった。

クリントン卿はゆっくりとページを繰り、あちこちの書き込みを調べた。最後に目を留めた書き込みを見て、得心がいったらしく、そこで手を止めた。フランボローはテーブルに身を乗り出して見たが、開いたページには次のような書き込みがあるだけで、さっぱりわけが分からなかった。

カリ球の重量　＝　50.7789 grs.
カリ球＋$CO_2$の重量　＝　50.9825 grs.

$CO_2$ の重量 $= 0.2046$ grs.

「それはそうと」とクリントン卿はさりげなく言った。「ご自身のノートはお持ちですか?――同じようなことが書いてあるノートですが」

マークフィールドは見るからに戸惑っていたが、戸棚のほうに行き、ノートを一冊取り出して警察本部長に渡した。またもやクリントン卿は、いかにも無造作にページに目を通すと、二冊目のノートを最初のノートの横に開いたまま並べた。フランボローは、見落としがあってはなるまいと、マークフィールドのノートの開いたページをつぶさに見たが、そこにはこう記されていた。

U字管の重量 $= 24.7792$ gms

U字管 + $H_2O$ の重量 $= 24.9047$ gms.

$H_2O$ の重量 $= 0.1255$ gms.

(なにを考えてるのやら)警部はいまいましげに内心ひとりごちた。(私にはさっぱり分からん)

「不注意な若者ですな」警察本部長は辛辣そうに言った。「このメモをざっと見ただけでも、単純な計算間違いに三つは気づきましたよ。一つはこのページにあります」と開いたノートを指し示した。

「ずいぶんといい加減な人だったようですな」

「あてにならぬ若造でしたよ！」マークフィールドはかすかに語気を強めた。「そんなやつを一週間以上ここに置いてやったのは、ただもう圧力があったからです。ソーントン老が目をかけてやったんですよ。この建物を建てる資金の大半を提供した方ですが――やつの父親と知り合いみたいでね。それで、ソーントン老のご機嫌を損ねないように、あのクソガキを置いてやらなきゃいけなかったんです。さもなきゃ……」

言葉を途切らせながら演じた身ぶりで、マークフィールドは、ハッセンディーン君のパトロンが手を引いていたら、すぐさま青年を襲ったはずの運命を表してみせた。

警察本部長は、この新たな情報で納得がいったようだ。

「なんでそんな人をこの研究所にいつまでも置いてやったのか分からなかったんですよ」と打ち明けた。「だが、もちろんそんな事情だったのなら、ろくな仕事をしていなくても、そいつを置いてやったほうが無難だったわけだ。後援者をないがしろにはできませんからな」

ひと息ついてから話を再開したが、どうやら前の話に考えが戻ったようだった。

「ええっと、通常量のヒヨスチンのおよそ十二倍が投与されていたとおっしゃいましたね？」

マークフィールドは同意のしるしにうなずいたが、こう言って留保を付けた。

「言っときますが、それはおおまかな数字ですよ」

「もちろんです」クリントン卿はうなずいた。「実を言いますと、私が思っていた数字は十五倍です。もしかして、見逃された量があって、数字を低く見積もったとも考えられるのでは？」

「かもしれません」マークフィールドは素直に認めた。「もちろん、最小限の数字を挙げたんですよ――いざというときに宣誓証言できる数字をね。法廷で取り沙汰される事件なら、確実な数字に抑えておくのが無難というものです。でも、おっしゃるとおり、実際に投与された量をはっきり確定したわけじゃありません。体内に取り込まれた量は、十ミリグラムか、多少それを超える量だった可能性も否定できませんね」

「まあ、それほど目くじら立てる話でもありませんが」と警察本部長は話を切り上げた。「重要なのは、最小限の見積もり量でも、かなり短時間のうちに死に至る量の毒を飲んだという点です」

　卿はそれで納得したらしく、マークフィールドの公式報告の体裁や提出の仕方について、二つ三つ質問してからいとまごいした。ところが、きびすを返したとたん、また違うことを思いついたようだ。

「それはそうと、マークフィールド博士、ミス・ヘイルシャムは、今朝はこの研究所におられますか?」

「いると思いますよ」とマークフィールドは答えた。「ちょうどここに来たとき、姿を見ましたから」

「彼女とちょっとお話ししたいのですが」とクリントン卿はさりげなく訊いた。

「職務としてですか?」とマークフィールドは問いただした。「彼女を煩わせるおつもりじゃないでしょうね。私で間に合うことなら、なんでも対応させていただきますよ。殺人事件で警察に尋問されたなんて噂が広まったら、あの娘《こ》が気の毒ですよ」

　警察本部長はおとなしく譲歩した。「では、こちらへ呼んでいただけますか。この部屋で彼女と話しますよ。それなら内密に話せるし、外に話が漏れることもありませんから」

「けっこうです」マークフィールドはすぐに同意した。「そのほうがいいでしょう。すぐに呼びますよ」

　呼び鈴を鳴らして、用務員に伝言を持たせて行かせた。しばらくして、ドアをノックする音が聞こえ、マークフィールドはノーマ・ヘイルシャムを部屋に招じ入れた。フランボロー警部は、実際の彼女が自分の思っていたとおりの女性か確かめようと、興味深げに彼女に目を走らせた。見たところ二十歳から二十五歳ぐらいの女性で、身だしなみもきちんとしている。明らかに衣服に惜しげもなく金を使っているし、使い道のツボも心得ているようだ。だが、顔に目を向けると、警部は一層生々しい印象を受けた。容貌は端正というより個性的だし、フランボローには、四角張った顎と、唇が大きく薄い、しなやかそうな口が特に目についた。

（ほう！）と警部は内心思った。（すぐにカアッとなりそうな女だが、あの顎と唇からすると、そう簡単には静まらんだろうな。執念深いタイプと思ったがそのとおりだ。怒らせないように気をつけなくちゃなるまい）

クリントン卿に目配せして、ひそかに指示を仰ごうとしたが、警察本部長はどうやら自分で尋問するつもりらしかった。

「お座りください、ミス・ヘイルシャム」クリントン卿は、彼女のほうに椅子を引き寄せながら言った。

フランボローは職業柄、警察本部長がいかにも気さくな礼儀正しさで、窓明かりで顔がよく見える場所に彼女が座るよう、さりげなく仕向けたことにピンときた。

「こちらはフランボロー警部です」とクリントン卿は身ぶりを交えて紹介した。「捜査中の難事件について、二、三、質問させていただきたいのです――ハッセンディーン事件です。つらい話かもしれませんが、きっとご協力いただけると思いまして」

ノーマ・ヘイルシャムは、クリントン卿が話しはじめたとたん、薄い唇をきりりと引き結んだが、その動きも反射的なものだったようで、それというのも、卿が言い終わると、唇も再び和らいだからだ。

「できるかぎりの協力をさせていただきますわ」と彼女は落ち着いた声で言った。

フランボローは、彼女の表情を観察していて、その視線が目の前の男たち三人を次々と移っていくのに気づいた。

（ちょっと自意識過剰気味だな）と警部はひそかに判断した。（だが、よくいる、自分の顔を売りにするタイプだし、男と話すときは、流し目をおおいに活用しそうな女だ）

クリントン卿は、率直さをうまく活用しているようだった。

「お訊きしたい質問がはっきりあるわけじゃないんです、ミス・ヘイルシャム」と正直に認めた。「願わくは、この事件の解決の手がかりに少しでもなりそうなことがあれば教えてほしいということです。まあ、関係者の方々のことをなにも存じ上げぬままに捜査をはじめましたので、どんな些細なことでも助かるわけですよ。さて、私の勘違いでなければ、ハッセンディーン氏のことはよくご存じでしたよね？」

「一時期、婚約してたこともあります。いろいろ理由を言い立てて破棄されちゃったわ。みんな知ってることだと思いますけど」

「どんな理由だったか、教えていただけますか？　鼻を突っ込みたいわけではありませんが、それも重要なことでしてね」

ミス・ヘイルシャムの表情からすると、その質問は痛いところに触れたようだ。

「ほかに女ができたから捨てられたのよ――すげなくね」

「シルヴァーデイル夫人ですな？」クリントン卿は突っ込んだ。

「ええ、その女《アマ》よ」

「ほう！　では、ぶしつけな質問をさせていただきますよ。ご婚約期間中はお幸せでしたか？　つまり、彼がシルヴァーデイル夫人に魅惑されてしまう前は、ということですが」

ノーマ・ヘイルシャムは、答える前にしばらく眉間にしわを寄せた。

「お答えしにくいことね」とようやく言った。「正直言うと、彼ったら、いつも私より自分のことばかり考えていたようなの。そのこともがっかり。でも、私は彼に首ったけだった。もちろん、それが大きかったのよ」

「婚約破棄となったきっかけは？」

「きっかけですか？　そうね、私たちはイヴォンヌ・シルヴァーデイルのことでずっといがみ合ってました。私のことはないがしろにするし、あの女とばかり一緒に過ごしてたし。もちろん、何度も文句は言いました。あんな女のために辱めを受けるつもりはなかったもの」

最後に口にした言葉にこもる敵意は聞き逃すべくもなかったが、クリントン卿は素知らぬふりをした。

「ハッセンディーン氏とシルヴァーデイル夫人はどんな関係だったと思いますか？」

ミス・ヘイルシャムは、この質問を聞いたとたん、あからさまな軽蔑を込めて薄い唇をゆがめた。まるでなにか汚らわしいものでも避けるような仕草をした。

「そんなことにまで立ち入らなくてもいいでしょ？」と問い返した。「察しがつくでしょうに」

しかし、言葉では追及を避けようとしながら、その口ぶりは、自分が二人の関係をどう見ていたかをはっきり物語っていた。それから、悪意に満ちた喜びもにじませながら、いかにも苦々しげに付け加えた。

「あの女、結局はふさわしい報いを受けたのよ。悲しむふりなんかしないわ。二人ともたっぷり楽しんだはずだから」

こう言うと、それまでなんとか抑えていた激情が堰を切ってほとばしり出た。

「人に聞かれようとかまわないわ！　二人とも当然の報いを受けたのよ。あの女、なんの権利があって――それも夫がいながら――彼を籠絡して奪い去ったわけ？　自分の虚栄心を満足させたいだけで、彼に私との婚約を破棄させたのよ。それなのに、あの二人のために涙を流せとでも？　寛大に許せる人もいるんでしょうけど、こんなことで偽善者ぶったって仕方ない。思う存分私を傷つけたんだもの、あの女が当然の罰を受けて小気味よく思ってるわよ。あんたが思ってるほど都合よくいかないわよって、あのとき彼に警告したわ。そしたら、私に面と向かって笑ったの。そう、今度は私が笑う番。これでおあいこよ」

すると彼女は本当に笑った。ヒステリー気味の笑いだ。傷ついたプライドと裏切られた愛情が一緒になって、この感情の爆発を誘発したことぐらい、心理学的な洞察力がなくとも分かる。

クリントン卿は、彼女がヒステリーに完全に支配される前に抑えにかかった。

「申し訳ありませんが、目新しい話はなにもありませんな、ミス・ヘイルシャム」と冷ややかに言った。「そんなメロドラマめいた話から得るものはありませんよ」

娘は目をつり上げて卿を見た。

「どんな話を期待してらっしゃるわけ？」と問いただした。「彼の無念を晴らしてやりたいなんて思いません――これっぽっちも思わないわ」

　クリントン卿は、この問題を追及しても得るものはないとはっきり悟った。この娘がどんな疑いを抱いているかは知らないが、殺人犯の逮捕につながりそうな情報を提供するつもりなどないようだ。警察本部長は、彼女が落ち着くのを待ってから、次の質問に移った。

「ところで、ヒヨスチンというアルカロイドのことを知っていますか、ミス・ヘイルシャム？」

「ヒヨスチン？」と娘は繰り返した。「ええ。ちょうどエイヴィス・ディープカーが扱っていますわ。しばらく前から、シルヴァーデイル博士の指示に従って扱ってるはずよ」

　フランボローがマークフィールドのほうをこっそり窺うと、この化学者が見るからに怒りを抑えかねているのが分かった。警部は、マークフィールド自身もこのことを知っていたが、わざと言わなかったのだとピンときた。

「私がお尋ねしたのは、その性質のことなんです」とクリントン卿は口をはさんだ。「皆さんのような化学畑の方と違って、その手の物質についてはは素人でして」

「私もアルカロイドは専門じゃありません」ミス・ヘイルシャムは言い返した。「憶えているのは、〝半麻酔〟治療で使う薬ということくらいです」

「そう言われて思い出しましたよ」クリントン卿は鷹揚にうなずいた。「それはそうと、車はお持ちですか、ミス・ヘイルシャム？」

「ええ。モリス・オックスフォードの四人乗りです」

「セダンですか？」

「いえ、ツーリング・モデルです。なぜそんなことをお訊きになるの？」

「このあいだの霧の夜に、人をはねたらしい車の情報を求めている方がいましてね。あの晩、外出はしていませんよね、ミス・ヘイルシャム？」

「間の悪いことに外出していましたわ。ダンスに出かけたんです。でも、のどが痛かったし、霧のせいでますます痛くなったものだから、早めに切り上げて帰宅しました。ただ、人をはねたりはしてませんわ。今まで事故を起こしたことはありません」

「仮に衝突事故を起こしたとしても、あの霧では免責されたかもしれませんな。でも、もちろん、あなたの車じゃありませんよ。例の車のナンバーは何番だった、警部？」

フランボローは手帳を確認した。

「〝GX9074〟です」

「もう一度おっしゃってくれますか？」マークフィールドは聴き耳を立てながら尋ねた。

「ナンバーは〝GX9074〟です」

「それは私の車のナンバーです」マークフィールドは自分から言った。

彼はしばらく考えている様子だったが、どうやら霧の中で起きたことを思い出そうとしているようだった。すると、はたと思い出したようだ。

「ああ、たぶん分かりましたよ。あの晩、リングウッド先生の車を先導していたときに、フロント・フェンダーの真ん前にあやうく飛び出してきそうだった人がいましてね。頭がおかしいのかと言ってやったんで、それで相手の気分を害したのかもしれませんが、誓って車を接触させたりしてませんよ」

「我々の担当仕事ではありません」クリントン卿はすぐさま相手を安心させた。「仮になにか問題があったとしても、それは加入しておられる保険会社の問題です。リングウッド先生のお話からすると、町の中を走行中に、違反と言えるようなことはしておられないようだし、ご懸念には及ばないと思いますよ」

「当たり前ですよ」マークフィールドは不機嫌そうに言った。「その方が来られたら、私のことを教えていただいてもいいですよ」

「その件は我々の関知するところではありません」とクリントン卿は言った。「その方には、州の自治体から車の所有者の住所を知らせるそうです。しばらく冷却期間を置けば、その方も気持ちが静まることでしょう」

ミス・ヘイルシャムのほうを向くと、こうやって別の話題が挟まるあいだに、すっかり落ち着きを取り戻していた。

「お尋ねしたかったことは以上です、ミス・ヘイルシャム。お煩わせして申し訳ありませんでした」

卿は、尋問は終了という合図の意味で、彼女のためにドアを開けてやった。

「事件を解決されるようお祈りするつもりはありませんわ」彼女は部屋から出るときに冷たく言った。

「さて、ここでの仕事はこれで終わりだね、警部」クリントン卿は開けたドアから振り向きながら言った。「これ以上、マークフィールド博士のお時間をおとりしてはなるまい。急かすつもりはありませんが」とマークフィールドに向かって付け加えた。「できるだけ早めに公式報告をいただけますかな」

マークフィールドは約束のしるしにうなずき、二人の捜査官は建物を出た。警察本部に着くと、クリントン卿は先に立って自分のオフィスに向かった。

「まあ座ってくれたまえ、警部」と勧めた。「ついでにロンドンの専門家の報告にも目を通してくれ。さあ、これだよ――もちろん、公式の報告をもらうまでは、表向きには使えないがね」

卿が紙を放って寄こすと、フランボローは開いてみた。

「それはそうと」と警部は読みはじめる前に尋ねた。「この毒のことを秘密にしておく必要があるんですか？　ブン屋連中があれやこれやと付きまとってくるんですよ。毒のことを公表して差し支えないのでしたら、連中をおとなしくさせるためにも、教えてやってもいいんじゃないかと。ここ一日、私からはたいしたことを話してないんです。可能な範囲で教えてやったほうがいいですよ」

クリントン卿はその話を重く受け止めたようだ。答える前にしばらく考え込んだからだ。

「毒の名前は教えてもいいだろう」とようやく言った。「だが、詳細を教えるわけにはいかない。薬物の名前は間違いないと思ってるが、分量についてはまだ意見が多少分かれそうだし、その点は言わないほうがいいな」

フランボローは手にした報告書から目を上げた。

「マークフィールドとロンドンの専門家は、いずれも分量についてほぼ同様の見積もりをしているようですよ――八ミリグラムです」と言った。

「どちらも優秀な仕事ぶりだ」とクリントン卿は認めた。「自分が化学者だとは言わないがね、警部、この手の毒がごく微量で効果を示すことくらいは、私でも分かるよ。だが、当面の懸案に目を向けよう。ヘイルシャム嬢のことをどう思う？」

「どう思うかですって？」とフランボローは繰り返し、少し時間を稼いだ。「だいたい、こんな娘だろうと思っていたとおりでしたよ。うぬぼれの強い、やっかいな女狐ですな――しかも、捨てられた恨みで怒り狂ってる。そんなところです。それに執念深い。ちょっと品位にも欠けてますし。品のある娘なら、赤の他人の面前で、死者のことをあんなふうに罵ったりはしませんよ」

「たいして役に立つ情報は持ってなかったね」クリントン卿は話が逸れないようにしながら言った。

「一般論としては、君と同意見だよ」

フランボローは、研究所にいるあいだ、頭に引っかかっていた事柄に水を向けた。

「ハッセンディーン君のノートから、なにをお知りになりたかったんですか？　私にはわけが分かりませんでしたが」

「おいおい、なにを見つけたかは君も見ていただろうに。計算ミスさ。仕事が粗相で、検算をしようともしなかったのがはっきり分かる」

「お気づきになったのは、それだけじゃなかったように思ったんですがね。でなきゃ、マークフィールドのノートまで見せてくれとは言わなかったでしょうに。計算ミスを確かめるのに、他人のノートを見る必要はないはずですよ」

クリントン卿は部下を温かい目で見つめた。

「そこまで分かってるのなら、さらに推論を続ける楽しみを邪魔するのは申し訳ないよ。よく考えた上で、結論を教えてくれたまえ。二人とも同じ結論に達するか、試してみよう。度量衡換算表が役に立つよ」

「換算表ですって？」警部は途方に暮れたように尋ねた。

「そう。『1メートル＝39・37インチ』というやつさ。ほら、学校でも使ったやつだよ」

「手に負えませんよ」警部は嘆かわしげに言った。「答えを教えてくださいな。そう言えば、分量が極量の十五倍かとお尋ねになったのはどうしてですか？」

警察本部長が部下に温情を示してやろうとしたちょうどそのとき、デスクの電話がリンリンと鳴った。クリントン卿は受話器を取り上げた。

「……はい。フランボロー警部ならいますよ」

受話器を手渡すと、警部は電話の相手とブツブツと会話を続けた。フランボローはようやく受話器を置くと、満足げな表情を浮かべてクリントン卿のほうを見た。

「糸口をつかみましたよ。電話はフォサウェイからで、ファウンテン・ストリートからかけてきたんです。数分前に訪ねてきた男がいて、バンガロー事件に関して情報提供したら、懸賞金はもらえそうかと探りを入れてきたそうです。なにか知っている様子だったので、フォサウェイ部長刑事に対応させて情報を引き出そうとしたわけです。フォサウェイも、なにかありそうだと確信したんですが、そいつからはっきりした証言までは引き出せなかったようです」

「その男はまだフォサウェイのところにいるのか？」

「いえ。もちろん、拘留する権限はありませんし、そいつは結局、態度を硬化させて、はっきりしたことはなにも言わずに帰ってしまいました」

「行方を見失ってなきゃいいが」

「いや、大丈夫です。よく知られてる男ですから」

「ほう、どういうやつだね？」

「やくざ者ですよ。珍品をたくさん売ってる、いかがわしい店をやってましてね。以前、ある薬書販売の件でやつを挙げるところまでいったんですが、いよいよというときにまんまと出し抜かれまして。

それから、わいせつ罪で呼び出されたこともあります。暗くなってからハイド・パークをうろついて、カップルがいちゃついてるところを懐中電灯で覗いたりしたんです。まったくいかがわしいやつですよ。名前はホエイリーと言います」

　クリントン卿の表情には、ホエイリー氏の行動に思い当たる節があるという様子がありありと浮かんだ。

「まあ、いつでも必要なときにそいつを押さえられるのなら、それでいい。いずれ吐かせるさ。それはそうと、その懐中電灯の一件は、ただのスケベ心でやったのかな。それとも、口止め料を巻き上げるようなことをしていたんだろうか?」

「そうですね。確かに、やつを告発した者はいませんが、金を払った者がいたかどうかは分かりません。前科からすると、うまくやれるのなら、その手のことをやったとしても不思議じゃありませんが」

「じゃあ、ホエイリー氏のことは君にまかせるよ、警部。うまくしゃべらせることができたら、面白いことが聞けそうだ」

# 第十一章　暗号の広告

翌朝、フランボロー警部は警察本部長の部屋に呼び出されたが、やってくると、上司が『ウェスターヘイヴン・クーリエ』を読みふけっているのを見て驚いた。クリントン卿が勤務時間中に新聞を読む習慣はなかったので、見慣れぬ光景に、警部はかすかに眉をつり上げた。

「ちょっとしたパズルを提供するよ、警部」とクリントン卿は警部が入って来るなり言った。「これを見てくれたまえ」

新聞を適当なサイズに折りたたんで手渡しながら、広告の一つを指し示した。インク・ペンで×印二つを付けて分かるようにしてあった。フランボローは新聞を受け取り、その広告にざっと目を通した。

DRIFFIELD. AAACC. CCCDE. EEEEF.
HHHHH. IIIIJ. NNNNO. OOOOO.
RRSSS. SSTTT. TTTTT. TTUUW. Y.

「どうもよく分かりません」警部はもう一度読み返すとそう言った。「アルファベット順の文字がズラリと並び、五文字単位に分割して――最後に一文字だけある。冒頭にあなたのお名前があるから目を引いたんですね？」

「いや」とクリントン卿は答えた。「この新聞は郵便で私宛てに届いたんだ。ご覧のとおりの印が付いた形でね。届いたのは二回目の配達の際だ。包装紙もここにある。君にもたぶん、思い当たる節があるだろう」

フランボローは包装紙を注意深く調べた。

「ごく普通の切手刷り込みの官製包装紙です。これには手がかりはありませんね。こんなのは、誰でもどこでも買えますから」

それから住所を見ると、はっと気づいた。

「おなじみの手口ですか？　電報用紙から文字を切り抜いて、包装紙に貼り付ける。またもやジャスティス氏のようですね」

「その可能性大だね」クリントン卿はうなずいたが、その言葉には、自明なことにやっと気づいて感心している警部をなんとなくばかにした響きがあった。「で、これをどう思う？」

フランボローは、広告にもう一度慎重に目を通したが、その表情に腑に落ちた様子はなかった。

「文字の配列を云々する前に一つはっきりさせておこう」とクリントン卿は言った。「そいつは今日付け発行の『クーリエ』だ。だから、この広告は昨日、新聞社に申請したものだ。これが二回目の配達で届いたということは、この新聞紙は普通に買ったもの――つまり、朝一番に売りに出ていた新聞――で、買ってすぐ郵便で出したんだろうな」

「ごもっともです。ごく普通の広告に混じって載ってますから――〝突っ込み広告〟の欄じゃなくてね」

「もちろん、悪ふざけの可能性もある」とクリントン卿はつぶやいた。「だが、電報用紙を使うやり方は、いたずら犯のやりそうなことじゃない。はっきり偽物と判明しないかぎりは、本物の情報とみていいだろう。さて、これをどう考える？」

警部はかぶりを振った。

「暗号は得手じゃありません。はっきり申し上げて、私にはちんぷんかんぷんですよ。挑んでみても、なにも分かりっこありません」

クリントン卿はしばらく黙って考え込みながら、広告文にじっと目を凝らした。

「これはただの〝序章〟だと思うよ、警部。おそらく続きが来る。送り主がジャスティス氏なら、時間を無駄にするやつじゃない。それはそうと、昨日話していたように、記者たちに情報は提供したのかい？」

「はい。昨日の夕刊の『イヴニング・ヘラルド』に載ってますよ。『クーリエ』と『ガゼット』も今朝の朝刊に載せてるでしょう」

クリントン卿はなおも広告文を見つめていた。

「私も君と同じだよ、警部――暗号は得意じゃない。だが、これは普通のメッセージ文をアルファベット順に並べ替えただけのように見える。いずれなんからの形で、解読の鍵が作者から届くんじゃないかな。だが、なんならそれまでに、暗号解読の手がかりを得られるかも」

フランボローはいかにも自信がなさそうな表情を浮かべた。

「ジュール・ヴェルヌやポーを読んだことは？」とクリントン卿は訊いた。「ない？　そう、ポーは初期の暗号論を書いている——むろん、ハンス・グロスやアルヒバルト・ライス（いずれも著名な犯罪学者）の著書に出てくるものとは全然違うし、暗号の専門書と比べたら児戯に等しい。だが、ポーは、暗号解読は普通に鍵を使って開けるのではなく、錠前をこじ開けることが必要だと論じている（一八四一年発表の「暗号論」）。ジュール・ヴェルヌは、暗号通信では、送信者が誰なのか見当がつけば、署名が弱点になることを指摘している（一八八一年発表の小説『ジャンガダ』）。もちろん、そこに署名があることが前提になっているがね」

警部は、その説明の趣旨を理解してうなずいた。

「つまり、前に届いた電報と同じく、ここにも〝ジャスティス〟という署名があると？」

「試してみるしかない」とクリントン卿は言った。「楽観はしてないよ。だが、やってみる値打ちはある。〝ジャスティス（Justice）〟という文字を取り出して、なにが残るか。とりあえず五文字のグループは無視して、A、B、Cといった残りの文字を集めてみよう」

卿は紙を一枚とって、小さな四辺形にちぎり、それぞれの紙片にメッセージの文字を一文字ずつ書き込んでいった。

「さて、〝ジャスティス〟の文字を取り出す」と、その言葉どおりに作業しながら言った。「それから、残りの文字をアルファベットのグループにまとめる」

警部は作業を見守りながら、並んだ文字列に目を凝らした。

AAA CCCC D EEEE F HHHHH III NNNN
OOOOOO RR SSSS TTTTTTT U W Y
JUSTICE.

「まだよく分かりませんね」フランボローは、面白がっている様子を口調ににじませながら言った。上司の失敗を見て喜ぶチャンスなどめったにないことだ。

「まあ待ちたまえ、警部。ちょっと考えてみよう。いずれにしても、〝ジャスティス〟の文字がこの中にある。なんの糸口もないよりましというものさ。さて、ジャスティス氏が、この控えめなやり方で我々になにを伝えようとしているのか、検討してみようじゃないか。この文字列を作る前に、昨夜の『ヘラルド』に載っていた記事を見る時間はあったわけだ。そこから新たなアイデアを得たと仮定しよう——というのも、この通信文は新聞が出たあとに貼り合わされたもので、その前の数日間はなにも言ってこなかったからだ。重要なのは、ヒヨスチンが検出されたと記事に出たことだ。この文から、その言葉を引き出せるかやってみよう」

手早くその言葉を選り分けると、でたらめな文字列が次のような形になった。

HYOSCINE AAA CCC D EEE F HHHH II
NNN OOOOO RR SSS TTTTTTT U W
JUSTICE.

「ここまでは辻褄が合う」クリントン卿は、自分が手書きした文字列を胡散臭そうに眺めながら言った。「だが、こんな二つの言葉くらい、五十六のでたらめな文字からなら、好きに作れる。幸先はよさそうだが、確信までは得られないね」

卿は眉間にしわを寄せながら文字列を眺めた。

「やり方が正しいとして、この中には、Tがやけにたくさんあるようだ。さて、君ならヒヨスチンを何と結びつける、警部？　さあさあ！　思考を中断しちゃだめだぞ」

「クロフト・ソーントン研究所（The Croft-Thornton Institute）ですね」警部はすぐさま答えた。

「どんぴしゃりだ」警察本部長は声を上げた。「その三語ほど、英語でTが詰め込まれている例はなかなかないよ。これらの文字を選り分けよう」

警部は、必要な文字が見つかるか、身を乗り出して目を凝らした。クリントン卿が、その三語に必要な文字を選り分けると、文字列は次のようになった。

HYOSCINE THE CROFT-THORNTON
INSTITUTE AAA CC D E HH OO SS TT
W JUSTICE.

「これは、ただの偶然とは考えにくいね」クリントン卿は幸先よさそうな口ぶりで宣言した。「これなら、無難にもう一歩進めるかもしれない。わずかな前進としてもね。推理してみよう。こんなふうに読めると想定する。『クロフト・ソーントン研究所でヒヨスチン（Hyoscine *at* the Croft-Thornton Institute.）』。となると、残る文字の羅列はこうなる。どう思う、警部？」

AA CC D E HH OO SS T W

「最初の部分を見ると、『応じる（ACCEDE）』みたいですね――いや、Eは一つしかないな」フランボローは検討をはじめたが、間違いに気づいただけだった。

「確かにACCEDEじゃない。『入手できる（ACCESS）』なら、うまくいきますかね」

警察本部長は文字を動かし、警部は興味津々で結果を見守った。

「ACCESSだとすれば、『……を入手できる（ACCESS TO）』となるはずだ」とクリントン卿は言った。「すると、残るは、A, D, HH, O, Wだ」

卿はその六文字を見ただけで、すぐ確信に達した。

「どんぴしゃりだよ、警部。これで残らず当てはまる。見たまえ！」

卿が文字列を配列し直すと、警部はその全メッセージを読み上げた。

クロフト・ソーントン研究所でヒヨスチンを入手できたのは誰か。ジャスティス。
WHO HAD ACCESS TO HYOSCINE AT THE CROFT-THORNTON INSTITUTE. JUSTICE.

「アナグラムがこれほどピタリと決まるなんて滅多にあることじゃない」とクリントン卿は満足げに言った。「正しい解釈なのはまず間違いない。いやはや！　今回のジャスティス氏の手助けがそれほど有意義とは思わないよ。クロフト・ソーントンが薬物の入手元なのは、はっきりしてるからね。だが、確かに精いっぱいの手助けをしてはいる。今度の場合、我々が自明なものを見過ごしてしまわないように気を遣ってるんだ。賭けてもいいが、次の郵便でこの暗号の鍵を送ってくるよ。ジャスティス氏は、我々が自分で暗号を解くという僥倖をあてにはしないだろう。まあ、やつの援助なしに独力でやってのけたのは、気持ちはいいがね」

フランボローは、手帳に暗号と解読結果をひたすら書き写していた。警部が写し終えると、クリントン卿はたばこに火をつけ、たばこケースを警部に差し出した。

「役所気質なことはしばらくよそう」と警察本部長は言った。「メモなどは取らなくていい。率直に言うがね、警部、この捜査の進展はあまり芳しくない。今ある情報だけでは、占いに頼りでもしないかぎり、真相を突き止める手立てはない。だが、この事件を迷宮入りにするわけにはいかないよ。君の言うホエイリーという男が頼みの綱だな」

警部はクリントン卿の愚痴を聞いて、ハッとなにか思いついたようだ。

「このあいだ紙に書いていただいた組み合わせのことを考えていたんですが」と説明した。「あれは九つから六つに減らすべきだと思います。ハッセンディーン君がただの事故で二度も撃たれたなんて、まずあり得ないですよ。ですから、その選択肢の入っている組み合わせは、あの表から全部削除したほうがいいと思うんです」

警部はポケットに手を入れて紙を取り出したが、最初に書いてから、畳んでは開きを頻繁に繰り返したのがはっきり分かった。

「ハッセンディーンのケースから事故の可能性を除外すれば、事件の解決はこの範囲内に収まることになります」と警部は言った。

テーブルにその紙を置くと、クリントン卿は目を通した。

| | ハッセンディーン | シルヴァーデイル夫人 |
|---|---|---|
| A | 自殺 | 自殺 |
| B | 殺人 | 殺人 |
| C | 自殺 | 事故 |
| D | 殺人 | 事故 |
| E | 自殺 | 殺人 |
| F | 殺人 | 自殺 |

「もっと踏み込んで除外してもいいと思いますね。理由を申し上げれば、見たところほかの事件と関係があるように思える三つめの死――ヘザーフィールド荘で殺された女中――があるからです。ヘザーフィールド荘での事件をほかの二つの事件と切り離すことはできないと思いますよ」

「その点では君と同意見だよ、警部」クリントン卿は同意した。

フランボローは側面攻撃を受けないと分かると、見るからに安心し、さらに大胆に自論を展開した。

「女中を殺したのは誰か？　そこが重要な点です。ハッセンディーン君ではありません。リングウッド医師が、青年の死を看取った直後に、生きている女中を目撃してますからね。もちろんシルヴァーデイル夫人でもありません。ハッセンディーン君がバンガローを出て帰宅し、アイヴィ・ロッジで死ぬ前に、夫人がすでに死んでいたことはあらゆる状況が指し示していますから。したがって、あの晩、事件にかかわった第三者がいたんですよ。なにか狙いがあって殺人も辞さなかった者がね。どんな狙いかまでは分かりませんが」

「その点は誰も異論はないだろうよ、警部」

「ありがとうございます」フランボローは話を続けた。「では、その点を念頭に置きながら、判明している事実に照らして、残った六つの組み合わせを検討してみましょう」

「続けたまえ」とクリントン卿は勧めたが、警部がはじめのうちはばかにしていた方法にすっかり夢中になっているのをひそかに面白がっていた。

「では、ケースAです」フランボローは説明をはじめた。「二重の自殺ですね。ただ、この説はあまり好きになれません。理由を説明しますよ。自殺とすれば、二人のうちどちらかが二人分は殺せるだけの量のヒヨスチンを所持していたことになります。夫人の死体に残存していた量からそう判断できます。ところが、ハッセンディーン君の組織からはヒヨスチンは検出されていません。目は正常な状態でしたし、胃にもなんの痕跡もありませんでした。ロンドンの専門家に検査依頼した結果も同様です。ハッセンディーン君の日記を読んでも、いろんな筋から得た情報でも、彼は無用な痛みを甘受するような男ではありません。仮に銃で自殺したとすれば、きっと頭を撃ったことでしょう。ヒヨスチンを持っていたとすれば、そもそも銃で自殺したりはしなかったはずです。むしろ、毒をあおって、痛みを伴わずに死んだことでしょう」

「正しい推論だろうね」クリントン卿は認めた。「もちろん、断言はできないが」

「さて、だとすれば、ケースAに当てはまることは、ほかの二つのケース――C、E――にも当てはまるはずです。いずれもハッセンディーンの自殺を前提にしていますから。したがって、いずれも除外できるはずです」

「ちょっと待ってくれ」クリントン卿は遮った。「間違っているとは言わないが、君の仮定はその二つのケースを説明しきっていない。ケースAでは、シルヴァーデイル夫人は自殺を図ったと仮定していた——したがって、ヒヨスチンは夫人が持っていたという結論になる。だが、ケースCでは、夫人は事故で毒を飲まされて死んだと仮定している。ハッセンディーン君は自殺だという可能性を除外する前に、ヒヨスチンを所持していたのは彼だと証明する必要があるよ。所持していなかったと言ってるんじゃない。ただ、きちんとロジックに即して論を進めてほしいということなんだ」

フランボローはそう言われてちょっと考えた。「厳密に言えばそのとおりですね。ケースEだと、彼がヒヨスチンを所持していたことを説明するために、彼が夫人を故意に殺害したと証明しなくてはいけないわけだ。ふむ！」

警部はひと息ついてから、もう一度表を取り上げた。

「次は、ケースBに戻りましょう。二重の殺人というわけです。第三者を必要とするケースです——つまり、ヘザーフィールド荘で女中を殺害した人物であり、例の窓を壊した人物でもあります。バンガローの部屋には格闘の跡がありましたよね。でも、ケースBは無理がありすぎると思います。趣旨はお分かりいただけるかと思いますが。つまり、シルヴァーデイル夫人は毒殺され、ハッセンディーン君は射殺されたとなるからです。どちらも単純に銃を使えばすむものを、なぜ二つの方法を用いたのか？　分かりやすい仮説を挙げましょう——私も考えていた仮説ですが、きっと本部長もでしょう。つまり、シルヴァーデイルがバンガローで二人の前に突然現れ、両名を殺害したという仮説です。となると、毒はどこで登場するのか？　どうやら、ケースBには線を引っ張って消したほうがいいようですね。これが一番ありそうにないケースですよ」

ホッとしたことに、クリントン卿は異議を唱えなかった。警部は、表の最初の二行に鉛筆で取り消し線を引くと、最後の行に鉛筆を移動させた。

「ケースFはどうでしょう？　夫人は自殺、青年は殺人。夫人が自殺なら、覚悟の上だったことになる――でなきゃ、ヒヨスチンを携えているはずないですから。ただ、恋人同士の心中だとすると、青年の分の薬も持っていたことになる――バンガローの床にもどこにも薬がこぼれた痕跡はなかった。ケースFは除外しますか？」

「君が取り消し線を引きたいというなら、私にも異存はないよ、警部。もっとも、私が考える根拠は、君の説明とはちょっと違うがね」

フランボローは疑わしげにクリントン卿を見たが、それ以上聞き出そうとしても無駄だという雰囲気が表情に表れていた。

「さあ、これで少し選択肢を絞り込めましたよ」警部は安堵したように言った。「最初は九つの可能な解決案ではじめました――考えられるすべての組み合わせを網羅したものです。いまや三つに絞り込みました」

警部は紙を手に取り、残った組み合わせを読み上げ、その三つのケースに、新たな区分記号を加筆した。

| | ハッセンディーン | シルヴァーデイル夫人 |
|---|---|---|
| X | 自殺 | 事故 |
| Y | 殺人 | 事故 |

Z　自殺　　殺人

「これでよろしいですか?」とフランボローは確かめた。

「ああ、もちろん!」クリントン卿は無頓着にうなずいた。「真相はきっと、この三つの解決案の一つだと思う。問題は、どれなのかを証明することだ」

ちょうどそのとき、巡査が一人、手紙類と郵便包装紙にくるまれた新聞を持って部屋に入ってきた。

「次の郵便で来たわけだ。予想通りにね」警察本部長はそう言いながら、包みを手に取り、注意深く包装紙を外した。「いつもの住所表示のやり方だ。電報用紙から文字を切り抜き、切手刷り込みの官製包装紙に糊付けというわけだ。さて、どんな知らせか見てみるか」

卿は紙面を開き、広告ページにしるしを付けたパラグラフがないか探した。

「実に巧妙なやつだよ、警部」と言った。「先に届いた広告は『クーリエ』に載っていた。これは今日の『ガゼット』だ。おかげで、広告欄を読んでも、誰も似たところに気づいて比べたりはしない。私はジャスティス氏が気に入りはじめたよ。実に用意周到だが……。ほう、ここだ!　先のやつと同じでしるしを付けてある。読むよ、警部」

クリントンへ。以下の順で文字を並べること。

55. 16. 30.17. 1. 9. 2. 4. 5. 10. 38. 39. 43. 31.

18. 56. 32. 40. 6. 21. 26. 11. 3. 44. 45. 19. 12. 7.

36. 33. 15. 46. 47. 20. 34. 37. 27. 48. 35. 28. 22.
29. 41. 49. 23. 50. 53. 51. 13. 25. 54. 42. 52.
24. 8. 14.

「これで、最初の広告で五文字ごとのグループに分けた理由がわかった――数えやすいようにするためさ。ますます気に入ったよ。まったく頭のいいやつだ」

卿は、二つの広告をテーブルの上に並べた。

「もう一度おさらいしてみようか、警部。最初のAをナンバー1、二番目のAをナンバー2という具合にしていく。全部で五十六文字だから、ナンバー55はWだ。ナンバー16は四つめの五文字組の最初の文字――つまり、Hだ。ナンバー30は六つめの五文字組の最後の文字――つまり、Oだ。したがって、この言葉はWHOとなる。全体を通してやってみてくれるかい」

フランボローは、全体を配列し、クリントン卿が前に解読したのと同じ結果を得た。「クロフト・ソーントン研究所でヒヨスチンを入手できたのは誰か?」

「ほう、どんぴしゃりとは嬉しいね」警察本部長は素直に言った。「それはそうと、『クーリエ』と『ガゼット』の本社に誰か派遣して、広告の原物を回収させたほうがいい。まあ、どうせ同じ電報用紙の小細工だろうがね。住所も、真実味を与えるために添えただけで、架空のものだろうよ」

# 第十二章　シルヴァーデイル夫妻の遺言書

「ルナール氏です」

　フランボローはクリントン卿のオフィスのドアを開けて脇により、小柄なフランス人を中に招じ入れた。警察本部長は目を上げて、二人の闖入者を一瞥した。

「シルヴァーデイル夫人のお兄さんでいらっしゃいますね？」と礼儀正しく尋ねた。

　ルナールは力強くうなずき、あとの説明は任せるとばかりに警部のほうを振り返った。フランボローは急場をしのいで言った。

「どうやら、ルナール氏は、妹さんの遺言書に関して明らかになった状況にご不満のようなのです。遺言書をご覧になって驚かれ、私の意見を聞きに来られたというわけで。本部長に判断を仰ぎたいとのことでしたので、お連れしました。直接お聞きいただいたほうがいいと思ったんです。重要なことのようにも思えますので」

　クリントン卿は万年筆にキャップをし、ルナールに椅子を勧めた。

「なんでもおっしゃってください、ルナールさん」と卿は快活に言った。「ともあれ、お話をきちんと承りましょう。お差し支えなければ、フランボロー警部にメモをとらせます」

　ルナールはクリントン卿が勧めた椅子に座った。

「手短に申し上げます」と彼は警察本部長にきっぱりと言った。「そう複雑な問題ではありませんが、おたくの国の言い方をすれば、問題を徹底究明したいのです」

椅子にゆったりと身を沈めると、話を切り出した。

「ご存じのとおり、妹のイヴォンヌ・ルナールは、一九二三年にシルヴァーデイル氏と結婚しました。私はこの結婚を快く思わなかったし、不満だったのです。分かりますでしょ？　いや、シルヴァーデイル氏に問題があったわけじゃありません！　ただ、妹がどんな女かはよく知っていましたし、シルヴァーデイルが彼女にふさわしい男とは思えなかったのです。まじめすぎるし、仕事にひたむきすぎる人でしたから。イヴォンヌの夫に求められるような天性の明るさがなかったんですよ。結婚した当初から疑問に思ってました。相容れないものがあったんです。分かりますでしょ……？」

クリントン卿は身ぶりで、なるほどよく分かったと伝えてみせた。

「義弟のことを悪く言うつもりはありません。そうでしょ？」とルナールは続けた。「おたくの国のことわざで言えば、『あわてて結婚、ゆっくり後悔』というやつです。お互い向いてなかったんですが、彼らのせいじゃありません。お互いを知ったとき――つまりは、生身の相手を知ったとき――には、二人は最善の選択をしたと思ってたんですよ。私にはなにも言えませんでした。妹が自分の性格に合った夫を見つけなかったのは残念でしたよ。でも、私はお節介を焼きすぎて騒ぎ立てるような人間じゃありませんので」

「よく分かりますよ、ルナールさん」クリントン卿は、そんな自明なことをくどくどと説明しようとするのをあからさまに遮るつもりで口をはさんだ。

「では、肝心の話をさせていただきます」とルナールは続けた。「結婚時かその直後に――遺言に関する英国の法規はよく知りませんが——義弟は債権や株式で持っていた財産の一部を妹に名義替えしたんです。相続税の問題があったみたいですね。夫が先に死ねば、妹は夫の全財産について相続税を納めなくてはならない。でも、財産をある程度妹のほうに移しておけば、そんな事態は避けられる。夫が死んだら、妹は夫名義の財産についてだけ税を納めればいいわけです。こういう場合によくやる予防措置というわけですな」

「珍しくありませんね」とクリントン卿も認めた。「それで、ルナールさん、結婚の際に妹さん名義に移された財産はいかほどか、ご存じですか?」

「正確な数字は言えません」とルナールは言った。「もちろん、弁護士から残高は見せてもらいました。確かにその財産も含まれていましたが、私は数字を憶えるのが苦手でして。たかだか数百ポンドでしたよ——おたくの国の言い方では、スズメの涙です。義弟は金持ちじゃない。ただ、金額自体はさして重要じゃないんです。問題は、今からご説明しますが、そのあとのことなんですよ」

彼はクリントン卿の注意を引こうとするみたいに、椅子から身を乗り出した。

「義弟がそのはした金を妹に名義替えしたとき、夫婦は互いに遺言書を作成したんです。おそらく弁護士の入れ知恵によるものでしょう。夫の遺言書では、全財産を妹に遺すとなっています。私の知るかぎり、彼には親族がいませんし、いかにももっともな措置です。二つめの遺言書は妹のもので、主な項目に関するかぎり同じ内容でした。債権、株式、現金などの彼女の全財産は、夫に遺されることになりました。些末な項目が最後に付されていて、二、三のささやかな記念の品を私に遺すとされていました。心情的な価値しかない代物ですよ。これも状況に鑑みればいかにももっともな措置です。おかしな点はなにもないですよ。なにもあるもんですか」

「状況からすればごく当たり前の措置ですね」クリントン卿も認めた。「もちろん、妹さんが先に亡くなれば、旦那さんは自分の財産を取り戻すことになったわけですな——むろん相続税は取られますが」

「そんなのは些細なことです」とルナールは力を込めて言った。「私に相談があれば、相続税のこともきっと忠告したでしょう。でも、なんの相談もなかった。私は蚊帳の外でしたよ。受託者に指名されてはいましたがね。私は自分に関係ないことに鼻を突っ込むような人間じゃありません」

「結局、なにが問題なんですか、ルナールさん?」クリントン卿は辛抱強く訊いた。「正直申し上げて、なにがお困りなのか、さっぱり分かりませんが」

「なにも困ってませんよ。ただ、新たな情報を提供して差し上げたいだけです。話を続けましょう。伯母が長患いだったたんですよ。心臓の病で、狭心症というやつです。いつ発作を起こして死んでもおかしくありませんでした。みな覚悟はしてましたよ。分かりますでしょ? 三週間ほど前、ずっと覚悟していた発作が起きて、亡くなったというわけです」

クリントン卿は、お悔やみの色を顔に浮かべはしたが、話の腰は折らなかった。

「フランボロー警部に以前お会いしたときにも申し上げましたが」とルナールは続けた。「伯母の遺産の額には驚きました。伯母があんな金持ちとは知らなかったんです。とても質素で、つましく暮らしていましたから。生活が苦しいんだとばかり思ってました。分かりますでしょ? 伯母が貯め込んでいた額を知ったときの私の驚きを想像してみてください。一万二千ポンド以上ですよ! すごい金額です。一万二千ポンドを手に入れるためなら、どんなことも辞さない人間は大勢いますよ」

彼は一瞬、その数字をじっくり反芻するように口を閉ざした。

「伯母の遺言書は実に単純な内容でした」と話を続けた。「妹のイヴォンヌは伯母のお気に入りだったんです。伯母はいつも私より妹のほうを大事にしていました。不満を言うつもりはありませんよ。分かりますでしょ？　お気に入りの子ってのはいるものです。伯母の遺言書では、私もちょっとした遺贈にあずかっていましたが、イヴォンヌは伯母のほぼ全財産をもらったんです。これが二週間ほど前に分かったことです」

今から重大発表をするぞとばかりに椅子から身を乗り出した。

「妹と私は、伯母の遺言書の受託者になっていました。遺言書を管理していた弁護士が連絡してきて、その謄本をくれたんです。こういう法律的な文書は難解なものです。でも、妹が伯母の所有していた債権や株式の財産をすべてもらったことは私にもすぐ分かりましたよ――ほぼ百五十万フランです。私は法律のことはよく分かりません。これがどういうことか、理解するのに時間を要しましたが、なんとか呑み込めましたよ。いたって単純で、簡単なことです。妹は、伯母の遺言で一万二千ポンドをもらいました。でも、その状況のまま妹が死んだら、彼女が結婚後に署名した遺言書により、夫がその全財産を相続するわけです。考えてもみてください。そいつは伯母に会ったこともないのに、一万二千ポンドを座したまま手に入れるわけですよ。そして、伯母にとって息子も同然だったこの私は、なにももらえない！　むろん、不服を言うつもりはありませんが」

クリントン卿は、この問題をどう見ているのか、まるで表情に表さなかった。ただ黙って、ルナールが話を続けるのを待っていた。

「状況を理解したとき」とルナールは話を続けた。「腰を落ち着けて妹に手紙を書きました。『状況を説明するよ』とね。『親愛なる伯母さんが亡くなって、君を相続人に指名している。全部で百五十万フランだよ！　ぼくにはささやかなものしか残してくれなかった。せいぜいで喪服を買える程度のお金さ。不服を言うつもりはないよ。伯母さんには自分のお金を好きなように処分する権利があるわけだからね』。書き始めはこうでした。分かりますでしょ？　それからこう書きました。『今はこれでいい』と。『でも、先のことも考えなくちゃいけないよ。君が結婚したときに作った遺言書のことを考えてくれ。君に万が一のことがあれば、夫がすべてを手に入れる。つまり』と続けましたよ。『そのままじゃいけないと思うんだ。もし君が死んだら——たとえば、いつ交通事故に遭うかもしれない——伯母のお金は全部、君の夫のものになるんだ。彼は君とはほとんど共通点がないし、伯母さんともなんの関係もない。そして、君の最近親者たるぼくは、びた一文もらえないんだよ。よく考えてくれ』と書きました。『それが公平といえるかどうかを。ぼくら一族の財産が赤の他人の手に渡って、ぼくら自身はなにももらえないなんて、それでいいのかい？』とね」

ルナールは、まるで同情してほしいみたいに、警部とクリントン卿をかわるがわる見て、また警部に視線を戻した。どうやら彼らの表情に期待したものは見出せなかったらしく、話を再開した。

「このままじゃいけないとは言いましたよ。もちろん、自分の利益になるよう訴えたわけじゃありません。私はそんなことするたちじゃない。今のままだと、彼女が死ぬようなことがあれば、不公平なことになると言おうとしたんです。そこで、新しい遺言書を作るよう強く勧めたわけです。私はこう書きました。『どんな結果になるか考えてくれ。もちろん、君にはどうでもいいことだろう。君自身にはなんの影響もないからね。でも、その財産は残るんだよ。共通点もない夫の手に渡ってもいいのかい？　それより、君のことを大切にしてきた兄に遺そうとは思わないのかい？』。以上が私の書いたことです。すみやかに行動を起こして、夫にも兄にも公平になるような新たな遺言書を作成してもらうよう、弁護士に依頼してくれと頼んだんです。公平にしてくれと望んだんですよ。分かりますでしょ？　あくまで公平にということです。夫は結婚時に妹名義にした自分の債権や株式を取り戻せばいい。私は伯母から受け継いだ遺産をいただく。これこそ筋が通るというものですよ」

「ええ」クリントン卿はうなずいた。「状況を考えれば、まったく筋が通ってますな。で、どうなったと？」

「弁護士に会いに行ってきました」とルナールは話を続けた。「その結果なにが分かったか、ご想像くださいな。イヴォンヌは実務の分かる女じゃありませんでした。効率よく物事を処理する習慣などなかったのです。面倒くさそうだと感じたら、やらなきゃいけなくなるまで極力ほうっておこうとするんです。妹は実務にはうんざりだった。そういう性分だったんです。だから、私から手紙を受け取っても、何日も放置しておいたわけです。妹を責めることはできません。そんなことに手を煩わすようなたちじゃなかったんです。それに、死ぬなんて思いもよらなかっただろうし。いつだってやれたというわけです」

自分の話に関心を引こうとするように一息ついた。というのも、明らかにクリントン卿はほとんど興味を引かれたように見えなかったからだ。

「妹は気立てのいい子でしたよ。状況はよく分かっていたようですし。おたくの国の言い方をすれば、大事な兄を足蹴にするつもりはなかった。ただ、取りかかるのをあとへあとへと引き伸ばしたんです。それで結局、引き伸ばしたままになったわけです」

なにか重要なことを言おうとするみたいに、またもや椅子から身を乗り出した。

「弁護士のところに行ったら、なにが分かったと思います？　イヴォンヌは大事な兄のことを失念したわけではなかった。状況を是正しようという意思はあったのです。ある日、弁護士事務所に電話して、翌日の午後に会う約束をしていました。遺言書を変更したいという話だった。でも、もちろんそれは電話越しの話で、どこをどう変更したいとは言わなかった。それはそれで分かります。でも、彼女が言ったところでは、新しい遺言書に盛り込むべき事項は紙に書いて、その紙を持参するはずだった。弁護士が知っていたのはそこまでです。私が知っているのも以上です。だって、弁護士と会う予定だった翌日の午後が来る前に――イヴォンヌは死んでしまったんですから！　これが悩まずにいられますか？　一万二千ポンドですよ！　百五十万フランですよ！　ほんの数時間の差で、そのお金が私の手をすり抜けてしまったんです。もちろん、不服を言うつもりはありません。文句を並べはしませんよ。私はそんなたちじゃない。こういうことは起こるものだし、耐え忍ばなくちゃなりません」

クリントン卿が同情の色を浮かべるのを期待していたとしたら、その期待は裏切られたに違いない。警察本部長は感情を表さなかった。

「まったく、間が悪いじゃないですか？」とルナールは続けた。「それとも実に間がいいということですかね。シルヴァーデイルにとっては、実に好都合に運んだわけです。むろんただの偶然ですよ。人生はこんなことだらけです。自分でもこんなことはいくらも見てきましたから、別に驚きもしません。ただ、ちょうどそんなタイミングで死ぬなんて、実に都合がよくないですか？　もう一日生きていたら、一万二千ポンドは私のポケットに入り、死んだら、他人の手に入るというわけです。哲学者めいたもの言いですがね。こんな世の中では、哲学者にもなろうというものです。こんな奇妙な偶然が起こると、気になるものですよ。なんの裏もないことは分かってます。なんにもね。分かりますでしょ？　でも、物事がこう都合よく運ぶとは、いかにも目を引くことじゃありませんか？」

警察本部長は宇宙の一般的な現象を論じるのに付き合うつもりはなかった。

「残念ですが、警察が扱う問題ではなさそうですな、ルナールさん。遺言書の問題は警察の領分じゃない。遺言書の偽造となれば別ですが。今の話だと、そういう事例ではないですね。差し上げられる助言があるとすれば、弁護士にご相談なさいということだけです。だが、すでに法的な問題は明らかになったわけだし、ほかにできることがあるとも思えませんな」

フランボロー警部は目配せを受けて、この件についてはもう十分だと、有無を言わさずルナールにきっぱり告げた。小柄なフランス人は、ようやく二人の警察官を残して出ていった。

「あんな説明の仕方じゃ、確かに気に入りません」とフランボローは言った。「でも、私が彼の立場だったら、同じような気持ちになるんじゃないかな。数時間の遅れで一万二千ポンドをしくじるなんて、確かに頭に来ますよ。それに、彼の疑いももっともというものです」

クリントン卿は同調しようとはしなかった。

「〝最新ニュース〟にあまり惑わされないほうがいいよ、警部。ルナールの証言は今聞いたばかりのものだが、その価値に上乗せできるものはなにもない。事件を全体として眺めて、今度の犯罪で利益を得そうな連中のことを総ざらいしてみたまえ。それから、それぞれの可能性がどこまで公算が大きいかを検討してみたまえ――事実が明らかになった順序は度外視した上でね」

警部はむろん、すでにそうした見方で問題を考えていた。ためらいもなく自分の見解を述べはじめた。

「そうですね、お尋ねとあれば、シルヴァーデイルには、立派な殺人の動機が少なくとも二つあるわけです。妻を葬り去ることで、明らかにご執心だったディープカー嬢との結婚の可能性が開ける。それと、ルナールの話が本当なら、その絶妙なタイミングで妻が死ねば、自分のポケットに一万二千ポンドが入る。シルヴァーデイル夫人がもう二、三日長生きしていれば、手に入れ損ねるところだったわけですから」

「離婚を成立させる証拠がなかったのは明らかだし、離婚できれば殺人という手段に訴える必要はなかっただろうしな」とクリントン卿は認めた。「それに、金の一件で、シルヴァーデイル夫人の死は、さらに都合のいいものになるわけだ。金や女が男に殺人を犯させる引き金になるというのは、まぎれもない事実だよ。その二つが揃うとなれば、これを平然と退けるのも難しかろう。まあ、君の説明を続けてもらおうか、警部」

「例のスプラットンという金貸しがいます」フランボローは論を進めた。「ハッセンディーン君の死が殺人と証明されれば、スプラットンは、一時払い保険料を支払っただけで、保険会社から数千ポンドをせしめるわけです。これももちろん動機になりますよ」

「自殺ではなく殺人だと、あえて証明しようとする立派な動機ではある。もちろん、殺人そのものの動機でもあり得るだろう。だが、利益のために殺人を犯しながら、殺人だと証明しないと、金を得られないという男の状況を考えると……。うーん、ちょっと複雑じゃないか?」

「他人に殺人の嫌疑をかぶせられるという、しかとした自信があれば別ですがね」

「そんな具合に濡れ衣を着せるなんて、実際にはちょっと難しくないかい?」

　警部は、この点については意見を差し控えた。

「それと、ヘイルシャム嬢がいます。執念深いタイプですよ。明らかに、被害者の二人にすさまじい怨念を抱いていました。なんと言ったって、この事件の背後には復讐が潜んでいる可能性がありますしね。その見込みが高いとは言いませんよ。でも、公算が大きくなくても、可能性くらいは考えませんとね」

「私も、ミス・ヘイルシャムの崇拝者にはなれそうにない」とクリントン卿は正直に言った。「しかし、だからといっても、彼女が殺人事件の容疑者だという証拠にはちょっとならないね。もう少しはっきりした証拠がないと」

「その夜は、早めにダンスを切り上げて、車で帰ったと言ってましたね。殺人があった時間のはっきりしたアリバイはないわけです」

「彼女が説明したとき、私もそのことに気づいたよ。だが、アリバイがないからといって、殺意の存在が証明されるわけじゃない。話を続けてくれたまえ」

「では、次はディープカー嬢です。シルヴァーデイルにご執心ですからね。こういうのは、常に動機になるものです」

「君が殺人事件を担当するたびに、私を容疑者にしないでくれよ、警部。私の性格だって、ご多分に漏れないからね。人を逮捕するなら、その前にもっとましな根拠を見つけないと」

「誰かを逮捕するとかいう話をしてるわけじゃないですよ」警部は心外な面持ちで応じた。「動機として考えられるものを再検討しているだけです」

「そのとおりだ。軽いジョークのつもりなのに、そんなに気を悪くしないでくれよ。君の容疑者リストはこれで終わりかい？」

「そうです」

「ほう！　では、〝B〟のイニシャルで始まる人物を取り上げようとは思わなかったのかい？　指輪に〝B〟と彫ってあったのを憶えているかね？」

　警部はぎょっとしたようだった。

「つまり、このBという男が、シルヴァーデイル夫人に捨てられた元恋人で、ヘイルシャム嬢と同じく復讐に駆られたと？　そんなことは思いもよりませんでしたよ。もちろん、あり得ることですが」

「では、事件のもっと違う側面に目を向けてみよう」とクリントン卿は示唆した。「確かなことが一つある。ヒヨスチンが事件に関係していることだ。ジャスティス氏の的を射た問いを考えてみたまえ。『クロフト・ソーントン研究所でヒヨスチンを入手できた者は誰か？』」

「私の知るかぎりじゃ、あの施設にいる者なら、誰にでもできたでしょう」警部はなにやら悔しそうに認めた。「シルヴァーデイル、マークフィールド、ハッセンディーン君、それに二人の女性です。誰でも同じように、貯蔵室の瓶から自分で持ち出すチャンスがありました。それがさほどの手がかりになるとも思えません。ヒヨスチンは、入手可能という意味では、共通財産だったわけです。誰でも手を出せたんですよ」

「では、もう少し歩を進めよう。君の容疑者リストの中で、シルヴァーデイル夫人が死んだ夜に直接間接はともかく——夫人にヒヨスチンを盛る機会のあった者は誰か？」

「直接間接はともかくですって？」フランボローはつぶやいた。「そこは重要な点かも。見たところ、薬を直接盛ることができたのは三人だけです。そんなことができたのは、ヘザーフィールド荘にいた三人だけですから。思うに、夫人が薬を飲んだ場所はヘザーフィールド荘ですよ。バンガローにも、ハッセンディーン君とシルヴァーデイル夫人の死体にも、薬の包装紙はまったく見当たらなかったわけですから」

「もっともだな」とクリントン卿は認めた。「夫人は出かける前にヘザーフィールド荘で薬を飲んだんだ。ところで、容疑者が三人とは誰のことだい？」

「シルヴァーデイル夫人が、意図的にか、誤ってか、自分で薬を飲んだ可能性もあるからですよ」

「だが、夫人には、研究所のヒヨスチンを入手することはできなかった」

「ええ。でも、シルヴァーデイルとハッセンディーン君には入手できました。夫人は頭痛薬かなにかと間違えて飲んだのかもしれません。シルヴァーデイルかハッセンディーン君が、頭痛薬の粉に加えたのかも」

「見事な推測だね、警部。だが、私が調べたときは、夫人の部屋に粉薬の包装紙は見当たらなかったよ。君も知ってのとおり、女中の証言によれば、夫人はまっすぐ下に降りて、家から出ていったんだ。ほかに考えは？」

「それなら、コーヒーに入れたに違いありません。やったのはハッセンディーン君か女中ですよ」

「女中だって？　どこでヒヨスチンを手に入れたと？」

「シルヴァーデイルからですよ。たった今思いついたんです。シルヴァーデイルは離婚を望んでいた。ところが、妻がハッセンディーン君と遊んでいるというだけで、一線を越えていないのでは、証拠を得られない。だが、夫人が薬を盛られた状態になれば、ハッセンディーン君は、据え膳食わねばと、そのチャンスに飛びついたかも。シルヴァーデイルがそのお膳立てをしたのなら、一、二時間、彼らを監視するくらいの我慢はして、その証拠をつかんだことでしょう」

「すると、シルヴァーデイルが女中に薬を渡して、コーヒー・カップに入れさせ、そのカップをシルヴァーデイル夫人に渡すようにさせたと？」

「あり得ることです。無理筋とは思いません。あの女中は単純な女でした――あの夜、治療に必要な情報を得るという口実で、医師があの女から情報を引き出したやり方を見てもそうです。彼女はシルヴァーデイルに忠実でした。彼自身がそう言ってましたよ。あの女中なら、彼の言い分をなんでも鵜呑みにしたでしょう。シルヴァーデイル夫人には鎮静剤が必要なのに、飲むのを拒んでいるとかいった話を彼がこしらえたとしましょう。女中はシルヴァーデイルの話を信じて、なにも知らずにカップにヒヨスチンを入れたというわけです。万が一カップが他人のと紛れてしまったとしても、ハッセンディーン君が代わりに薬を盛られるだけですよ」

「ちょっと無理があるね。投与された薬の量が過剰だったことを想起したまえ」

「誰しもミスは犯すものです」

「確かに。君はこう言うだろうな。バンガローでの殺人のあと、シルヴァーデイルは、女中がヒヨスチンのことを証言しようものなら、自分は絞首台送りになっちまうと気づいただろう、と。それで、戻ってきて、彼女も殺したというわけだ」

「女中を殺したやつは、彼女にもおなじみの人物でした。それははっきりしています」

「それはそうと、薬を盛ったのはハッセンディーン君だという可能性を無視してるね。その可能性についてはどう思う?」

「あり得ることです」警部は慎重ながらも認めた。「でも、それを裏付ける証拠はありません」

「さて、そうはっきり言えるものかねえ」クリントン卿は冷やかすように言った。「どんな証拠があるか教えてあげるよ。まず、ハッセンディーン本人の日記がある。それから、ハッセンディーンの実験ノートの内容がある」

「でも、あれはカリ球の重量がどうとかと書いてあっただけじゃないですか」

「そのとおり。まさにそれだよ」

「はあ、私は化学者じゃありませんのでね。苦手な分野なんですよ」

「化学など関係ないよ。あのとき、ヒントはあげたんだがね。それに、ほかの証拠もある。ハッセンディーン君はうっかり屋だったこと。その点については、みな同じ意見だ。彼のノートもそのことを裏付けている。次に、ミス・ヘイルシャムがヒヨスチンの性質について説明したこと。もちろん、あの話は今日では常識に近いことだ。それと、ハッセンディーン君が、あの夜、ヘザーフィールド荘でコーヒーを出すときに、横から口をはさんだこと。最後に、シルヴァーデイル夫人が出かけるときに女中が目撃したという夫人の様子のこと。これらの点を総合すれば、ハッセンディーン君は、ある明確な目的――むろん殺人じゃない――があって、シルヴァーデイル夫人のコーヒーにヒヨスチンを仕込んだと、陪審員を納得させられるさ」

「その点は、よく考えてみる必要がありますね。ずいぶんと確信がおありのようですが」

「ほぼ確信しているよ。では、別の観点から事件を見てみよう。二人の被害者に恨みのあった者は誰か？　片方または両方含めてね」

「言うまでもなく、シルヴァーデイルですよ」

「そう、言うまでもないね。これまでの点を総合すればもちろんそうだ。では、最後の問題だ。ジャスティス氏とは何者か？　どうやら事情を知っている人物と思われる。そいつを突き止めれば、核心に近づけるかもしれない。彼は誰よりも先に、バンガローで事件の起きたことを知っていた。研究所にヒヨスチンがあることも知っていた――もっとも、シルヴァーデイルは有名なアルカロイドの権威だから、たまたまそのことを小耳に挟んだのかもしれないが。いずれにしても、君も言うように、ジャスティス氏は情報も持っていたし、動機もあったと思われる。何者なのか、見当がつくかい？」

「もちろん、引きずり出されるまでは、自ら表舞台に出てくることはしないやつでしょう。仕方なく協力した共犯者かも」

「あり得るだろうね。では、ほかに誰が考えられる？」

「スプラットンかも。自殺ではなく、殺人だと立証されれば、利益を得ますからね」

「確かに。ほかには？」

「ぴったり当てはまる者は、ほかに思い浮かびませんね。それはそうと、例の広告の現物を入手しましたよ――暗号の広告です。部下を新聞社に派遣して、確保させましたよ」

手帳から紙を二枚取り出すと、警察本部長に手渡した。クリントン卿はさっと目を走らせた。

「ほう！　文字からなる最初の暗号は、通常の電報用紙から採られている。数字の暗号のほうは、新聞に印刷された数字を切り貼りしたものだ。償還債権を振り出した結果の表から採られたものかな――地下鉄会社とかのね。こうした広告には数字の表がずらりと並んでいるし、そこから好きな数字を簡単に採ってこれたろう。さて、やつが書いたこの住所だが――信憑性を与えるための常套手段だ。もちろん、架空の住所だろ？」

「ええ。そんな場所はありません」

「これは手書きだね。女の筆跡のように見える。ジャスティス氏にしては危ない綱渡りだよ。だが、広告すべてに切り貼り文字を使うようなことをしたら、新聞社の職員は疑念を抱いて、載せることを拒んだかもな。この筆跡をどう思う、警部？」

フランボローは、その仕事なら抜かりなくやったという表情を浮かべた。

「ミス・ヘイルシャムとミス・ディープカーの筆跡のサンプルなら、手に入れましたよ。どちらの筆跡でもありません。それから、その筆跡が誰のものか分かるか、関係者に確かめてもらいました――うまくいきましたよ。ミス・ヘイルシャムはすぐに気づきました。シルヴァーデイル夫人の筆跡ですよ！」

「つまり、偽造筆跡ということか？　ジャスティス氏も見事なものだね。こいつにはシャッポを脱ぎたくなるよ。なんでもよく考え抜いてある」

「まあ、つまりは、我々にとっては空クジということですが」

クリントン卿はジャスティス氏の巧妙さに舌を巻くばかりで、フランボローの不満そうな様子に気づかなかった。再び口を開くと、違う話題に水を向けた。

「例のホエイリー氏をどう思うね、警部？　早く身柄を確保して、情報を吐き出させないと。やつがなにか知っているのは間違いあるまい」

「探してはいます。でも、町を離れていて、どこに行ったか分からないんですよ。競馬大会かなにかに行ったんじゃないでしょうか。よくそんなことで出かけて、行き先を残していかないそうです。ウエスターヘイヴンに戻ってきたら、すぐに身柄を確保しますよ」

「重要証人だと思うよ。断じて逃がしてはだめだ。めぼしい土地の地元警察署に協力を頼んだらいい」

「分かりました」

「それと、警部、消去法のゲームはうまくいったかい？　元の九つの解決案から、どこまで選択肢を絞り込めた？」

フランボローはしょっちゅう開いてきた紙片を取り出し、もう一度目を通した。

「さっきおっしゃったことを前提にすれば、シルヴァーデイル夫人に薬物を投与したのは、一服盛るだけのつもりで、殺人の意図はなかったことになります。そうすると、最後のケースは消えることになりますね」

警部は鉛筆でその行に取り消し線を引いた。

「これで、残るは二つの選択肢だけです」

| | ハッセンディーン | シルヴァーデイル夫人 |
|---|---|---|
| X | 自殺 | 事故 |
| Y | 殺人 | 事故 |

「それと、ハッセンディーン君は、どう考えても、自分の体に二発も弾をぶち込んで自殺する男ではありません――そんな痛みには耐えられない男ですよ。となると、ケースYが正しいように思えます。なるほど、これで思っていたより早く結論に達しそうですね」

# 第十三章　情報提供者、殺さる

翌朝、フランボロー警部がクリントン卿のオフィスに来ると、警部は余計な前置きなしに悪いニュースを明かした。

「また殺人です」となにやら無念さをにじませた口調で言った。

クリントン卿はデスクの書類の山から目を上げた。

「今度は誰だい？」とそっけなく言った。

「例のホエイリーですよ――バンガロー事件の情報を握っていそうだった男です」

警察本部長は、椅子の背にもたれ、無表情な顔つきでフランボローを見つめた。

「まったく、殺人の大安売りになってきたな」と卿は苦々しく言った。「立て続けに殺人が四つというのに、こっちは打つ手なし。ウェスターヘイヴンの住民が一人を除いて全員抹殺されるまで待ってから、生き残り一人を容疑者として逮捕して一件落着なんてわけにはいかない。民衆も浮足立ってるよ、警部。彼らは我々に、税金に見合っただけの仕事をしろと求めてるんだ」

フランボロー警部はむっとしたようだった。

「民衆だって、いくらお気に召さずとも、今の状況を理解してもらいませんと」と語気荒く言った。

「私だって最善を尽くしてます。ほかの者に捜査担当を代えるとおっしゃるなら、望むところですよ」

「君を責めちゃいないよ、警部」クリントン卿は宥めるように言った。「民衆の一人ではないが——少なくともこの件に関してはね——君の苦衷はよく分かってるつもりだ。この事件の黒幕が何者であれ、通常の不慣れな殺人犯よりも賢いやつであることは間違いない。決め手になるような手がかりをつかむチャンスなど残してくれちゃいないさ」

「やつが残した手がかりはすべて追求しましたよ」フランボローは言い張った。「決して手を抜いたつもりはありません。しかし、疑わしい場所で彼のたばこ用パイプを拾ったというだけの理由で、シルヴァーデイルを逮捕するわけにはいきませんよ。民衆なんぞ、くそくらえだ！　連中は、疑いを抱くのと立証するのは別ものだということも分からないんだから」

「新たな事件のことを詳しく聞かせてもらおうか」クリントン卿は、余計な話をやめて本題に入るよう求めた。

「ここ二日ほど、ホエイリーを捕まえようと試みてたんです。できるだけ早くその手がかりをつかめるように」と警部は説明をはじめた。「ところが、前にお話ししたように、やつはウェスターヘイヴンから離れていて——いつも出入りする場所にも姿は見せませんでした。住まいにもういっぺん調べさせましたが、出かけたという以外は何の消息もつかめません。戻る時期も知らせていかなかったんですが、間違いなく戻ってくるつもりだったんです。というのも、手回り品は残したままだったし、引き払うような話もなかったと言いますから」

「ほかに消息はつかめなかったのかい？」

「ええ、期待薄でした。ごく目立たない風貌でしたし、競馬大会にいる群衆の中から容貌だけでそいつを探し出してくれとは誰にも言えませんよ」

クリントン卿はそのまま話を続けてくれというしるしに、警部に向かってうなずいた。

「今朝、七時ちょっと前のことです」とフランボローは続けた。「リザードブリッジ・ロードを走っていた牛乳運搬車の運転手が、道端の溝に不審な物があるのに気づいたんです。日の出の三十分ほど前だったので、まだライトを点けていたはずです。近頃、朝は霧深いですから、視野が悪いんですよ。ともかく、溝からなにか突き出ているのが見えて、運搬車を停めたわけです。そしたら、それが手と腕だと気づいたんですよ。それで、車から降りて、近寄って見たわけです。きっと、たまたま酔っ払いが人事不省になって寝転がってると思ったんでしょう。ところが、道端に寄ってみると、溝の中でうつぶせになった男の死体だったわけです。

この牛乳配達人ですが、分別のある男のようでして。死体を動かさないように手を伸ばして体に触ってみたわけです。冷たくなっていたことから、感触で死んでいると確信したんですね。それで、取り乱して近隣を騒がせたりせず、落ち着き払って運搬車に戻り、警官を探しに町に向かって車を走らせたわけです。警官を見つけると、二人一緒に運搬車で死体のある場所に戻りました。警官は見張りに立ち、牛乳配達人は警察署に連絡しに車を走らせたというわけです」

「ところで、君自身は現場に行ってみたのかい、警部?」

「ええ。その警官は、死体の容貌からホエイリーだと気づきました——申し上げたとおり、やつは警察にはおなじみの男だったんです——警察署も、私がそいつのことを調査しているのを知ってたものですから、電話をしてきて、私もすぐに駆けつけたというわけです」

「それで?」

「現場に来ますと」と警部は続けた。「すぐに事の経緯はピンときました。またもや止血帯ですよ。

ホエイリーはヘザーフィールド荘の女中と同様に絞殺されたんです。はっきり徴候が出てました。ふくれてうっ血した顔、ふくれた舌もそうですし、目は見開かれ、少し充血して瞳孔も拡大していました。口と鼻孔には血もついていましたよ。調べてみると、首に止血帯の跡が残っているのもはっきり分かりました」

フランボローは、次の説明に注意を促すようにひと息ついた。

「溝の周辺はもちろん調べました。止血帯がこれ見よがしに落ちてましたよ。今度の事件はなかなか手が込んでますね。犯人は明らかに腕を上げましたよ」

「ほう、どういうことだい？」クリントン卿は、警部の説明を急かすように、苛立たしげに言った。

「これです」

フランボローはなにやら仰々しく凶器を差し出した。

「ゴム管にバンジョーの弦を通したものです。取っ手は木の枝から取ってきた木片で、これは前と同じですが、バンジョーの弦とゴム管は、ヘザーフィールド荘で前回使った麻ひもに比べたら見事な改善ですよ。バンジョーの弦なら、きつく引っ張っても切れる心配はありません。ゴム管は圧力を分散しますから、弦を裸で用いた場合みたいに、肉を切って食い込んだりしませんしね」

クリントン卿は止血帯を手に取り、いかにも興味深そうに眺めまわした。

「ほう！　目覚ましい手がかりとは言わないが、以前の止血帯よりは、確かにこっちのほうが手がかりになる。もちろん、バンジョーの弦はさして役に立たない。どの楽器店でも買えるからね。だが、ゴム管は手がかりになるかもしれないな」

フランボロー警部は、改めてゴム管をよく調べた。

「ゴム管はかなり分厚いですね。外側の直径から想定されるよりも中の穴ははるかに小さいです」

クリントン卿はうなずいた。

「これは、化学実験室で用いる〝圧力管〟というやつだ。容器から液体を汲み出したり、低い圧力で作業したりする場合によく使う。だから、こんなに分厚くできてる。途中の経路にある気体をすべて吸い出しても、外圧でペシャンコになったりしないわけさ」

「なるほど」警部は管を注意していじりながら言った。「つまり、クロフト・ソーントン研究所みたいな化学関連の場所にあるたぐいの物というわけですね？」

「ほぼ確実にね」クリントン卿はうなずいた。「だが、ゴム管については速断しないほうがいい。クロフト・ソーントンの職員に疑いをかけさせようと狙ったのだとすれば、実に見事なやり方とも言えないか？　圧力管なら普通の店でも買える。科学関連の研究所でないと手に入らない物じゃない」

フランボローは、これぞ見込みありと思った当てが外れ、ちょっと拍子抜けしたようだ。

「はあ、そうですか？」と言った。「でしょうね。そうは言っても、ちょっと珍しい物ではあるでしょう？」

「凡庸な犯罪者が即座に思いつくような代物じゃないと言いたいんだろ？　だが、こいつは凡庸な犯罪者じゃない。相当頭のいいやつだ。ところで、この止血帯をあとに残して、警察に調べさせるようなことをしたというのは、奇妙だと思わないかい？　ポケットに簡単に入っただろうし、ポケットも目立つほど膨らむまい」

「まあ、死体をちょっと見れば、この手の物が凶器に使われたことは誰でも気づいたでしょう。あとに残していったところで、露見につながる物でもなかったのでは」

クリントン卿は警部の見方に必ずしも納得してはいなかった。

「殺人者の残した痕跡が少ないほど、捕まえるのは難しくなるものだよ、警部。言うまでもあるまい。それに、こいつは馬鹿じゃない。君にも何度も言ったようにね。だから、手がかりも極力残すまいとしそうなものだ。ところが、こうして実際に用いた凶器を残していった。それも、その特殊性があからさまに分かる凶器をね。妙じゃないかい？」

「ということは、科学と無縁の殺人犯が、科学畑の人間――つまり、シルヴァーデイルの犯行と見せかけるために、わざと科学用の器具を用いたと？」

クリントン卿はしばらく黙っていたが、慎重に口を開いた。

「単純なハッタリなのか、それとも、さらに裏をかくハッタリなのかはよく分からない。どちらかのように思えるがね」

警部は、この謎めいた発言の意味を理解しようと、見るからに頭をひねっていたが、ようやく謎が解けたようだ。

「おっしゃる意味が分かりましたよ。殺人犯がシルヴァーデイルじゃないとすれば、何者か――この手の管がシルヴァーデイルの実験室にあるのを知っているやつ――が、我々に見つけさせるために、わざと残していったわけです。シルヴァーデイルがこんな殺し方をしたという結論に飛びつくよう――私も飛びついてしまいましたが――我々を欺き導くためにね。これが単純なほうのハッタリですね。やはりシルヴァーデイルが殺人犯だとすれば、これもわざと管を残していったことになります。自分が死体のそばにそんな物を投げ捨てていくほど馬鹿じゃないと、我々なら思うだろうし――そうやって自分を容疑から外すだろうと考えてね。こういうことでしょう？」

「実に込み入ってるよ。君が述べたようにね、警部。だが、どうやら、私の言わんとしたところを理解してくれたようだね」とクリントン卿は言った。「私が思ったのは、この止血帯を過大視しないほうがいいというだけさ。かえって五里霧中になるおそれがあるからね。方向を誤らなければ、この手がかりもほかの証拠とぴったり整合性を持つに違いない。だが、それだけで有望な手がかりになるような物じゃない。さて、この実に盛り沢山な脇道から離れて、事実という本道に立ち戻ろうじゃないか」

警部は上司にそう言われて、ひるむつもりはなかった。それどころか、まだ切り札を手にして超然としている勝負師みたいな雰囲気を漂わせていた。

「ご存じのとおり、昨夜はひどい霜でした。ですので、道路には足跡のたぐいは残りませんでした。でも、溝のそばの雑草はけっこう伸びていましてね。確かめてみると、その場に格闘の形跡はありませんでした。もちろん、道路上で争ったのかもしれませんが、雑草は全然かき乱されていなかったんです」

「じゃあ、死体は、道路から引きずられて溝に落とされたんじゃないというのか？　持ち上げて投げ込まれたと？」

「と思います。道路と溝の間の雑草は、とても狭い範囲で生えてましてね――やっとその上に立てるくらいの幅です。そこを越えて死体を投げ込むのは、さほど難しくありません」

「死体の外観からしても、やはり投げ込まれたものだと？」

「そうです。溝にぎゅっと押し込まれてましたから。ちょうどドスンと投げ落とされて溝にはまり込んだみたいに」

「ということは、単独犯の仕業だと？」

「ええ、もし二人で死体を運んだとしたら——たとえば、一人が肩を、もう一人が足を持って——死体はもっときちんと落ちてたでしょう。いかにもぞんざいに投げ込まれたみたいだったんです。外観からすると、単独犯の犯行だと思います」

「ポケットの中身とかは確かめたんだろうね？」とクリントン卿は訊いた。

「もちろんです。ただ、めぼしいものはありませんでした。ポケットには、ということですが」

警部の口調からすると、まだとっておきのことがあるようだったが、いよいよその手の内をさらしてみせた。

「手を調べてみたんです。右手に重要な手がかりがあったんですよ。手は握った状態でしたが、なんとか開いてみたら、これが転がり落ちたんです」

それは繊維の切れ端が付いたボタンだった。警部はクリントン卿のデスクに置いた。警察本部長は、手に取ってよく確かめると、携帯用の虫眼鏡を取り出し、さらにじっくりと調べた。

「実に興味深いね、警部。どう思う？」

「間違いなく、格闘のあいだに殺人犯の衣服からちぎれたものですよ。これと同じ物を見たことがあります。繊維の端に黄色い色が付いているのが分かりますか？　ボタンを繊維に結びつけている糸にも同じ色が付いてるでしょ？」

「見たところ、ピクリン酸が染みたものだな。そういうことかい？」

「ええ。それと、繊維の色柄も重要ですよ」

「つまり、クロフト・ソーントン研究所で会った日に、シルヴァーデイルが着ていた古い上着のボタンだと言うんだね――彼の実験着だと？」

「間違いありません。その色ははっきり憶えてます。見たとたん、あの服の色柄を思い出しましたから」

「で、君の見解は？」

「シルヴァーデイルがホエイリーを殺そうと計画したとき、顔から出血した血が服に付くのをおそれたんでしょう。それで、古い実験着を着たわけです。仮に汚れても、捨ててしまえば、なんの疑いも生じません。使い古しの上着にすぎませんからね。普段着を処分するのとはわけが違いますよ。そんなことをすれば疑いを招くでしょう。でも、古い上着なら――処分してほかのを実験室で着るようになっても、誰もおかしいとは思わない」

「いかにももっともらしく聞こえるね、警部。だが――」

「だが、なんですか？」

「そう」クリントン卿は慎重に答えた。「この場合も、単純なハッタリと、その裏をかくハッタリがあり得る。まあ、これ以上追及するのは無理としてもね」

警部はしばらくその指摘の意味を考えたが、いくら考えてもなにも思い浮かばなかった。とはいえ、話題を変えたほうがいいと警部は思ったようだ。

「いずれにしても、バンガロー事件でホエイリーが演じた役割は、はっきりしたと思います。申し上げたように、あぶく銭なら、どんな汚い金だろうと、稼ごうとするやつです。それはそうと、自分をはねた車のナンバーを問い合わせてきたのはやつだったんですよ――怪我もしてないのに、損害賠償金をせしめようとする当たり屋行為に違いありません。汗をかかずに金儲けするためなら、なんでもやる男だと分かるでしょう。それを考えれば、やつがバンガローで演じた役割も、すぐピンとくるというものです。やつこそ、あなたが〝覗き屋〟と呼んだ男ですよ」

「やつのことで、まだほかに意見はあるかい、警部？　もちろん、君が間違っているとは言わないが」

「そうですね。シルヴァーデイルが妻を〝現行犯〟で捕まえたかったとすれば、証人が必要だった。おそらくホエイリーは、その仕事のために雇われたのでしょう」

「やつが求人票どおりに選ばれた証人だって？　そんな要件を満たすやつとは思えないが」

「まっとうな仕事じゃありませんからね」と警部は指摘した。「シルヴァーデイルも、この手の情事を調査するのに、親しい友人に頼もうとは思わないでしょう。もちろん、女なら――」

警部は、はっと思いついたことがあるみたいに、不意に口をつぐんだ。クリントン卿は警部の最後の言葉を無視した。

「ホエイリーがその証人役だったとすると、それからどうなったと？」

「シルヴァーデイルが二つめの窓にホエイリーを配置して、自分は最初の窓――正面の窓に行ったとしましょう。それから、目的を遂げるために、窓から押し入り、部屋に飛び込む。ハッセンディーン君は銃を持っていたし、状況を見誤ってしまう――シルヴァーデイルが自分をやっつけにきたとでも思うわけです。青年は銃を取り出し、奪い合いになる。銃は暴発し、弾丸はまったくの偶然でシルヴァーデイル夫人の頭に当たってしまう。こうして格闘が続く中、ハッセンディーン君が肺に二発くらう、というわけです」

警察本部長はすっかり感心した様子で部下を見つめた。

「核心にかなり近づいたようだね」と卿は認めた。「続けたまえ」

「あとは自明ですよ。それまでに起きたことを考えればね。ホエイリーは、窓の持ち場から一部始終を見ていたわけです。彼は暗闇に紛れて、シルヴァーデイルの手の届かないところにとんずらする。さもないと、シルヴァーデイルはきっと、ホエイリーはじっくり考えた末、自分に不利な証拠を隠滅するために、やつの姿を目にしたとたん、撃ってくるでしょう。だが、この事件は金のなる木だと気づく。シルヴァーデイルを恐喝できれば、一生食うに困らない。ところが、おそらく気が弱くなって、保身を考えるようになったんでしょう。シルヴァーデイルを恐喝しておいて、警察にも行き、情報を警察に提供したぞと言えるようにしたわけです。それからまた、シルヴァーデイルのところに行き、警察に足を運んだと伝えた。シルヴァーデイルには、それで十分だったでしょう。ホエイリーは女中と同じ運命をたどらねばならぬ。かくして、そのとおりになった」

クリントン卿は警部による事件の再構成にじっと耳を傾けていた。

「実によくできている、警部」と最後に判断を下した。「そこまでは誰が聞いても実に見事だ。だが、もちろん、一、二点ほど手つかずの問題がある。女中殺しはこの件とどうかかわるんだい？」

フランボローは答える前にしばらく考えた。

「今はその問題には答えられません。でも、推測はできますよ。ルナールの話だと、シルヴァーデイル夫人は新しい遺言書の内容をメモに残すつもりだった。たぶん、シルヴァーデイルはそのことを知っていた——夫人が彼に話したのかも。なんとしてでも、そのメモを手に入れて破棄してしまいたかったはずです。家を捜索されたり、シルヴァーデイル夫人の所持品を調べられたりする前にね」

「確かに彼なら、そのメモを問題視した可能性はあるね。だが、無用な殺人を犯すほど重視したとは思えない。それに、シルヴァーデイルなら、女中を殺す必要はまったくなかった。そこは自分の家だったんだぞ。いつだって自分で捜索できたし、誰にも文句を言われなかった。女中だって、それを変とは思わなかったろう」

「女中が自分を殺した犯人を知っていたのは確かですよ」と警部は指摘した。「すべてがそのことを指し示しています。もちろん、ただの推測ですよ。その点に関して、シルヴァーデイルの有罪を示す証拠はまだありません。しかとは言えませんが、女中はなにかを見たのかも――発砲により上着に付いた血とか。それで、彼女の口を封じなくてはならなかった」

クリントン卿は、警部のこの推測にはなにも論評せず、事件の別の側面に水を向けた。

「それと、ジャスティス氏の存在は君の仮説にどう当てはまるんだい？　彼は、君が追っていたホエイリーではないよ。それは間違いない」

警部は考え込むように鼻をかいた。まるで、鼻をこすると、なにかインスピレーションを得られると思っているみたいだ。

「そうですね。今のところ、ジャスティス氏を私の仮説に当てはめることはできません。彼はホエイリーではないし、それは確かです。いや、ちょっと待てよ！　ホエイリーは、シルヴァーデイルが選んだ証人ではなかったとしましょう。よく考えてみると、ホエイリーは、そんな仕事に選ばれるようなやつじゃない。シルヴァーデイルの立場に立って考えればね」

「その点は、私もまったく同感だ、警部。私を納得させる手間はいらないよ」

「ええ。でも、もう一つ見落としている可能性がありますよ」フランボローは熱を込めて相手を遮った。「私の立てた推測では、開いた窓にいた人物はシルヴァーデイルだけでした。しかし、ほかに誰か連れてきていたとしましょう。二人そろって正面の窓を覗いていたのかも。ホエイリーは側窓のそばにいたわけですが、二人はそのことを知らなかった」

「なかなか発想が目覚ましくなってきたね、警部」とクリントン卿は論評した。「間違いなく、少なくとも真相の半ばまで来ていると思うよ」

「シルヴァーデイルが選んだ証人は誰なのか？」警部は、口を挟まれたのに苛立ったみたいに話を続けた。「ディープカー嬢かも？」

「よく考えてみたまえ」クリントン卿は素っ気なく忠告した。「シルヴァーデイルが——どうやら彼女と不倫をしているらしいのに——そんな仕事に彼女を選ぶと思うかい？　想像もつかないよ、警部」

警察本部長の言葉に、最初の発見の熱狂も、フランボローの心情から雲散霧消してしまった。

「おっしゃるとおりですね」と警部は認めた。「でも、その仕事を快く引き受けそうな娘もほかにいますよ——つまり、ヘイルシャム嬢です。例の二人がひと泡吹かされるのを見るためなら、喜んで引き受けるのではないでしょうか。法廷で抜き差しならぬ証拠を提示して、ハッセンディーン君とシルヴァーデイル夫人に仕返ししてやるチャンスを舌なめずりして窺ったことでしょう。彼女にすれば愉快極まりないでしょうな。それは否定できないはずです」

クリントン卿は素直に同意した。

「否定はしないよ」と素っ気なく言った。「だが、この手のことでウェスターヘイヴンの女性市民にばかり目を向けることもあるまい。シルヴァーデイルにすれば、男のほうが証人として連れていくのに都合がよかったはずだ。どうしてシルヴァーデイルの男の知り合いを除外するんだい？」

「マークフィールドのことをお考えなら、あの男からは、たいした情報は引き出せないでしょう」とフランボローは言った。「これまでのところ、言わざるを得なくなるまでは、シルヴァーデイルと彼の行動については極力口にしないよう努めてますから――嘘の証言までしているとは言わぬまでもね。マークフィールド博士の態度はどうも気に入りません」

クリントン卿は部屋を横切り、帽子掛けから帽子を取った。

「さて、相手の出方をもう一度試しに行ってみるか、警部。今からクロフト・ソーントンに出向いて、上着の件を調べてみよう。なんなら、尋問は君がやってくれればいい。だが、一部始終聞かせてもらうよ。バンガロー事件の夜になにをしていたか、シルヴァーデイルをもう少し厳しく追及してもいいだろう。再考するチャンスを与えてやってもいい。もっとも、今の状況では、彼からなにか引き出せるとも思えないが」

# 第十四章　上着

　クリントン卿と警部がクロフト・ソーントン研究所にやってくると、マークフィールドは実験室で作業中だった。フランボローは、前置きは抜きにして、すぐさま用件に入った。

「これをどう思われますか、マークフィールド博士?」と訊きながら、ボタンの付いた繊維の切れ端を取り出し、化学者に見せた。

　マークフィールドはそれを注意深く確かめたが、再び警部のほうに目を上げたときは、戸惑いの表情を浮かべるばかりだった。

「ボタンとピクリン酸の染みが付いた繊維の切れ端のようですね」と皮肉をにじませながら言った。「専門的に調べてほしいとでも? それなら、なにをお知りになりたいのか、私にも分かるように詳しく説明していただきたいですね」

　フランボローは相手の表情からなにかを読み取ろうとしばらく見つめていたが、マークフィールドはまるで動じる様子がなかった。

「私は読心術師じゃありませんよ、警部」と彼は言った。「なにをお求めなのか、はっきり言っていただかないと。化学分析のためにこのサンプルから一部カットしていいかも教えていただかなくちゃいけません」

フランボローはマークフィールドを籠絡するのは思っていたほど容易ではないと気づいた。

「まず、物をよく見てください」と警部は言った。「これと似た物を見たことは?」

マークフィールドはもう一度よく確かめた。

「ボタンと繊維の切れ端ですね」とようやく言った。「もちろん、ボタンなら見たことありますよ。繊維の切れ端も珍しいものじゃない。この染みはピクリン酸だと思いますが、よく調べてからでないと、はっきりしたことは言えません。これでよろしいですか?」

フランボローは辛抱しかねてきた。

「私が知りたいのはですね、マークフィールド博士、そこから連想される物を最近見たことがないかということです——そのボタンが取れた上着とかですよ」

マークフィールドは目をつり上げ、いかにも胡散臭げに警部のほうを見た。

「これは、見たところ上着のボタンですね。むろん、私はボタンの専門家じゃありません。見たかぎりでは、背広から取れたものかと思われますが」

「あまり我々の質問をはぐらかさないでくださいな、マークフィールド博士」とフランボローは言った。「繊維をよく見てください。よくご存じのものを思い出しませんか?」

マークフィールドは見るからに困った表情を浮かべた。

「警部ご自身、これがなにかはもう分かっておられるようですね。なぜ私のところに? たぶん、シルヴァーデイル博士の実験着から取れたものだとおっしゃりたいんでしょうな。まあ、私には断言はできませんがね。私にしても、そうかもしれないというだけです。その上着と突き合わせてみりゃいいじゃないですか。その上着のボタンが取れていたら、ともあれ、それで証拠を得たことになる。なんで私をこの問題に引き込もうとされるのか分かりませんな」

フランボローの声は、これに応えながら次第に厳しくなっていった。

「一つご留意いただきたいですな、マークフィールド博士。殺人事件の場合は、簡単に事後従犯になってしまうものなんですよ。刑も、重ければ無期懲役にまでなる。お尋ねした質問をはぐらかそうとなさる態度には合点がいきません。言っときますが、危ない橋を渡っておられるということをご認識願いたい。我々を煙に巻こうとなさるより、率直にお答えになったほうが身のためですぞ」

暗黙の脅しをマークフィールドも感じ取ったようだ。むっとしたようだが、戦術を変える気になったらしい。

「ふん、それなら、質問してくださいな」と噛みつくように言った。「だが、事実に関することに限ってください。どう〝思う〟とか、こう〝考える〟とかいう意見を言うつもりはありませんよ。お尋ねがあれば、はっきり〝知っている〟ことだけを申し上げるつもりです」

フランボローは、この挑戦をすぐさま受け入れた。

「けっこうです、マークフィールド博士。お望みとあらば、事実のみを取り上げます。さて、シルヴァーデイル博士が以前、素人演劇で役を演じていたのはご存じですね。私はリングウッド医師からそのことをお聞きしました。事実ですか?」

「ええ。私たちは一時期、小さなアマチュア劇団のメンバーでした」

「シルヴァーデイル博士は、役の中でバンジョーを弾いたことはありますか?」

マークフィールドはちょっと考えた。

「あると思います」

「玄人はだしのバンジョー奏者ですか?」

「バンジョー奏者ですよ」マークフィールドは訂正した。「演奏の良し悪しを云々するつもりはありません。それは事実の問題じゃない。ただの評価の問題です」

フランボローはとやかく言わずに受け流した。

「とまれ、バンジョー奏者というわけですな。それこそ知りたかったことです」

警部は実験室を横切り、小さなガラス器具が蛇口に取り付けられた流しに行き、付いているゴム管を調べた。

「これはなんですか?」と尋ねた。

「水ポンプです」マークフィールドは警部の思考の切り替えについていけない様子で答えた。

「このゴム管はどういうものですか?」

「圧力管です。それがなにか?」

「シルヴァーデイル博士もこういうのを使っていますか?」

「ここではみんな使ってます。手っ取り早く濾過したければ、圧力管付きの水ポンプを使うんですよ」

「ということは、ミス・ディープカーとミス・ヘイルシャムも使っているわけですね?」

「こんなポンプは、この部署だけでも十や二十はあるはずです。どの化学実験室でも、こんなのは標準装備ですよ。ちなみに、警部、なにを調べてるんですか?」

フランボローは直接答えず、まったく別の話題に移った。

「ミス・ディープカーは、今日は来ていますか?」

「来てないはずですね。町にいませんよ——二日ほど離れてるはずです。お知りになりたければ、しかと確かめてお知らせしますが」

フランボローは首を横に振った。

「お手数には及びません。自分で確かめますよ」

「確か、あさって戻ってくるはずです」とマークフィールドは進んで答えた。「もっとも、ご自身でお確かめいただいたほうがいいでしょう」

警部はまたもや別の話題に移った。

「ホエイリーという男をご存じではないですか?——ピーター・ホエイリーです」と尋ねた。

「ホエイリー?」マークフィールドはその名を思い出そうとするように繰り返した。「ホエイリー?ああ、そうだ。霧の夜に私の車にはねられたとか言ってきたやつです。そんな話など信じませんでしたよ。車で人をはねた覚えなどありませんから。確かにあの夜、一度あやうくはねそうにはなりましたがね。ホエイリー氏は、私からびた一文せしめることはできませんでしたよ」

「で、それ以上は追及してこなかったと?」

「それ以上、耳を貸さなかったんですよ。当たり屋だとすぐ分かったし、保険会社に相談もしませんでした」

フランボローはしばらく考えていたが、明らかに別の質問をしようと考えているようだった。ところが、どうやらネタも尽きてしまったらしかった。

「シルヴァーデイル博士の部屋に行きましょう」と言いながら、真っ先にドアに向かっていった。

「一緒に来ていただけますか、マークフィールド博士。証人になっていただきたいですし」

「気が乗りませんな」マークフィールドはぶつぶつと抗議した。

そう言いながらも、クリントン卿と警部のあとに続いて廊下に出、シルヴァーデイルの実験室に行った。部屋には誰もいなかったが、ドアは鍵がかかっておらず、警部は開けて中に入った。ざっと見回すと、シルヴァーデイルの実験着が掛け釘に掛かっているのが見えたので、フランボローは歩み寄って掛け釘から外した。

「では、見てみましょう」と言いながらテーブルに置き、広げて調べはじめた。「ほう、見込みは誤ってなかったようだ」

警部は右側のほうを指さした。ボタンの一つがねじり取られ、一緒に繊維の一部も取れているのがはっきりと分かった。

「ぴったり合うか、確かめてみましょう」とフランボローは言いながら、ホエイリーの手から見つかった繊維片を取り出し、上着の破れた箇所に合わせてみた。「間違いありません。ご覧のとおり、二つの繊維の染みは一致します」

マークフィールドは身を乗り出し、警部の言葉どおりなのを確かめた。

「この繊維片はなんですか？」と彼は訊いた。

しかし、フランボローはなにか違うことに気づき、マークフィールドの質問には答えようとしなかった。

「ご覧なさい」警部は叫びながら、上着の胸にある小さな茶色がかった染みを指し示した。「これは明らかに血ですよ」

マークフィールドがもう一度、どういうことか教えてくれと言おうとしたとき、外の廊下から足音が聞こえた。フランボローは上着を手に取り、足早に部屋を横切ると、上着を元の掛け釘に掛けた。さりげなくそこから離れると、ドアが開き、シルヴァーデイルが実験室に入ってきた。警察がいることにぎくりとした様子で、なにも言わずに一人ひとりの顔を見た。それから、前に進み出た。

「なにかご用でも?」と淡々とした声で訊いた。マークフィールドは、二人の警察官と一緒にいるところを見られて、なにやらバツが悪そうだった。なにか言おうとしたが、フランボローがその機会を与えなかった。

「一つ二つ質問したいことがありましてね、シルヴァーデイル博士」警部は口火を切った。「まず、最近、ピーター・ホエイリーという男と接触しませんでしたか?」

シルヴァーデイルは、見るからにぎょっとしたようだった。

「ホエイリーですって?」と繰り返した。「そんな名前のやつは知りませんね。誰のことですか?」

フランボローはこの説明を真に受けていない様子だったが、そのことでこれ以上追及はしなかった。

「昨夜はなにをしておられましたか?」と警部は質問した。

シルヴァーデイルはちょっと考えてから答えた。

「六時頃にここを出ましたよ——六時から六時半のあいだだね。それから、歩いてセントラル・ホテルに行き、夕食をとった。八時十五分前頃にホテルを出たと思う。徒歩で家に帰ったが、よく晴れた晩でしたからね。十一時半頃まで仕事をして、そのあとベッドに入って、しばらく読書をしてから寝ましたよ」

フランボローは、手帳になにやら書き込みをしてから、次の質問に移った。

「そのことを裏付けてくれる証人でもいますか?」と訊いた。

シルヴァーデイルは、記憶をたぐり寄せているようだった。

「ここを出るときにミス・ヘイルシャムに会いました」と説明した。「彼女が憶えていたら、おおその時間は分かるでしょう。セントラル・ホテルにいたことは、ホテルのウェイターが証言してくれるはずです——北側の窓際に並んだテーブルを給仕している、背の高い、頬にいぼのある男ですよ。そいつに確認してもらえば、私の説明を信じてもらえるでしょう」

「ヘザーフィールド荘の女中はどうですか？」

「家には誰も置いてませんよ。殺人があったせいで、新しい女中は来てくれない。家で寝て、ホテルで食事をとるだけです。掃除婦が日中来て、屋内を掃除してくれるんです」

「ほう」警部は思わせぶりに言った。「すると、たとえば、八時半以降に家にいたことは証明できないわけですね？ それで、誰か来客はありませんでしたか？」

シルヴァーデイルは首を横に振った。

「いや、私一人でした」

フランボローはまたメモを書き込むと、尋問を続けた。

「奥様が亡くなった夜のことを思い出していただけますか。前にも、あの晩なにをなさっていたかお訊きしましたが、回答をいただけませんでした。正直にお答えいただいたほうがいいと思いますし、もう一度お尋ねする次第です」

シルヴァーデイルは内心葛藤している表情を浮かべ、優に一分は考えた上で答えた。

「あらためて申し上げることはありません」とようやく言った。

「誤解なきよう、はっきり申し上げましょう」フランボローは語気強く言った。「お宅の女中さんがヘザーフィールド荘で殺害された夜の、あなたの行動を説明していただけますか？」

シルヴァーデイルは唇を引き結び、首を横に振った。

「お話しすることはありません」とようやく言った。

「申し上げておきますがね、シルヴァーデイル博士」フランボローは警告を込めて言った。「ほかの筋から得た情報がいろいろあるんですよ。おそらくはあなたが考えておられる以上に、我々は情報を得ている。正直にお話しになったほうがよろしくはありませんか？」

シルヴァーデイルは答えを言葉にはせず、きっぱりと首を横に振った。フランボローは失望をあらわにはしなかったが、表情をますます曇らせた。チョッキのポケットに手を入れて、ある物を取り出した。

「これをご存じですか、シルヴァーデイル博士？」

シルヴァーデイルは確かめた。

「ああ、私のたばこ用パイプですよ。中に蝿が入っているので分かる」

「失くしたのに気づいたのはいつですか？」

シルヴァーデイルは見るからに戸惑っていた。

「分かりませんね。たぶん、十日ほど前かな」

「失くしたのは、女中さんが殺される前ですか、あとですか？　よく考えてください」

「憶えてませんね」シルヴァーデイルは説明した。「もちろん、そんなことを日記かなにかに書き留めておいたりはしない。パイプなら、二つか三つ使ってますから。違うスーツのポケットに入れてるんです。当然だが、一つくらい失くしても、別のやつを使うまでのことだし、失くしたやつもいずれは見つかるというものでね。このパイプを失くした日も正確には分かりません」

　フランボローはパイプを自分のポケットに戻した。

「バンジョーを演奏なさるそうですな、シルヴァーデイル博士」

　シルヴァーデイルはこの質問をまったく予期していなかったようだ。

「以前は演奏していましたがね」と認めた。「だが、もう長いこと演奏していない。バンジョーの演奏も、近頃さほど需要がないものでね」

「最近、楽器の弦はお買いになりましたか？」

「いや。最後に使ったときに弦が二本切れてしまったが、わざわざ付け替えることはしなかったんです」

「でしょうな」フランボローはそんなことはさほど重要でもないとばかりに言った。「もう一つお尋ねしたいことがあります。向こうの掛け釘に掛かっているのは、あなたの実験着でしょう？」

　シルヴァーデイルは部屋の反対側を見てうなずいた。

「最後にあの実験着を着たのはいつですか？」とフランボローは質問した。

「昨夜です」シルヴァーデイルは少しためらってから答えた。

「つまり、夕食をとりに研究所を出たときに脱いだというわけですな？」

「ええ。今朝はずっと研究棟にいたから、上着を着替える機会はなかったんですよ」

　フランボローは部屋を横切り、上着を取ってきて、もう一度テーブルの上に広げた。

「これはどういうことか、ご説明願えますか？」裂けたところに手を置きながら質問した。

　シルヴァーデイルの顔に驚愕の表情が広がり、衣服の裂け目を凝視した。得体の知れぬ敵に囲まれたことに気づいた男のようだった。

「私には分からない」血の気の引いた唇を噛みしめながら、素っ気なく言った。

「では、ここに付いている血痕は？」フランボローは、その箇所を指で指し示しながら質問した。

シルヴァーデイルはますます狼狽の色を強めた。自分がきわめて剣呑な状況にあると感じているのは明らかだった。否定するたびに、どぎまぎした様子をあらわにした。

「どこで付着したのかは分からない。昨夜脱いだときには、こんなものは付いてなかった。裂け目も血痕もありませんでしたよ。さっぱりわけが分からない」

「本当に分からないんですか？」警部はなおも言いつのった。

「分かりません」シルヴァーデイルは繰り返した。

警部の苛立ちをつのらせるように、マークフィールドが尋問に割って入った。

「どうしてそんなに確信をもって、シルヴァーデイル博士がこの件にかかわりがあると言えるんですか？」皮肉たっぷりの口調で口をはさんだ。「博士が昨夜出かけたあとに、誰かが上着を拝借したことだってあり得るじゃないですか。何人かの職員が、博士の出かけたあともここに残ってましたよ」

フランボローが目を上げると、驚いたことに、クリントン卿は、マークフィールドが口をはさんだことに感心している様子だったため、警部は、マークフィールドに対する苛立ちをますますつのらせた。

「あなたの助言など求めていませんよ、マークフィールド博士」警部は冷たく言い放った。「私が知りたいのは、シルヴァーデイル博士がこの件に関してなにをご存じなのかということです。この問題であなたが意見を言う権限などないでしょう」

マークフィールドは言い返さなかったが、浮かんだ薄笑いがすべてを物語っていたし、警部の逆なでされた感情も収まりがつかなかった。

「この上着はお預かりしますよ、シルヴァーデイル博士」フランボローは淡々とした口調で言った。

「これは証拠ですし、押収しなくてはなりません」

ちょっと考えてから、警部は付け加えた。

「ホエイリーという男が殺されました。事件は、今朝の新聞にはまだ出ていません。夕刊には載るでしょう」

警部の声は警告の色を帯びていた。

「どんな態度をとるべきか、よくご再考いただいて、すぐにでも警察に出頭して、洗いざらいお話しになることですな。言うまでもありませんが、この問題で黙秘を決め込むのは、疑惑を招くばかりですぞ。なにもかも明らかになされば、あなた自身にとっても、いろんな面倒を回避できるというものです」

マークフィールドは警部の思惑を台無しにすることに意地悪な喜びを感じているみたいだった。捨て台詞を投げつける代わりに、自らこう言って尋問を締めくくった。

「有罪であることが立証されるまでは、誰もが無罪のはずですよね、警部」と皮肉たっぷりに言った。

「だが、どうやら近頃、警察は言葉を置き換えるようになったようだ。そうしたほうが警察にとって、いろんな面倒を回避できるからでしょうな」

# 第十五章　クリントン卿の偽者

クロフト・ソーントン研究所でマークフィールドとその同僚の尋問を行った二日後、フランボロー警部は、クリントン卿のオフィスにやってきた。見るからにちょっと狼狽している様子だった。

「今朝、シルヴァーデイルを逮捕しました」逮捕に踏み切ったことが上司の意に適うか、心もとない様子がにじみ出る口ぶりだった。

警察本部長はこの知らせを受けても、驚きも不興も示さなかった。

「有罪を示す揺るぎない証拠があるとは言えないはずだよ、警部。ともかく、今はまだね。だが、彼がこんな目にあうのも自業自得というものだ。これで、この事件も進展が少し早まるだろう。ジャスティス氏は、最後の持ち札を出してくるだろうな」

クリントン卿が求めたわけではなかったが、フランボローは、自分のとった措置が弁明を要すると思ったようだ。

「できるだけシルヴァーデイルの機先を制しておかなきゃと思いまして。とりあえず容疑者として拘留するに足るくらいの証拠はあります」

「一つだけ教えてほしいんだが」クリントン卿は警部の説明を無視して言った。「より取り見取りの死が四つもある。どれを主要な事件に選ぶんだい？　彼をいっぺんに四つの事件で裁判にかけるわけにはいかないよ。法的には可能だが、陪審員団を困惑させるだろう」

「バンガロー事件が一番有望だと思います。動機を立証できる余地が十分ありますし。だが、ヘザーフィールド荘の事件だと、やつが何を狙っていたのかは推測にとどまります。ホエイリー事件だと、上着を除けば、しかとした証拠がありません。シルヴァーデイルをバンガロー事件の殺人犯と証明できれば別ですが。ただ、そいつを証明できれば、ホエイリー事件まで追及する必要はありません」

クリントン卿は同意の証にうなずいた。

「バンガロー事件は一連の事件の鍵だ」と卿はきっぱりと言った。

ドアにノックがあり、巡査が部屋に入ってきた。

「若い女性が面会を求めております」部屋を横切りながらそう告げると、警察本部長に名刺を差し出した。「本部長と直接お話ししたいと言い張っております。もう一人女性を連れてきています」

「ご案内してくれ」クリントン卿は、名刺にさっと目を向けるとそう言った。

巡査が部屋を出ていくと、クリントン卿は、小さな長方形の厚紙をデスク越しにはじいて寄こし、警部が手に取った。

「ミス・エイヴィス・ディープカー」と警部は読み上げた。「いったいなにをご所望ですかね?」

「落ち着きたまえ、警部。お楽しみの続きは、すぐ明らかになるよ。彼女と面談するあいだ、君もここにいたらいい」

エイヴィス・ディープカーがオフィスに入ってくると、フランボローは彼女の様子を見てまごついた。見るからに動揺していたが、予想していた動揺ぶりではなかったのだ。彼女が話しはじめると、腹を立てているようでもあり、うろたえているようでもある。

「クリントン・ドリフィールド卿ですね？」警察本部長をじろじろ見ると、そう問いただした。

警察本部長は、そのとおりと認めた。

「なら、率直に言わせていただきますわ」とエイヴィスは言った。「昨夜、私の家に来て、女中を脅かしたり、私文書を捜索したりしたのはどういうこと？　この件は弁護士に相談するつもりです――合法的なやり方とは思えませんから。でも、まずはあなたに理由をお尋ねしようと思いまして」

フランボローはこの非難にすっかりあっけにとられ、ぽかんとして上司を見つめた。クリントン卿はたまに自分を煙に巻くようなことをするが、これはまったく常軌を逸したことだ。

（私になにも言わずに捜査令状を取ったんだな）と警部は内心思った。（だが、いくらこっそり彼女の文書を調べたかったにしても、なんで私を連れて行かなかったのだろう？）

クリントン卿はまるで感情の読めない表情になった。

「もう少しはっきりおっしゃっていただけませんか、ミス・ディープカー？」と卿は言った。「ご不満の趣旨がよく分かりませんが」

エイヴィス・ディープカーは、この見え透いた言い逃れに、軽蔑の色を浮かべただけだった。

「そこまでおっしゃるなら、詳しく申し上げます」と見下したように言った。「でも、否定なさるおつもりじゃないでしょ？　証明してくれる証人だっているんですからね」

クリントン卿は身ぶりで話を続けるよう促した。

「一両日ほど家を空けていたのよ」とエイヴィスは説明しはじめた。「今朝、十一時着の列車でウェスターへイヴンに戻って、タクシーで帰宅しました。不在のあいだ、女中一人を家に残しておいたんです。帰宅すると、女中がひどく動揺してたわけ。昨夜、あなたが来られ、名刺を差し出されて、一連のおぞましい殺人の件で家宅捜索をするとおっしゃったと。当然ですけど、彼女は飛び上がりましたわ。でも、あなたを中に入れるしかなかった。あなたは家じゅう足を踏み入れて、隅々まで家探しし、引き出しを片っ端から開けて、私の私有物にみんな鼻を突っ込んでいったのよ――それどころか、まるで私が犯罪の被疑者みたいに匂わせたりして」

こうしていきなりまくし立てると、気持ちが静まったように口をつぐんだ。怒りのせいで頬がかすかに上気し、激しい息遣いからも、動揺を抑えようと努めているのが窺えた。無意識に足の位置を変え、スカートのしわを伸ばした。その動作を見ながら、フランボローは彼女の手が震えるのを目ざとくとらえた。クリントン卿は沈黙を守っていたが、話の続きを期待するように、彼女のほうをじっと見つめていた。

「もちろん、女中は質問攻めにされたわ」と彼女は続けた。「どんなわけでこんなことをするのか、あなたに何度も尋ねたけど、なにも説明なさらなかったそうじゃない。家宅捜索を終えたら、かき集めた手紙類を前に腰を据えて――ちゃんと知ってるんだから――私の個人的な手紙を調べにかかったわけ。脇に押しやった手紙もあるし、私のデスクに積んだ手紙もあった。みんな読み終えたら、選り分けた手紙を持ち去って、残りはデスクに残していったというわけよ。それから、あなたのやった家宅侵入のことをひと事も説明もしないで帰っていった。こんなの我慢ならない。こんなことをする権利はあなたにはないわ――なんの根拠もなしに、こんなふうに私に嫌疑をかけたりして。もちろん、女中がベラベラしゃべって回ったから、警察が家に踏み込んだのを知らない人はいないわ。とんでもない立場になっちゃったんだから。私は説明と謝罪を求めます。事実じゃないと言っても無駄よ。今の話はちゃんと証明できるんだから。手紙はすぐに返してちょうだい――あなたがくすねた手紙よ……。あなたにそんな権利はないし、とにかくこんなのは我慢ならないわ」

再び口をつぐんだが、明らかに感情に押し流されてしまったと感じたようだ。クリントン卿もしばらくはなにも言わなかった。よく考えてから話そうと思っているようだ。

「ご存じとは思いますが、ミス・ディープカー」と卿はようやく言った。「シルヴァーデイル博士が逮捕されました」

娘の表情がすぐに変わった。恐怖に似た感情が、さっきまでの怒りに代わって表れた。

「シルヴァーデイル博士が？　逮捕ですって？」と声を震わせながら訊いた。「どういうこと？」

「バンガロー事件の件で、昨日逮捕されたのです」

ミス・ディープカーの目には、そのニュースを知った驚きがはっきり表れていた。

「バンガロー事件ですって？」と彼女は繰り返した。「でも、博士は、その事件とはなんの関係もないわ！　そんなはずないもの」

彼女の怒りは、この耳新しい情報にすっかり吹き飛ばされてしまったようだ。まったく思いもよらぬ危険にさらされた者のような顔つきになった。クリントン卿は、自分の言葉の効果に悦に入っているようだったが、相手に考える余裕を与えずに話を続けた。

「博士がこの事件にかかわっていると思われる根拠がいくつかあるんですよ。それと、バンガロー殺人事件があった夜の行動を博士にお訊きしても、証言を拒まれましてね。そのときどこにいたのか、話そうとなさらないのです」

エイヴィス・ディープカーはしばらく無意識に掌を結んだり開いたりした。急いで思考をめぐらせ、なにか打開につながる判断を下そうとしているのは明らかだ。

「どこにいたか、言おうとしないですって？」と震える声で問いただした。「どうして？」

クリントン卿は手ぶりで、何とも言えないという仕草をした。

「理由はよく分かりませんな。アリバイがないのかも。あなたには事実をお話ししたまでですよ」

卿は目の前にいる娘を鋭く見つめたが、明らかになにかを期待していた。その期待は裏切られなかった。

「博士がそのときどこにいたかは知ってます」エイヴィスはとうとう言った。「きっと信じていただけないでしょうけど、本当のことです。その晩は、町なかで夕食をご一緒してたんです。そのあと、私の家まで行きました。いろいろお話をしてたの。家に着いたのは八時半頃でした。それからはずっとおしゃべりをしてたんです。話すことがたくさんありましたから、時が経つのも忘れてしまって。博士がやっと帰ろうとされたときは、午前一時と二時のあいだでした。ですから、博士がバンガローにいたはずはないんです」

クリントン卿は質問を差し挟んだ。

「シルヴァーデイル博士は、その夜の行動を訊かれたときに、なぜ正直に今の話をされなかったんでしょう？」

エイヴィス・ディープカーはあからさまに突っ込まれて顔を赤らめたが、どうやら胸に秘めたことを洗いざらいしゃべる気になったようだ。

「申し上げたように、シルヴァーデイル博士は、その夜は夕食のときから深夜過ぎまで私と一緒だったんです。たまたま女中はその日不在でしたし、翌日の午後まで戻って来ませんでした。シルヴァーデイル博士と家に二人っきりでいたなんて知れたら、ひと様からなんて言われるか分かるでしょ。私は別に気にしませんけど。だって、やましいことなんてないもの。ただおしゃべりしてただけよ。でも、あなたから質問されれば、きっと博士は私の立場を気遣うわ。彼には奥さんだっているし――少なくともそのときはいたのよ――きっと不愉快な中身に話を歪曲する人たちだっているはずよ。博士の人柄はよく知ってますから、きっと私を見放すようなことはしません。自分が殺人事件と無関係なことは分かってるし、きっと、あの夜の行動をつぶさに説明しなくても、真犯人は捕まると思ってたのよ。もちろん、逮捕されるおそれがあると知ってたら、私だって、本当のこと言いなさいよって勧めたわ。でも、私は町から離れてたし、そんな事態になってるなんて、思いもよらなかった」

フランボローは、彼女がひと息ついたところで口をはさんだ。「女中さんはその夜出かけてたんですか？　ということは、その肝心な時間帯に、シルヴァーデイル博士があなたと一緒にいたと証言できる人はほかに誰もいないと？」

エイヴィスは新たな落とし穴があるのに気づいたようだ。

「いません」と、声をかすかに震わせながら認めた。「私たちだけでした。家に入るところも見られてないし、博士が帰るところを見た人もいません」

「ほう！」とフランボローは言った。「では、あなたご自身の証言しかないということですね？　ほかに裏付けとなるものはないと？」

「どんな裏付けがお要りようなんですか？」とエイヴィスは問い返した。「シルヴァーデイル博士も同じ話をするはずですわ。それで十分じゃありませんこと？」

フランボローがこの発言に応じる前に、クリントン卿が元の話題に戻した。

「よろしければ、まず別の問題をはっきりさせましょう、ミス・ディープカー。あなたのおっしゃる、警察による家宅侵入ですが、もう少し詳しく説明していただけますか？　たとえば、お話によると、私は名刺を出したそうですね。その名刺はとってありますか？」

「ありません」とエイヴィスは言った。「女中の話だと、あなたは名刺を見せただけで、渡さなかったというから」

「ということは、名刺を出すのは誰にでもできたのでは？」

「違うわ」エイヴィスは反論した。「女中はあなたと分かったのよ。何か月か前に、新聞で写真を見ていたし、それであなたと分かったの」

「ほう！　なるほど！　その女中を連れてきてくれますか？　いま町から離れているとか、そんなことはないですよね」

「すぐに連れてこられますわ」エイヴィスはきっぱりと言い返した。「今、この建物の中で待たせてあるんです」

クリントン卿がフランボローに目配せすると、警部は部屋から出ていった。すぐに中年の女性を連れて戻ってきたが、女は入ってくるなり、クリントン卿のほうをじろじろと見た。

「さあ、マープル」エイヴィス・ディープカーは要求した。「ここにあなたの知ってる人がいる？」

マープル夫人はなんのためらいも示さなかった。

「あの方がクリントン・ドリフィールド卿ですわ。顔はよく知ってますから」

上司が陰で行動していたのではないかというフランボローの疑いも、この証言で完全に裏付けられた。しかし、警部は、警察本部長の顔に皮肉たっぷりの笑みが浮かんだのを見て、ますます驚いた。

「私に見覚えがあるようですな」卿は、どう話を進めていいか、心もとなさそうに言った。「ちょっとあなたの記憶力を試させてもらっていいですか？　そう、では、お宅にお伺いしたとき、私はどんなスーツを着てましたか？」

　マープル夫人は、ちょっと慎重に考えてから答えた。

「普通のスーツでした。今着ておられるような黒っぽいスーツでしたわ」

「色は憶えてない？」

「黒っぽいスーツでした。憶えてるのはそれだけです。来られたのは夕方でしたし、照明も暗くて、色までは」

「ネクタイとかは憶えていませんか？」

「いえ。あのとき、私を質問攻めにされたのを憶えておられるはずですよ。あんなふうに扱われてショックでした。警察とかかわるなんて初めてだったんですから。それに、あなたがミス・エイヴィスを追及しようとしてると分かって、打ちのめされてしまったんです。信じられなかったし、動転してしまいましたわ」

　クリントン卿は同情を込めてうなずいた。

「大変な目にあったようで、お気の毒です。さて、照明が明るいところで私をよく見てください。その夜の私と違うところがあると思いますか？」

　卿は窓に歩み寄り、マープル夫人がためつすがめつ自分を観察するあいだ、じっと我慢して立っていた。

「今日は眼鏡をかけてらっしゃいませんね」

「ほう！　眼鏡というと、普通の眼鏡ですか、それとも片眼鏡ですか？」

「片眼鏡です。ミス・エイヴィスの手紙を読みはじめたときに、目から外されたのを憶えてますもの」

「片眼鏡のほかは、ほとんど同じですか？」

「お風邪はもう治ったようですね。いらっしゃった夜はしわがれ声で――のどが痛いかなにかのご様子でしたわ」

「そう。確かに今は風邪をひいていない。ほかには？」

「ありません。あの夜と同じです」

マープル夫人はもう一度じっくりと卿をながめた。

「で、新聞に載った写真から、私と分かったそうですね？」

「ええ。一度、夕刊で拝見したものですから。頭から肩までの写真でしたけど。でも、そのおかげで、名刺をお見せになる前でも、あなただと分かりました」

クリントン卿はちょっと考えた。

「名刺になんと書いてあったか、思い出せますか？」と訊いた。

マープル夫人は記憶をたぐり寄せた。

「こう書いてありました。『クリントン・ドリフィールド卿（名前のあとになにか書いてあって）警察本部長』。それから、左隅のほうに、『ウェスターヘイヴン、警察本部』という住所が」

クリントン卿はフランボローの視線をとらえ、二人は互いに目配せを交わした。警部は、最初の思い込みが間違っていたとすぐに分かった。エイヴィス・ディープカーの家を家探ししたのは、警察本部長ではなかったのだ。

クリントン卿は名刺ケースを取り出し、マープル夫人に一枚手渡した。

「お見せしたのは、この名刺ではありませんね？」

マープル夫人はしばらく名刺をながめた。

「あら、違うわ。書いてあることが違います」

クリントン卿はうなずき、名刺を元に戻した。

「お訊きしたかったのは以上です、マープルさん。フランボロー警部が、あとで一つ二つ、質問があるかもしれませんが」

エイヴィス・ディープカーは、こうして面談を切り上げられたのに納得していない様子だった。

「ご満足かしら、クリントン卿」と言った。「私も納得したと思っておられるようね。してませんわ。こんなふうに家に侵入しておいて、それを日常業務の一環みたいに片づけてしまうことなどできないわよ。手紙類だって、私の同意なしに勝手に持ち去って返さないなんてできないし。なんとしても返してもらうわよ。返さないのなら、この件ですぐに弁護士に相談します。もう一度申し上げますが、自分の行為について謝罪するつもりはないいんですか？」

クリントン卿は平然としていた。

「むろん、ご不便をおかけしたことがあるのなら、謝りますよ、ミス・ディープカー。こうしてお悩みなのは、誠に遺憾だと衷心から申し上げます。もちろん、あなたに容疑をかけるようなことは一切していませんよ。手紙のことなら、おっしゃるとおり、弁護士にご相談なさるのが一番でしょう。すぐ私に電話するよう言ってください。でるだけ早く解決できるよう努力しますよ。これ以上ご迷惑をおかけするつもりはありません——なにひとつね」

エイヴィスは本部長と警部をそれぞれ疑わしげに見た。こんな決着のつけ方では納得がいかないのは明らかだったが、これ以上言い張っても得るものはないとはっきり気づいた。

「けっこうです」と、とうとう言った。「じゃあ、すぐに弁護士のところに行きます。いずれ、あなたに連絡がいくでしょう」

クリントン卿はドアを開けてやり、彼女は部屋を出ていき、マープル夫人があとに続いた。すぐに、警察本部長はフランボローのほうを向いた。

「どう思う、警部？」

「あのマープル夫人は正直そうですが、頭はよくないみたいですね」

クリントン卿は同意のしるしにうなずいた。

「不鮮明な新聞の写真をもとに訪問客を識別し、その訪問客と似ているから、私がその人物だと思ったわけだ。君もそう思うかい？」

「そのようですね。片眼鏡をかけておられるところは見たこともありませんし。そう言えば、片眼鏡を目にはめてできるしわのおかげで、普段の顔の特徴を変えられます。それと、日頃使ってない物だとすれば、文書を読むときに、邪魔にならぬよう外すでしょうね」

「そのとおり。どうやら納得してくれたようだね——偽の名刺を使って、偉い役人がやってきたという印象を与えたわけだが——私自身は無関係だ。もちろん、私自身はよく分かってるさ。その時は別の場所にいたからね。だが、君はその家宅侵入の件をどう思う？」

「むろん、その男が狙っていたのは文書でしょう」

「明らかに、彼女の通信物の中から、なにか怪しげなものを手に入れようと狙っていたんだ。それにしても、警部、ジャスティス氏とは、大胆不敵に自らの仕事をやってのける男のようだね」

「間違いなく、これもやつの仕事ですよ。ディープカー嬢とシルヴァーデイル夫人を亡きものとする共通の動機がありました。その点は疑問の余地はありません。なんでも紙に書いて残してしまう馬鹿な連中がいますからね。おそらくジャスティス氏は、シルヴァーデイルがエイヴィス・ディープカーに出した手紙の中にめぼしいものがあるのではとにらんだのでしょう」

「いずれにせよ、持ち去ったほうがいいと思った手紙があったのは間違いない」クリントン卿は指摘した。「君がシルヴァーデイルを逮捕すれば、事態は急速に進みはじめると思ってたよ。ジャスティス氏がなにか証拠をつかんだのなら、いずれ我々の手に入るだろう。賭けてもいい」

「我々の手間を省いてくれますね。本当に手紙になにか重要なことが書いてあればですが」警部はにたりとしながら言った。「我々なら、そんな見込みの薄いことで、ディープカーの家に捜索に入ったりはしませんからね。我々に代わってやってくれたわけだ」

「確かに、実に頼れる、ご奇特な人だね」クリントン卿は皮肉たっぷりに言った。「ほかの点についてはどう思う、警部？　ミス・ディープカーの証言を信じるなら、シルヴァーデイルは容疑から外れるよ。彼女と一緒にいたのなら、同時にバンガローにいることはできない」

「なぜ彼女の証言を信じなくちゃならんのですか？」フランボローは不機嫌そうに言った。「シルヴァーデイル本人と同じく、彼女もシルヴァーデイル夫人を亡きものとする動機があったんですよ。彼らの利害は結局のところ一つです。彼女がこの事件の共犯である可能性は十分ある——彼のアリバイを証明してやる作り話くらいするでしょう。あの話がそんなに信用できるとは思いませんよ！」

警部はばかにしたように指をパチンと鳴らした。

「まだあります」と話を続けた。「さっきのマープル夫人ですが、あの夜は家にいなかったわけです。シルヴァーデイルとディープカー嬢が、町なかで夕食をとったあとに、家まで行ったなんて、どこに証拠があるんです？　あの話にはなんの裏付けもありませんよ。ディープカー嬢が殺人現場で共犯を務めていたと考えてもおかしくないでしょう。彼女とシルヴァーデイルは、夕食後に車でバンガローまで行き、彼女は窓から一部始終を見ていたのかも。彼女の話を無視すれば、今の仮説を反証するものはありませんよ。私の見たところ、ディープカー嬢は、いわば、見た目は気弱そうですが、芯は気丈ですよ。十分足らず前に、本部長にどんな態度をとったか思い出してください。さほど気弱なところはありませんでしたよ」

「警部、自分の不在中に君が来て、私の所持品を引っ掻き回していったとしたら、私だってさすがに感情的になるよ。それで腹を立てたとしても、悪党とはかぎらない」

警部はその指摘を無視した。

「ジャスティス氏が誰なのか、見当はついておられますか？」

「見当はついてるさ。だが、ただの見当にすぎない。この件で得をするのは誰か？」

警部はふと心をかすめたものがあるようだ。

「むろん、スプラットンです。そう言えば、あなたが口髭を剃り落とすと、やつは顔も体格もあなたによく似てますよ。スプラットンがハッセンディーン君にかけた保険金を手に入れるためには、殺人だと証明されなくちゃならないわけです」

「まあね」クリントン卿は軽く言った。「スプラットン氏は、この件で然るべきものを手に入れると思うよ」

# 第十六章　文書証拠

フランボロー警部は、正体不明の協力者、ジャスティス氏が新たな行動を起こすまで、二日ほど待たなくてはならなかった。お待ちかねの手紙が郵便で届いたとき、クリントン卿はたまたま警察本部を不在にしていた。警部は、上司の意見に左右されることなく、新たな証拠をじっくり検討する時間を持てた。警察本部長が戻ってくると、フランボローはすぐに事件の最新の文書を上司に見せに行った。

「昼の郵便で来たものです」警部はテーブルに文書を置きながら説明した。「またもやジャスティス氏ですよ。ディープカーの家に家宅侵入した結果報告のようです」

クリントン卿は小包を手に取り、開いて文書を取り出した。写真が数枚あるのが目を引いたが、それは脇に押しやり、一枚だけの普通紙のほうに目を向けた。おなじみの電報用紙から切り取った活字が貼り付けてある。ゆっくりとメッセージを読んだ。

シルヴァーデイル博士とミス・ディープカーのあいだで、最近やりとりされた手紙の一部の写真を同封する。

〝ジャスティス〟

クリントン卿は、しばらくその紙を見つめていたが、まるでメッセージとは無関係のことを考えているみたいだった。ようやく警部のほうを向いた。

「指紋があるか、確認はしたね？　検出されなかった？　かすかにゴムの残り香がある――手袋からついたんだろう」

フランボローは、クリントン卿の推測に同意する意味で首を横に振った。

「なにも検出されませんでした」と認めた。

警察本部長は、紙を下に置き、写真の一つを手に取った。普通のハーフサイズの写真で、手紙の一ページをわずかに縮小して写したものだ。

このままにしておく
わけにはいかない。
前に話し合った計画が一番だと思う。
ハッセンディーンに
ヒヨスチンを使うようヒントを与えたが、
目的の品を手に入れる方法に
自分でたぶん気づくだろう。
あとは、様子を見守っていればいい。
まもなく彼女を

厄介払いできると信じている。
彼らが自分たちの意思で
やったと見せかけるのはとても簡単だし、
誰もそれ以上
追及しないだろう。

フランボローは、メッセージを読む警察本部長の表情をジッと見ていたが、クリントン卿が読み終えたと見るや、警部は口を開いた。

「筆跡は確認しました。間違いなく、シルヴァーデイルの手紙ですよ」

警察本部長は、なにやらぼんやりとうなずき、もう一枚の写真を手に取った。手紙の最初の二行を拡大して写したものだ。クリントン卿は、一分ほど、虫眼鏡できめ細かく写真を調べた。

「確かに本物です」フランボローは思い切って言った。「ジャスティス氏は実に徹底してますよ。偽造でないことを証明する証拠まで付けてきたわけです。元の紙に消しゴムで消したり、削ったりした跡がないのが分かるでしょう。拡大写真も大きいので、そんな痕跡がないことがはっきり分かります」

「確かに」とクリントン卿は同意した。「それに、見たかぎり、行の筆跡は正常だ。偽造者が元原稿をなぞったとすれば、それで生じるような変な箇所での揺らぎなどはない。拡大写真もよく引き伸ばしてあるから、そんな痕跡があればすぐに分かる。君の言うとおりだよ、警部。これは、シルヴァーデイルの自筆による本物の文書の写真だ」

「ほかの点からも明々白々ですよ」フランボローは文書の特徴を顕微鏡写真でとらえたほかの写真も示しながら言った。「これらの手紙がすべて正真正銘のシルヴァーデイルの筆跡であるのは間違いありません。用紙の偽造などの痕跡はないですよ」

クリントン卿は見るからに興味深そうに写真を調べ続けたが、ようやくデスクにみんな置き、警部のほうを向いた。

「さて、どう思う?」と卿は訊いた。

「明々白々ですよ」とフランボローは答えた。「このページの内容を全体として見てください。この上なくはっきりしていますよ。シルヴァーデイルとディープカー嬢は、ずっと待っていたんです。このままにしてはおけない。二人でシルヴァーデイル夫人を厄介払いする方策をあれこれ相談したわけです。『前に話し合った計画が一番だと思う』まさにこれが最終判断ですよ。これで、その計画がどんなものか分かります。シルヴァーデイルは、ハッセンディーンにヒヨスチンのことを入れ知恵し、シルヴァーデイル夫人に薬を盛って手籠めにしてしまうよう、事実上そそのかした。そして、罠の用意が整うと、シルヴァーデイルとディープカー嬢は、その状況を利用しようと虎視眈々と狙っていたわけです。最後の文章は、二人が殺人にまで及び、ハッセンディーン君とシルヴァーデイル夫人の心中のように見せかけようと考えていたことを如実に語っていますよ。これが私の解釈です」

クリントン卿はすぐにはこの意見を支持しなかった。むしろ、手書きのページの写真を手に取り、なにか目につくものはないかと改めて調べはじめた。ようやく納得したらしく、写真をデスク越しに警部のほうに滑らせて寄越した。

「先入観を与えるつもりはないよ、警部。だから、私がなにに気づいたかは言わない。だが、この文章の『たぶん』という言葉をよく見て、特に気づくことがあれば言ってくれないか――なんでもいいから」

フランボローはその箇所を最初は裸眼で、次に虫眼鏡で調べた。

「見るかぎりでは、紙に手を加えた跡はありません。表面はいじられていないし、インクの走りもまったく自然で、偽造に見られるような、ためらいや揺れもありません。気づいたことといえば、文字間隔が少し詰まっていることだけです」

「まさにそこだよ。その箇所は行の真ん中にあるよね、警部。では、下から五行目の『できる』という言葉を見てみたまえ」

「そこも、ちょっと詰まっているようです」とフランボローは認めた。

「下から三行目の『のは』はどうだい？」

「同じでしょうね」

フランボローは黙り込み、写真に写る文字を一語ずつ調べはじめ、そのあいだ、クリントン卿は辛抱強く待っていた。

「『ヒヨスチンを使う』の『を』の前後も詰まっているし、最終行の冒頭の『追及』もやはり同じです。いずれも目立たないので、普通なら気づかないでしょう。ご指摘を受けるまで、私も気づきませんでした。でも、文字を消して、空きスペースに言葉を新たに書き加えたとおっしゃりたいのでしたら、納得できないですね。そんな箇所があるとは思えません」

「その点は、私も異論はないよ」クリントン卿は穏やかに認めた。「では、視点を変えて、違う問題を検討しよう。言語が言葉の相対的な位置関係にどのくらい影響されるか、考えたことがあるかい、警部？『それが君を打った』というのと、『君がそれを打った』というのとでは、意味がまるで違う。だが、それぞれの文章は、まったく同じ言葉から成り立ってるんだよ」

「まったくそのとおりです」とフランボローは認めた。「まあ、そんなふうに考えたことはありませんが」と疑わしげに付け加えた。「この手紙とどんな関係があるのか、よく分からないですね」

「そりゃ残念だな」クリントン卿は、いかにもそらぞらしい同情を込めて言った。「一緒によく考えてみよう。言葉を少し詰めて書くのは、普通、どんな箇所だろうか？」

「行の最後ですね」とフランボローは言った。「でも、この手紙では、詰めてある箇所は、いずれも行の途中のようです」

「そこが興味を引くところなのさ」クリントン卿は淡々と説明した。「ジャスティス氏が、元の手紙そのものを送ってこないで、わざわざ写真を撮ったこととも関係があるように思えるがね」

「私も、そこは妙だと思いました」と警部は正直に認めた。「確かに、ちょっと無駄な骨折りではありますね」

「もう一度考えてみたまえ、警部。ジャスティス氏が、ミス・ディープカーの家から、多数の手紙をかっさらっていったのは分かっている。だが、送ってきたのは、そのうちのたった一ページだけだ。残りも重要な手紙なら、なぜ送ってこない？　重要でないなら、なんでかっさらった？」

「あとで利用するために、とってあるのかも」

クリントン卿は首を横に振った。

「私は違う解釈をしているよ。おそらく、これがジャスティス氏の最後の持ち札なんだ。いまや、この戦いに最後の力を振り絞ろうとしてるんだよ」

「裏になにかあるようですが」フランボローは、頭脳を刺激しようとするみたいに、手で髪をかき分けながら言った。「でも、本部長ほどうまくは整理できないですね。いろいろおっしゃいますが、この筆跡は本物ですよ。紙だって細工されてないし。おかしなところなど認められません」

クリントン卿は警部が見るからに困っているのを不憫に思った。

「手紙全体の言い回しをよく見たまえ、警部。注意して見れば、言葉の組み合わせをこんなふうに分けることができる。『このままにしておくわけにいかない……前に話し合った計画が一番だと思う……ハッセンディーンに……ヒヨスチンを……使うよう……ヒントを……与えたが……目的の品を手に入れる方法に……自分でたぶん気づくだろう……あとは、様子を……見守っていればいい……まもなく……彼女を……厄介払いできる……と信じている……彼らが自分たちの……意思で……やったと見せかける……のはとても簡単だし……誰もそれ以上……追及しないだろう……』さあ、警部、これらの言葉をバラバラに見たら、殺人が計画されていたなんて、必然的に推論できるかい？『このままにしておくわけにいかない』というのは、シルヴァーデイル夫人がハッセンディーン君といかに戯れていたかを考えれば、シルヴァーデイルが不倫相手の娘に送った手紙にそんな言葉が出てきたって、不思議でもないだろう。『前に話し合った計画が一番だと思う』も、せいぜい、一緒に出かける計画のことを言ってるだけかもしれない。『妻に遊び相手にされてるだけだということは、彼も自分でたぶん気づくだろう』という具合で、ほかも同様だよ」

「ええ、お見事です」フランボローは口をはさんだ。「でも、〝ヒヨスチン〟という言葉は？　ラヴレターにしては妙ですよ」

「ミス・ディープカーは、シルヴァーデイルの指示に従ってヒヨスチンを扱っていたんだよ。彼が事のついでに言及したとも考えられる」

「ようやくおっしゃる意味が分かりましたよ。ジャスティス氏が送ってきたこの手紙は、パッチワーク――バラバラの単語を切り貼りして写真に撮ったものだと？」

「一つの可能性として示唆しただけだよ、警部。辻褄が合うか見てみよう。言葉の組み合わせがあって、単体で見ればどうってことのない言葉だが、この手紙にあるみたいにつなぎ合わせると、いかにもそれらしい集積効果をもたらすわけだ。これがパッチワークなら、うまくつながる断片を得るために、本物の手紙をたくさん使わなきゃならない。だから、ジャスティス氏は、ミス・ディープカーの家に押し入って、いろんな手紙を選んで持っていったのさ。さらに、これらの手紙から、あちこちの文章を切り取りながら、元の手紙の一つの行から別の行につながるようにするのに、時おり単語を挿入しなくてはならなかった。だが、断片を貼り合わせる段になって、行の最後にあったもともとの文字間隔が、偽の手紙の最終的な構成に合うように、行の途中に移されたわけだ。これがまず、私の気づいたことさ。たとえば、元の手紙では、『どうするかは自分でたぶん気づくだろう』と書いてあったとする。そして、元の行は〝たぶん〟で終わっていた。この言葉が行の最後に来て、少し詰めて書かれたわけだ。だが、こしらえ直す際に、〝たぶん〟が行の途中に来てしまった。だから、普通なら詰めて書かなくてもいいくらいスペースがあるのに、こういう一見無意味な言葉の間隔詰めをやっているわけだ。君自身気づいた、ほかの箇所も同じことだよ。元の手紙では行の最後にあった言葉が、偽造する際に、みな行の途中に来てしまったんだ」

「いかにももっともらしいですね。でも、あなたはなんでももっともらしく仕立ててしまうコツをご存じだ。私をかついでおられるんじゃないでしょうね？」警部は疑わしげに訊いた。「それに、紙に手を加えた跡がないのはどうしてでしょう?」

「送ってきたものをよく見たまえ」とクリントン卿は言った。「文章の全体をそのまま拡大して写真に撮ったのは、『このままにしておくわけにいかない』という、手紙の冒頭部分だけだ。この文章は、もともと揃っていたものさ。その部分を拡大して見せれば、紙面にいじった跡がないことを示せる。もちろん、その部分は、ひとまとまりの文章をそのまま切り取ってきたものだからだ。顕微鏡写真で撮っても、文の一部分しか見せていないから、当然、断片のはじに表れてしまう切り抜きの跡もない。そして、テキスト全体の写真では、きめ細かい細部までは示そうとしていない。断片を本物の便箋に適当な順序で貼り付け、連続性をこしらえたのが分からないように亜鉛白で継ぎ目を塗り隠し、さらに、プロセス乾板を用いて、亜鉛白で白い便箋に上塗りした箇所にわずかでも白さの違いが出ないようにしたんだ。書籍に白黒の複写を載せる際に加工を施すのなら、亜鉛白を使ってやるのが一番だよ。出来上がりを見ても、まず分からない」

フランボローは身ぶりで、クリントン卿の仮説がもっともだと認めた。

「それが、元の文書そのものを送ってこなかった理由だと?」

「もちろん、送れるような元文書自体がないわけだから、送れるはずもないのさ、警部」

フランボローは、この解説には異論を唱えず、むしろ、この問題の違う側面に水を向けた。

「ジャスティス氏は、明らかに誰かの無念を晴らしてやろうとしていますね――その誰かとは、ハッセンディーン君ではないでしょう。噂で聞く彼の性格から考えますとね」

クリントン卿は、警部が示した話の方向には乗ってこなかった。

「ジャスティス氏は、実に賢い男だ」と卿は言った。「今回みたいに、時たまミスをやるとしてもね」

「そいつが誰なのか、見当がついてるとおっしゃいましたね？」フランボローは、問いただすような口調で言った。

警察本部長は乗ってくる様子がなかった。なにやら謎めかすように部下のほうをちらりと見ると、話しはじめた。

「その関連で気づいた点を話すよ、警部。お互いにジャスティス氏の立場に身を置いて考えてみよう。まず、朝刊の出回る時間とジャスティス氏の電報を郵便ポストから回収した時間とを突き合わせて考えれば、事件の第一報を知るのに、彼がマスコミの情報に頼っていないのは明らかだろう。アイヴィ・ロッジ事件のニュースも、彼がメッセージを送ったあとに新聞に載ったんだよ」

「おっしゃるとおりです」フランボローはうなずいた。

警部の様子からすると、こんな些末な話より、もっといろいろ聞き出したいようだ。

「したがって、やつはバンガロー事件の情報を直接知っていたことになる。事件の現場にいたか、現場にいた者から直接話を聞いたかのどちらかだよ」

「ごもっともです」警部はうなずいた。

「それから、彼は――それとも〝彼女〟かな、警部？――ヒヨスチンという言葉が新聞に載ったとたん、それが重要な手がかりだと明らかに気づいた。すぐに、クロフト・ソーントン研究所を調べるよう促す――余計なお世話だったと思うが――暗号の広告が送られてきた」

フランボローは、クリントン卿がただ自明な証拠をおさらいしてるだけじゃないかと言わんばかりの顔をしていた。

「次に、彼が新聞社に送った広告の筆跡がある――シルヴァーデイル夫人の筆跡を丁寧に真似ていたよね」

「ええ」と警部は言ったが、ここまでくると、なにやら戸惑っている様子が口調に表れていた。

「それから、ミス・ディープカーの家に家宅侵入するのに、彼が実に好都合な時間を選んでいることがある」

「つまり、女中しか在宅していないときに行ったことですか？」

「そのとおり。事件全体を通じて、あらかじめよく考え抜かれているのに感心するよ。だが、よく考えれば、ほかにも重要なことがあるとは思わないか、警部？」

「ええ、おっしゃる説明が正しければ、これらの写真を撮る材料として、シルヴァーデイルの手紙を手に入れたがったことですね」

「もっと明白なことがあるんだよ、警部。これらの証拠を目の前にみな並べてみれば、ジャスティス氏の絵がそれなりに描けるんじゃないか？　いい線まで近づけるはずなんだがね」

「いずれにしても、シルヴァーデイル家の事情に通じた者でしょう。それは私にも分かりますよ。さらには、クロフト・ソーントンのことを人づてなりとも知っていた者です。おっしゃる意味はそういうことでしょう？」

警部はクリントン卿の顔を探るように見たが、卿は表情になにも表さなかった。だが、卿は、フランボローの予想もしなかったことを付け加えた。

「最後のポイントだ。シルヴァーデイル夫人の部屋にあった引き出しで見つけた封筒の断片には、一九二五年という日付があった。夫人の印章付き指輪の内側にあった日付は、25・11・5だ。さらに、日付とともに、〝B〟というイニシャルが彫られていた」

フランボロー警部には、これらの情報の関連性がまるで分らなかったようだ。顔にそうはっきり書いてある。

「そこからなにが分かるのか、見当もつきません」警部はなにやらバツが悪そうに言った。「ご指摘の点は、思いもよらぬことでしたよ。この期に及んでも、ジャスティス氏とどう関係があるのか分からないですね」

こう素直に認めればなにか教えてくれるのでは、と期待していたのなら甘かった。クリントン卿は明らかに、部下から考える手間を省いてやろうとは思っていなかったし、次に発した言葉は、フランボローをますます困惑させただけだった。

「スウィフト司祭の本は読んだことがあるかい、警部？」

「『ガリヴァー旅行記』なら、子どもの頃に読みました」フランボローは、自分の文学趣味に探りを入れられるのを嫌がっているみたいに言った。

「『ステラへの消息』もいつか読んでみたらいい。だが、きっと退屈と思うだろうな。エスター・ジョンスンに宛てた手紙を再録した本だ。彼女のことを〝ステラ〟と呼んでるんだよ。『やすみ、ＭＤさん。愛するＰｄｆｒ』みたいな変な略語や言い回しがいっぱい出てくる。その手の表現の組み合わせで出来ているんだ。スウィフトのような人物の人間的な側面を見るようで面白いだろ？」

「つまり、彼女と恋愛関係にあったと？」

「まあ、そんなところだね」クリントン卿は用心深く答えた。「だが、スウィフトにかかずらう必要はない。目先を変えて、この事件でやれることはないか考えてみよう」

卿は腕時計を見た。

「五時半だ。彼女と連絡がとれるかもな」

デスクの電話をとり、番号を告げたが、フランボローは興味津々で次になにが起こるのかと待ちかまえていた。

「クロフト・ソーントン研究所ですか?」クリントン卿はようやく言った。「こちらはクリントン・ドリフィールド卿です。ミス・ヘイルシャムをお願いできますか?」

しばらく間をおいて、再び話しはじめた。

「ミス・ヘイルシャムですか? お煩わせして恐縮ですが、研究所には顕微鏡写真用のカメラはありますか? 教えてほしいんです」

フランボローは聴き耳を立て、自分に聞こえる一方だけの会話が、次になんと言うかを待った。

「二つありますか? じゃあ、できれば、必要なときに一つ貸していただきたいんですが……。ありがとうございます。それはそうと、ちょうど研究所から帰るところですね……。だと思いました。あやうくすれ違いになるところでしたよ。お引止めしては申し訳ないですな。どうもありがとう。さようなら」

卿は受話器を置き、フランボローのほうを向いた。

「ミス・モーコットを呼んでくれるかい、警部」

フランボローはこの指示にすっかり面食らいながらも、隣室に通じるドアを開け、クリントン卿のタイピストを呼び入れた。

「電話をかけてほしいんだ、ミス・モーコット」と警察本部長は説明した。「かける先は、トレヴァー・マークフィールド博士の家だ。つながったら、家政婦にこう話してほしい。『ミス・ヘイルシャムと申します。マークフィールド博士に、今夜お会いしたい、九時にお宅にお伺いします、とお伝えください』とね。それ以上のことは言わず、説明を求めるいとまを与えずに切ってくれたまえ」

ミス・モーコットは、クリントン卿の指示どおりに実行し、タイプ仕事に戻った。彼女が出て行ってドアが閉まると、警部は好奇心を抑えきれなくなった。

「さっぱり分かりませんよ。顕微鏡写真のことを尋ねたのは、これらの写真がクロフト・ソーントンで撮られたものかを確かめるためかと思いましたが？」

「その点にさほど疑問は持ってないよ。顕微鏡写真の器具はアマチュア写真家なら普通持ってないが、科学の研究所なら当たり前にあるしね。いや、一石二鳥を狙ったんだよ。顕微鏡カメラを突き止めるのと、ミス・ヘイルシャムが夜は研究所にいなくて、彼女が行く前にマークフィールドと話す機会はないことを確かめておきたかったんだ」

「彼女が今夜マークフィールドの家を訪ねるとは、どういうことです？」

「申し訳ないが、代わりの人間が行くことになるのさ。お呼びじゃないだろうが、我々がその代わりを務めるんだ。要は、我々が訪問したときに、マークフィールドに確実に在宅していてほしいということだよ。それに、自分の名前を出して面会約束をしたくなかった。余計な警戒心を抱かせたくないからね。これまでより率直にものを言ってくれるよう、マークフィールド博士を説得すべきときが来たのさ。知っていることを吐き出させる方法は分かってるつもりだよ。うまくいけば、必要な証拠はみな手に入るはずだ」

卿は、なにか心もとないことがあるようにひと息ついた。

「これまでのところ、博士はずっと我々を煙に巻いてきたよね、警部。これは一対一の試合だ。時おり私が脱線しそうになっても、知らんふりをしていてくれ。なにが起ころうと、私の言うことに驚いた顔をしないように。とにかく無表情を装ってくれれば、それが一番無難だ」

# 第十七章　ジャスティス氏

クリントン卿は、マークフィールドの家がある通りに入る寸前で車を停めた。とたんに、私服警官が一人、進み出てきた。

「マークフィールド博士は在宅です」と警官が告げた。「夕食時間に合わせて帰宅しました」

クリントン卿はうなずくと、クラッチをつなぎ、角を曲がってマークフィールドの家の門前に車を着けた。エンジンを切ると、家の玄関をちらと見た。

「車庫が家の中に造り付けになっているだろ、警部」と卿は指摘した。「屋内から車庫に直接入れるドアがあるかどうか、興味津々だね」

二人は短い私道を歩いていき、呼び鈴を鳴らした。マークフィールドの家政婦がすぐにドアを開けた。彼女が看病していた親戚の容体をクリントン卿が気遣ったため、家政婦はびっくりした。

「ええ、おかげさまで、すっかりよくなりました。昨日戻ってきたところです」

彼女は疑念がかすめたように言葉を切ったが、こう付け加えた。

「マークフィールド博士の予定が今晩あいているかは分かりません。来客の予定があるはずですので」

「お客さんが来られれば、すぐに失礼しますよ」クリントン卿がそう請け合うと、中に入れていいかどうかの迷いも彼女から消えた。

家政婦が居間に二人を案内すると、博士は暖炉のそばで読書に耽っていた。クリントン卿の名が告げられると、ちらと目を上げたが、邪魔をされて迷惑だという感情が目に浮かんでいた。

「このご来訪は、どういう趣旨ですかね」彼らが部屋に入ってくると、博士はぎこちなく言った。

クリントン卿は、この見るからに不服そうな接客態度に気づかぬふりをした。

「ちょっとお話ししたいことがありましてね、マークフィールド博士」卿は愛想よく説明した。「裏を取る必要のある情報が入ったんです。お力添えをいただけるのではと思いまして」

マークフィールドは置時計をちらと見た。

「実験をしている途中でしてね」とぶっきらぼうに言った。「最後までやり遂げないと。今はじめたばかりなんですよ。お話というのが長くなるようでしたら、器具をここに持ち込みたいですな。お話ししながら実験を進められますのでね」

了解を得るのも待たずに部屋を出ていき、二分ほどで器具を載せたトレイを持って戻ってきた。フランボローは、それが、透明な液体の入った円錐形のフラスコと、栓をした瓶だと分かった。マークフィールドは、やはり透明な液体の入った滴下漏斗をしっかりと握り、その注ぎ口を円錐形のフラスコに差し込んだ。それから、漏斗の栓を少し回して、中の液体を少量、フラスコに注ぎ込んだ。

「匂いが気にならなきゃいいですがね」と博士はトゲのある言い方で弁明した。「トリエチルアミンをフラスコのテトラニトロメタンに混ぜてるんですよ。ちょっと嫌な匂いがしますから」

椅子から立ち上がらなくても、すぐ栓に手が届くテーブルの位置に器具を置いた。漏斗からフラスコに液体を少量注ぐと、再び椅子に座り、クリントン卿に目を向けた。

「なにをお知りになりたいわけで？」と博士はだしぬけに尋ねた。

クリントン卿は急かされるのを拒んだ。胸ポケットに手を突っ込み、タイプで打った紙を取り出し、参照する手控えと言わんばかりに前のテーブルの上に置くと、相手に向き直った。

「しばらく前に、ピーター・ホエイリーという男が警察に来て証言したんですよ、マークフィールド博士」

マークフィールドは驚きの表情を浮かべた。

「ホエイリー？」と訊いた。「リザードブリッジ・ロードで殺された男のことですか？」

「確かに殺されました」クリントン卿はうなずいた。「だが、申し上げましたように、警察に証言を残したんです。いくつかはっきりしない点があるので、あなたが不明な点を教えてくださるんじゃないかと思いまして」

マークフィールドはすぐさま疑念の色を顔に浮かべた。

「ご趣旨がよく分かりませんね」と博士は疑わしげに言った。「シルヴァーデイルに不利益な発言を引き出そうとしているのなら、申し上げておきますが、そんな証言をするつもりはありませんよ。彼が無実だと確信してるし、彼に不利な証拠になるようなことは言いたくない。どうです、率直でしょ？」

「ご安心いただけると思いますが、その点では、私も同意見だと申し上げますよ、マークフィールド博士。したがって、あなたが協力を惜しむ理由はありませんよ」

マークフィールドはそう言われて少し驚いたようだが、必死で感情を押し隠した。

「ならば、話をお続けください」と博士は言った。「お望みはなんですか？」

クリントン卿はテーブルに置いた紙を半分くらい開いたが、今はメモなど要らないとばかりに手を離した。

「シルヴァーデイル夫人が死んだバンガロー事件の夜、ピーター・ホエイリーは、町なかに向かってリザードブリッジ・ロードを歩いていたようです」クリントン卿は話しはじめた。「霧の濃い夜でしたよね。彼がバンガローの門前を通りかかったとき、道路脇に停めた車のヘッドライトが前方に見えました。そして、声を聴いたようなのです」

警部は、聴き耳を立ててこの話を聞いていた。クリントン卿は、どこでこんな決定的重要性を持つ、新しい情報を探り出してきたのか？　そのとき、警察本部長の忠告をハッと思い出し、努めて無表情な顔をつくった。マークフィールドのほうをちらりと見ると、化学者は表向き無関心を装っていたが、細大漏らさず話を聞き取ろうとしていた。

「どうやら」とクリントン卿は話を続けた。「故ホエイリー氏は、車のところまで来て、前部座席に男と若い女性が座っているのに気づいたようです。女性の様子は異常でした。ホエイリー氏は、経験の乏しさもあって、女性は酔っていると思ったのです。男のほうは、車を停めて、女を座席にしっかり座らせ、変に見えないよう身繕いさせているとホエイリーは思いました。ところが、ホエイリーが暗闇から姿を見せると、男は車を再発進させ、彼の脇をすり抜けて、バンガローにゆっくりと向かって行ったのです」

クリントン卿は無意識にメモ用紙のしわを伸ばし、ちらと目を向けると、また話を続けた。

「警察は都合よく手段を選べるわけじゃないんですよ、マークフィールド博士。証人がいれば、これを採用しなくてはいけません。はっきり申し上げて、故ホエイリー氏は、芳しからざる人物でした

——まったくね。車に二人きりの男と女に出くわし、女のほうは、見たところ介護を要する状態だった。この種の状況に出くわすと、ホエイリー氏の頭に浮かんだことが二つあった。卑俗な言い方をすれば、『ほう、面白そうじゃねえか！』と、『なんかカモれねえかな？』というわけです。人の弱みにつけ込む悪癖があったのですよ。お分かりですよね？」

マークフィールドは、むっつりとうなずいたが、意見は口にしなかった。

「そこで、故ホエイリー氏は、遠ざかる車をじっと見守っていました。すると、面白いことに、車はバンガローの門から中に入っていったのです。そこは無人だろうと推測しました。一、二分前に通りかかったときには、明かりが見えなかったからです。ホエイリー氏の考えたことを詳しく分析する必要はないでしょう。この手の状況は、自分好みのお楽しみを約束するものだと気づいたのです。うまくいけば、あとでちょっとした金目のおこぼれにあずかれるかも、という期待を別にしてもね。そこで、適当に距離を置き、車のあとを追ったわけです」

クリントン卿は、手元のメモのページを繰ると、ちらとメモに目を落とし、かすかに眉をひそめた。

「故ホエイリー氏は、むろん理想的な証人ではなかったし、ここで、彼の話に欠けている細部を付け加えてもいいでしょう。実はそのあいだに、二台目の車が現場に来ていたのです——町なかに向かって走っていく車です。この車も同じ頃に、男と女の乗った車に出くわしていました。ただ、その話は、ホエイリー氏の証言には出てきません。これはあくまで私自身の推測であり、さほど重要なことではありません」

フランボロー警部は、話が展開するにつれ、ますます困惑の度を深めていった。警察本部長がどうやってそんな情報を集めたのか、見当もつかない。不意に説明を思いついた。

（そうか！　ハッタリをかましてるんだな！　なにもかもとうにお見通しだぞとマークフィールドに思い込ませようとしてるんだ。本部長の推測にすぎないんだな。ホエイリーの証言は不完全だから、抜けのあるところは自分の推測で埋めるというふりをして、マークフィールドに対して裏の裏をかこうとしているわけか。たいした度胸だ！）と心の中でつぶやく。

「故ホエイリー氏がバンガローの門に来たとき」とクリントン卿は続けた。「男は女を車から連れ出し、二人は家の中に入っていきました。ホエイリー氏は、おそらく、私道をそっと進み、そのあいだに、バンガローの正面側の部屋に明かりがつきました。カーテンは引いたままになっていました。故ホエイリー氏は先々の利益を考えて、抜け目なく、玄関前に停車している車のナンバーを控えました」

フランボローはマークフィールドのほうをちらと見て、クリントン卿の話がどんな効果をもたらしたかを確かめた。驚いたことに、化学者はなんらたじろぐ様子がなかった。許しを求めるような仕草をしてから、身を乗り出して、漏斗からフラスコに液体を少量たらし、しばらくゆっくりと振って混ぜ合わせると、クリントン卿のほうを再び向いた。ジッと見つめていた警部は、その作業をするときも、博士の手になんの震えも生じていないことに気づいた。

「故ホエイリー氏は」とクリントン卿が続けたときには、マークフィールドは作業を終えていた。「故ホエイリー氏は、バンガローの玄関付近をうろつこうとはしませんでした。明かりのついた窓の前に立ったりすれば、道を通りかかった者が明かりを前にした彼の姿を見てしまうだろうし、そうなればやっかいなことになりかねません。それで、彼は同じ部屋の二つめの窓に行ったわけです。その窓は、バンガローの横のほうにあったので、道からはさほど目につきません。建物の角を曲がると、ちょうど二台目の車が門前に停車した音が聞こえたわけです」

　クリントン卿は続きの話をするのを決めかねているように、そこでひと息ついた。話を聞いているかを確かめるみたいにマークフィールドのほうを見ると、話を続けた。

「故ホエイリー氏は明かりのついた部屋のその側窓にそっと近づきました。しめたことに、カーテンはぞんざいに引かれていたため、カーテンのあいだに隙間ができていて、そこから室内を覗くことができたのです。花壇に足を踏み入れ、身をかがめ、すき間から中を覗きました。私の説明は分かりやすいですかね、マークフィールド博士？」

「実にね」マークフィールドは素っ気なく言った。

　クリントン卿は了解のしるしにうなずき、記憶を確かめるように、再びメモに目を落とすと、話を続けた。

「彼はなにを見たのか。女は暖炉のそばの肘掛椅子に座っていました。故ホエイリー氏は、またもや経験不足から勘違いしたのですが、彼女は——おそらく酒のせいで——眠っていると思ったのです。彼女と一緒にいる青年は——手間を省くためにハッセンディーンと呼ぶことにしますが——なにやら動転している様子でした。だが、その様子は、故ホエイリー氏が期待していたものとは違っていたのです。ハッセンディーンは女に話しかけますが、まったく返事がありません。軽くゆすっても、なんの反応もありません。細かい点は省いてもいいでしょう。結論を言えば、ホエイリー氏の不慣れな目には、女は人事不省に陥っているように見えたのです。ハッセンディーンはその状況に打ちのめされている様子でしたが、それが故ホエイリー氏にはどうも妙に思えたわけです」

　マークフィールドは動じる様子もなく、身を乗り出して、また漏斗から液体を注いだ。フランボローは、そんな動作も、自分の顔色を容易に読まれないようにするためではないかと思った。

「次に起きたことは、故ホエイリー氏を驚かせたようです」とクリントン卿は続けた。「ハッセンディーン君は女をその場に残すと、しばらく部屋から出ていました。戻ってくると、手に銃を持っていたのです。これは故ホエイリー氏がまったく予期していなかったことです。ハッセンディーン君が女に歩み寄り、至近距離から頭を撃つに至っては、まったく予想外でした。このときの故ホエイリー氏の心情たるや、あなたにもきっとお察しがつくでしょう、マークフィールド博士」

「驚いたでしょうな」マークフィールドは唐突に言った。

クリントン卿は同意の証にうなずいた。

「次に起きたことは、もっと驚きだったはずです。正面の窓ガラスがガシャンと割られ、カーテンのうしろから男が現れると、ハッセンディーンに襲いかかったのです。格闘が起き、ハッセンディーンの銃から二発発射され、ハッセンディーンは床に倒れます――死んだ、とホエイリーはそのとき思ったことでしょう」

フランボローはマークフィールドを凝視していたが、そのとき、化学者はまた椅子から身を乗り出し、液体の残りを漏斗からフラスコに注ぐと、トレイに載せた瓶から漏斗の中身を再び満たした。その作業が終わると、再びクリントン卿に無表情な顔を向けた。

「そのとき、故ホエイリー氏は必要なことはみな見てしまったと思いました。窓からきびすを返したちょうどそのとき、新来者がチョッキのポケットから小さな物を取り出し、床に落としたのに気づきました。ホエイリー氏は、姿を消す潮時と思いました。小道に戻り、バンガローの外を回って、門に続く私道を急ぎ足で去りました。そこに来て、一台の車――襲撃者が乗ってきたと思しき車を見つけたのです。故ホエイリー氏は、そのときも、『なんかカモれねえかな?』という二つめの発想から逃れられなかったのです。彼は車のナンバーを控えてから姿を消しました」

クリントン卿はしばらく沈黙し、謎めいた表情でマークフィールドのほうをジッと見た。

「それはそうと、マークフィールド博士」とさりげない口調で付け加えた。「シルヴァーデイル夫人があなたと二人きりでいたときに、あなたを呼んだ愛称はなんですか?――〝B〟ではじまる愛称ですね?」

このときばかりは、警部もクリントン卿がマークフィールドのガードを破ったことに気づいた。化学者は目を上げたが、その顔には不安の色が隠しようもなく浮かんでいた。答えを返す前に、心の中で状況を把握しようと努めているようだ。

「ほう! ご存じというわけですね?」と博士はようやく言った。「それなら、否定しても仕方ないでしょうな。いつも〝熊《ベア》〟と呼んでましたよ。私の立居振舞が、時おり熊みたいだと言ってましたから。実際そうかもしれませんね」

クリントン卿は、マークフィールドの説明をさほど重要と考えている様子は見せなかった。

「あなたは、一九二五年に彼女と親しくなった。シルヴァーデイル夫妻がこの土地に越してきた直後のことでしょう?」

マークフィールドは同意の意味でうなずいた。

「それから間もなく、あなたと彼女は、二人の関係を隠すのが一番と考えた。そこで、人前では一緒にいるところを極力見られないようにし、二人の関係に人目が向かないようにしたわけですね?」

「そのとおり」

「彼女はとうとう、ハッセンディーン君を籠絡して、隠れ蓑に利用したんでしょう？　おおっぴらに彼といるところを見せつけておいて、あなたとは陰で付き合い続けていたわけですね？」

「実によくご存じのようですね」マークフィールドは冷ややかに言った。

「肝心な点はみな知っているつもりです」と警察本部長は言った。「あなたの負けですよ、マークフィールド博士」

　マークフィールドは、再び口を開く前にすばやく状況を検討したようだ。

「せいぜい故殺（殺意なしに人を殺した罪）にしか問えませんよ」と博士はようやく言った。「あなたが今お示しになった証拠では、せいぜいそこまでですね。私は、彼がイヴォンヌを撃ったのを見たし、そのあと格闘をして、彼の銃が二度暴発し、弾が彼に当たった。これを謀殺とは言えないでしょう。私は正当防衛を申し立てますよ。ホエイリーを私に不利な証人として証人席に立たせるわけにはいきませんしね」

　クリントン卿は皮肉たっぷりの笑みを隠そうとはしなかった。

「そうはいきませんよ、マークフィールド博士」と卿は指摘した。「あなたへの告発事由がバンガロー事件だけであれば、その申し立てで逃げられるかもしれない。だが、ヘザーフィールド荘での女中殺しもあるんですよ。この殺人を正当防衛でごまかすことはできません。どんな陪審員団もそんなことは信じない」

「実によくご存じのようだ」マークフィールドは、感じ入ったように再び言った。

「あなたがヘザーフィールド荘で探していたのは、シルヴァーデイル夫人に宛てた一連のラヴレターですね？」とクリントン卿は訊いた。

マークフィールドは、これを認めるようにうなずいた。

「私に対する告発事由は以上ですか？」ひと息つくと、博士は尋ねた。

クリントン卿は首を横に振った。

「いえ」と言った。「故ホエイリー氏の殺人もあります」

マークフィールドの表情には、この新たな告発に、驚きも無念も表れてはいなかった。

「では、それだけですかね？」再びそう尋ねたが、いかにも無関心そうだった。

「いずれも重大なことですよ」とクリントン卿は言った。「むろん、我らが友、ジャスティス氏を装い、シルヴァーデイルに嫌疑をかけようと努めたのはあなただ。あなたに関するかぎり、もはや小さな問題ですがね。あなたたち殺人犯というものが、なぜじっとしていられないのかは興味深いところです。そんな馬鹿なふるまいをしなければ、我々をもっと困らせることができたでしょうに」

マークフィールドは、すぐには答えなかった。口を開く前に、心の中で状況全体をおさらいし、よく考えようとしているようだ。

「科学的な修練とは有益なものですよ」とようやく、なにやら思いがけないことを言った。「表面的な事実に潜む意味を教えてくれますから。どうやら万事休すですね。あなたは私より、ずっと賢かったというわけです」

彼は口を閉ざし、にやりと笑みを浮かべたが、その状況になにかユーモラスなものでも見出したみたいだ。

「陪審員団に説明するだけの十分な材料をお持ちのようですね」と博士は続けた。「たぶん、まだ手持ちのカードがあるんでしょう。さんざん抵抗しながら絞首台に引きずられていこうとは思いませんよ――みっともなさすぎて私の趣味に合わない。事実をお話ししましょう」

フランボローは、物事を手順通りに進めたいと思い、いつもの公式な警告を告げた。

「けっこうです」マークフィールドはぞんざいに応じた。「向こうの私のデスクにあるタイプライターの横に紙があります。私の発言は書き取ってもらっていいし、必要と思われるなら、話が終わったあとに署名してもいいですよ」

警部は部屋を横切り、タイプライター用の紙を何枚か取ると、テーブルに戻った。万年筆を取り出し、メモを取る用意をした。

「パイプを吸ってもよろしいですか?」とマークフィールドは尋ねた。

化学者がポケットに手を突っ込むと、フランボローは思わず椅子から腰を浮かせた。だが、出てきたのは、警部がもしやと思った銃ではなく、たばこのパウチだったので、再び腰を下ろした。マークフィールドは警部を一瞥したが、その顔には、警部が慌てた意味を悟った様子が表れていた。

「ご心配なく」と博士はばかにしたように言った。「ドンパチはありませんよ。映画じゃあるまいし」

マントルピースに置いてあるパイプに手を伸ばし、慎重にたばこを詰めると、火をつけてから、クリントン卿のほうを向いた。

「私の逮捕令状はお持ちなんでしょうね?」博士はほとんど無関心な口調で訊いた。

クリントン卿がうなずいても、博士は動じる色を見せなかった。ゆったりと椅子に身を沈め、心ゆくまでパイプをくゆらせることが一番大事であるかのようだ。

「ゆっくり話しますよ」博士はようやくそう言うと、警部のほうを向いた。「早口すぎると思われたら、そうおっしゃってください」

フランボローはうなずき、座り直すと、ペンを持ち、説明がはじまるのを待った。

# 第十八章　結びつける糸

「どうやって謎を解いたのかは知りませんが」とマークフィールドは切り出した。「イヴォンヌ・シルヴァーデイルとの関係をたどって、核心に至ったわけですね。予想もしてませんでしたよ。何年も二人の関係を伏せてきたことを考えると、どのみち大丈夫だろうと思ってましたのでね。

お話にあったとおり、事の起こりは一九二五年——シルヴァーデイルがクロフト・ソーントンに来た直後のことです。その頃、当地にはアマチュア劇団がありましてね。イヴォンヌと私もそこに参加したんです。それが我々の馴れ初めでした。あとはアッという間でしたよ。自分と正反対の者に惹かれ合ったということでしょう。男女の仲に筋の通った説明など無理というものです。そうなってしまったとしか言えません」

一瞬口ごもったが、当時のことに思いを馳せているようだ。それから、話を続けた。

「いったん関係ができてしまうと、私は二人の今後のことを考えました。言うまでもなく、どうやって疑われないようにするかということです。たとえたわむれにでも、二人の名前が一緒に人の口にのぼるようなことがあってはならない。これを防ぐには、人前では二人一緒のところを見られるのを極力避けねばならない。顔をあわせるのは避け、ダンスもやめ、劇団も去り、仕事に没頭しているふりをしました。彼女のほうは、自分がダンス狂みたいに言いふらしていました。彼女ならさもありなんです。その結果、二人が同席するところもめったに見られなくなったし、誰も二人の名前を結びつけようなどとは思いもよらなくなった。プレゼントもしなかったし……」

「よく考えてみてください」クリントン卿が口をはさんだ。「少なくとも一つ、プレゼントを差し上げましたよ」

マークフィールドはしばらく考えたが、当惑の色をあらわにした。

「印章付き指輪のことですか？　ああ！　すっかり忘れていた。あの夜、バンガローで気づいていたら！　つまり、〝B〟というイニシャルの件はそこから仕入れた話ですね？　考えてもみなかった」

クリントン卿がなにも言わないので、マークフィールドは、少し間をおいて話を続けた。

「初めのうちは、手紙のやりとりをしたものです――少しばかりね。あとになって、安全のために焼却するよう彼女に言いました。ところが、彼女は大事にとってあったようです。燃やす気もないようでした。彼女の話では、手紙は寝室の引き出しに鍵をかけて安全にしまってあるとのことでした。シルヴァーデイルは彼女の部屋に入ったことがなかったんですよ。まったく安全だと思われたんです。けっきょく私を追い詰めたのは、そのいまいましい手紙だった。

イヴォンヌも私も、シルヴァーデイルのことを心配する理由はなかった。やつは彼女への関心をすっかり失っていたし、エイヴィス・ディープカーの尻を追いかけまわしてましたからね。いや、あの二人の関係にはやましいところなどないし、公明正大でしたよ。品行方正な娘だし――非の打ちどころはありません。やつが彼女と結婚しても、私たちの望むところでした。ただ、私たちにも不都合なところがあった。私の給与は、独身生活を送る分には十分でした。でも、二人が暮らしていけるほどじゃない――ともかく二人が必要と考えている額じゃなかった。それに、離婚訴訟にでもなれば、私はクロフト・ソーントン研究所をクビになっていたでしょう。そうなったら、私たちはどうすればいいのか？　だから、その選択肢は無理だったんです。

やがて、ハッセンディーン君の登場となったわけです。彼がイヴォンヌにご執心と分かると、私は彼女に、あいつの気を引いてやれとそそのかしました。彼女のほうは、あの小僧のことをダンスのパートナーとしか思っていませんでした。でも、私たちは、真の不倫をカムフラージュするのに、あいつを隠れ蓑に使ったんです。その二人のことが噂になっているかぎりは、私と彼女のことに思い及ぶ者はいない。それで、彼女はあいつを誘い続けたんです。あのガキが自分の存在をなくてはならぬものと思い込むまでね。ある意味、ぞっこんになってしまったんですよ。あいつが危険な存在になるとは、私たちも思ってもみなかった。

以上が、バンガロー事件が起きる十日前の状況です。何年もそのままの状態が続いたっておかしくないと思ってました。ところが、ちょうどそのとき、イヴォンヌが遺産を相続したという知らせが入ったんです――ほぼ一万二千ポンドですよ。これで状況は変わりました。彼女は自分の実入りを得たわけです。シルヴァーデイルと離婚しても困らなくなったんですよ。クロフト・ソーントンを辞めて彼女と結婚し、どこかで個人開業してもよくなった。彼女のお金があれば、私の仕事が軌道に乗るまではもつでしょうし、個人開業している化学者の結婚沙汰など、誰も気にしたりしません。

二人でよく話し合い、その方針で行こうとほぼ決めていました。あまりに好都合で、嘘じゃないかと思うほどでしたよ。ともかく、人目を忍ぶ生活からは抜け出せる。三年もそんな生活を続けて、いい加減うんざりしていました。あと一、二週もすれば、ウェスターヘイヴンは、待望のスキャンダルでにぎわう。そんなことに関心があるのならね。私たちは互いに結ばれる。そして、シルヴァーデイルは、町じゅうの同情を集めて、あの娘と結婚するというわけです。理想的でしょ？」

しばらくパイプを激しくふかすと、再び話しはじめた。

「そしたら、あのハッセンディーンというクソガキが……。あの身の程知らずが、すべてをぶち壊しやがって！　なにが起きたかは、推測の域を超えませんがね。あいつは、ヒヨスチンの特性を知ってしまったんです。クロフト・ソーントンには大量にありますから。あいつはそれをくすねて、あの夜、イヴォンヌに盛ったんですよ。おっと、少し早口になりすぎましたね。私が見たとおりに、起きたことを説明しましょう」

マークフィールドはひと息つき、問いかけるように警部のほうを見た。

「大丈夫ですよ」とフランボローは相手を安心させた。「それ以上早口にならないかぎり、十分メモは取れますから」

マークフィールドは身を乗り出し、フラスコの中身を静かに振ってから話を続けた。

「あの夜、ちょっと仕事があって、遅くなってから研究棟に行ったんです。つまり、夕食後にちょっと立ち寄ったわけです。仕事が終わり、車でリザードブリッジ・ロードあたりまで来たときです。少し霧が出ていたし、ゆっくり運転していました。バンガローの前をちょうど過ぎたとき、オープンカーと出くわしました。霧のせいで、どちらの車も這うように走っていたので、相手の車に乗っている人たちもよく見えました。一人はハッセンディーン君で、もう一人はイヴォンヌです。すれ違うときも、なにか様子がおかしいことに気づきました。それにしても、彼女はあの小僧と一緒に、町なかから離れてなにをしようとしているのか？　彼女のことはよく分かっているので、あいつといかがわしい行為をしようとしているとは思えませんでした。

どうも妙でした。それで、すれ違うとすぐ、車をUターンして、あとをつけて見張ることにしたんです。あいにくの霧だったし、Uターンするときにあやうく溝に落ちそうになりました。方向転換には骨を折りましたよ——車輪の一つが道端のくぼみにはまり、抜け出すのに一、二分かかってしまいました。それから、もう一度彼らを追いかけたわけです。

車がバンガローの玄関前に停まっているのが見えたし、さっき通り過ぎたときにはついていなかったのに、家の明かりもついていました。そこで、門の前に車を停めて、バンガローの玄関まで歩いていきました。鍵がかかっていました。

ドアをノックしたくはなかった。ハッセンディーンを警戒させるだけだし、玄関の外にそのままいなきゃならない。それで、明かりの見える窓に歩み寄り、カーテン越しに室内を覗き込んだんです。イヴォンヌは肘掛椅子にぐったり座り、私のほうに顔を向けていました。気を失っているかなにかだと思ったんです。状況全体がどうも妙でした。あのハッセンディーンのクソガキが部屋の中をうろうろし、明らかになにかを気にかけて、ひどくそわそわしていた。

窓を壊そうと決めたちょうどそのとき、あいつは部屋から飛び出していきました。イヴォンヌを——おそらく具合の悪いまま——あとに残して、家からずらかろうとしてるんだと思いましたよ。こっちもひどく腹が立ったし、あいつを逃さずつかまえてやろうと、玄関を見張っていました。そのせいで、窓を壊して部屋に入ることができなかったんです。

すると、驚いたことに、あの豚野郎、手になにか持って、また戻ってきたんです——そのときは、それがなにか分からなかった。あいつは、座っているイヴォンヌのところに行くと、腕を上げて、彼女の頭を撃ったんです。故意でした。事故などではなかったんですよ。目の前で、ぼくら二人の夢がガラガラと崩壊していくさまを見てしまった。その夢がこれから実現しようという矢先にね。ひどい話じゃないですか」

博士は身をかがめ、パイプの灰を叩き落とす仕草をした。再び顔を上げると、元通り落ち着いた表情になっていた。

「私は心理学者ではないので、そのとき感じたことをうまくは伝えられない」と博士は話を続ける。「というか、あの小悪党をぶちのめしたいということしか考えてなかったんじゃないかな。ともかく、私はガラスを割って、手を中に突っ込んで留め金を外し、あいつが状況を悟る前に、カーテンを抜けて中に入りました。あいつが私の姿を見たとき、何を思ったかは分かりません。あの顔は見ものでしたよ――驚愕と恐怖でいっぱいでしたね。銃を向けようとしましたが、私はあいつの上にのしかかり、手首をつかみました。それから、少し格闘になりましたが、あいつに抵抗する力はありませんでした。私があいつの体に二発撃ち込むと、あいつは倒れ、口から血を流しました。肺にぶち込んだんでしょう。あいつのことは、それ以上気にかけなかった。死んだようだったし、死んでくれとも思いましたから」

マークフィールドの声は、最後のほうになると苦々しい感情がにじみ出ていたが、再び口を開いたときには努めて平静な口調を保っていた。

「窮地に陥ると、頭がめまぐるしく働くものです。最初にやったことは、イヴォンヌを介抱することでした」

彼は肩をすくめ、言葉にできない思いを表そうとした。

「夢は潰えていました。もはや私にできることは、立ち去ることだけだった。ハッセンディーンのほうをもう一度見ましたが、口をもぐもぐさせているようでした。とどめを刺すためにもう一発撃とうかとも思いましたが、その必要もないように見えました。それに、すでに大騒音を出しています。四発目を撃てば、通行人に怪しまれるかもしれない。それで、あいつをそのまま放置したんです。私は銃を拾い上げ、指紋を拭き取ってから、もう一度床に置きました。窓の留め金も同じく拭き取りました。私が触ったのはその二つだけでしたから、痕跡は残しませんでした。

それから、あることを思い出したんです。シルヴァーデイルは、いつも実験室にたばこ用パイプを置いていました。作業台やデスクに置いて、たばこがくすぶったまま出て行ってしまうんです。いつもそんな具合でした。あの日の午後も、私の部屋にパイプを残していったので、私はそれをポケットに入れて、また顔をあわせたときに返してやろうと思っていました。私のチョッキのポケットに入っていたのはそういうわけです。

こんな世の中では、まず我が身をいかに守るかがすべてです。自分がはまり込んだ落とし穴から抜け出すことしか考えませんでした。シルヴァーデイル自身が落とし穴に落ちるのなら、そこから抜け出すのも彼自身の問題ですよ。それに、彼にはきっとアリバイがあるだろうが、私にはありません。いずれにせよ、状況が錯綜すれば、それだけ警察が私を怪しいとにらむ見込みも少なくなる。すべてが明るみに出れば、純粋な正当防衛だったなんて、事実じゃないと自分でも分かっているのに、陪審員団を説得する自信はありません。それに、イヴォンヌの家には、あのやっかいなラヴレターが残ったままです。警察はすわこそと飛びつくだろうし、私が事件に関わりがあるとみなすでしょう。手紙の内容についても、耐え難い質問をされるはずです。

それで結局、シルヴァーデイルのたばこ用パイプをハンカチで拭って指紋を拭き取り、床に落として、警察を煙に巻くことにしました。琥珀の中に蠅が入ったパイプ――二つとないものだから、すぐに誰の物か分かります。

それから明かりを消し、窓から外に出て、通行人の注意を引かないように窓を閉めました。閉めるとき、留め金をハンカチで握って、指紋を残さないようにしました。はっきり言って、自分の車に戻ったときは、とっさの行動にしてはうまくやったと思いましたよ。

ウェスターヘイヴンに向かって車を走らせながら、もう一度状況をよく考えてみました。できるだけ早く誰かと会うに越したことはないと気づきました。家政婦は病気の親戚の看病で出かけていたし、私がその晩在宅していたかどうか、証言できる者はいません。誰かとうまく出くわせば、それなりのアリバイを作り出すチャンスもある。悩みの種は、私が平常心ではなかったことです。当然といえば当然です。だが、日頃顔をあわせている人を訪ねれば、私が動転しているのに気づいて、なにかあると怪しまれるかもしれない。そのとき、ハッと、リングウッドが最近こっちに引っ越して来たのを思い出したんです。もう何年も会っていませんでした。彼なら、私の様子が少しくらいおかしくても、不自然とは思わないでしょう。

彼の家まで車を走らせましたが、そこでも運に恵まれました――まさに天佑神助でしたよ。部屋に一緒にいるあいだに、彼が受け取った電話の伝言から、シルヴァーデイルがその夜、出かけているのを知りました。家の女中が病気で寝ていて、別の女中がリングウッドにすぐ来てくれというわけです。さっきも言いましたが、こういうときは頭がめまぐるしく働くもので、ものの五秒で見事にチャンスをつかんだんです。私はリングウッドに、ヘザーフィールド荘までの案内を申し出ました。つまり、その家の近くで自分が目撃されていたとしても、立派な言い訳ができるというわけです。

きっと彼が話したでしょうが、ローダーデイル・アベニューのはじで彼を降ろしました。車を走らせているあいだ、状況を考える時間もありました。思いつく解決策は一つしかありません。なにがなんでも、例の手紙を押さえなくてはいけない。リングウッドの往診はそんなにかかるまいと計算しました。彼が行ってしまうとすぐ、私はヘザーフィールド荘に赴いて、女中の口をふさぎ、手紙を手に入れようと考えました。

予想以上に大きなリスクを冒さなくてならなかった。リングウッドが往診してから、警察が来るまでの間に、ヘザーフィールド荘に忍び込まないといけないのははっきりしていましたから。事がすべてすんだあと、私がいかに自分の幸運に胸をなでおろしたか、想像できますか？　私はリングウッドが出てくるのを待っているうちに、止血帯を作りました。それから、シルヴァーデイルの家に行き、呼び鈴を鳴らして、シルヴァーデイルはいるかと尋ねました。もちろんいるはずもありませんが、女中は私のことを知っていたし、伝言を書いて残したいと言うと、中に入れてくれました。私の顔を見てすぐ気を許したのですが、それが彼女にとっては命取りでした。自分の身の安全のほうが最優先です。引き出しに鍵がかかっていて、こじ開ける必要があったのでなければ、危険を覚悟で彼女の目を盗んで手紙を捜しに行ったかもしれない。こじ開ければ痕跡を残すことになる。それに、彼女は私のことを知っているから、そうなれば、ばれるのは確実。だから……」

彼は止血帯を操る仕草をしてみせた。

「そのあと帰宅し、手紙は破棄しました。それから、腰を据えて、これまでになかったほど必死で考え抜きました。そのときほど時間が貴重だったことはありません。どんな質問をされても、すべてきちんと答えられないといけませんからね。

そのとき、二枚舌を使うことを思いついたんです。たばこ用パイプを残したのに続けて、手を尽くしてシルヴァーデイルに疑いを向けさせればいい。身の証を立てられるかどうかは彼次第だ。そこで、匿名の手紙のことを思いついたんです。手紙に注意を引こうと思ったら、もちろん、最初が肝心です。そこで、警察にバンガロー事件のことをいち早く知らせたらいい。〝ジャスティス〟からそんな手紙を受け取れば、後続の手紙にも真剣に目を向けるだろう。そこで、一番安全で迅速な手段として、電報のアイデアを思いついたんです。これに続けて、あからさまにシルヴァーデイルをかばうふりをすれば、私が匿名の手紙と関係があるとは疑われないだろうと」

「ちょっとやりすぎでしたな」クリントン卿は素っ気ない口調で言った。

マークフィールドは、なんとも言えない仕草をしたが、その点を言い争おうとはしなかった。

「それから」と博士は話を続けた。「すべてきれいに片付いたと思ったまさにそのとき、ホエイリーという野郎が突然現れたんです。やつは、門の前に停めた私の車のナンバーを控え、事故の話をでっち上げた。私の身元を突き止めるためにね。私を訪ねてきて、恐喝をはじめたんですよ。もちろん金を渡して黙らせました。だが、これから安心して生きていくためには、むろん、私の行く手にやつを立ちふさがらせるわけにいかない。どうせろくな人間じゃない、と思いましたよ。

ある晩、やつをこの家にうまくおびき出し——家政婦はまだ不在でした——いともたやすく首を絞めてやりましたよ。それから、死体を車庫に運んで車に乗せてリザードブリッジ・ロードまでひとっ走りし、溝に投げ捨てました。死体のそばに止血帯を残してね。シルヴァーデイルの嫌疑を強めるために特に考えたことです。言い忘れましたが、犯行の際に血が付くかもしれないので、シルヴァーデイルの実験着を拝借しました。ボタンをそこからちぎり取って、ホエイリーの手の中に残したわけです。それから、シルヴァーデイルの掛け釘に実験着を戻し、警察の目につくようにしました。

もちろん、シルヴァーデイルが逮捕されたと聞いたときは、欣喜雀躍しましたよ。どのみち、彼が自分で始末することです。彼はアリバイがはっきりしなかったようですが、これもけっこうな話だった。できれば事件にさっさとけりをつけてしまうのが、次の課題でした。

申し上げたように、以前、私はアマチュア劇団で役をもらっていました。そう捨てたものでもなかったんです。クリントン卿、あなたに一、二度お会いして、あなたにならうまく変装できそうだと思いついたんです。まず、私たちは似た背格好です。我々二人を知っている相手だったら、そんなリスクは冒さない。ところが、エイヴィス・ディープカーが町を離れていると知って、彼女の家の女中なら、うまくあしらえると思ったんです。

そこで、クリントン・ドリフィールド卿の変装をして、彼女の家に侵入したわけです――しばらく前からそんなことを目論んで、名刺もロンドンで刷って用意してありました。簡易印刷所で刷ったものなので、住所や印刷の理由を証拠で残すこともなかった。その捜索のおかげで、大事な文書を手に入れたわけです」

「実に手際のいい偽造でしたよ、マークフィールド博士」クリントン卿は感慨深げに言った。「しかし、簡単に見抜けるような手がかりをいくつか残していましたね。それはそうと、新聞社に暗号の広告を送った際に、偽の住所を書いていますが、古い手紙からシルヴァーデイル夫人の筆跡をなぞっただけですね？」

マークフィールドはうなずいた。

「なかなか目ざといですね」と博士は言った。

ゆっくりと立ち上がり、パイプを下に置いた。

「これで、話はすべてですよ」と博士は無頓着に言った。「すべて記録されたのなら、そこに署名させてもらいますよ、警部。あとは、犯人護送車でも呼んでください」

博士はクリントン卿のほうを見た。

「どうやって解決を見出したのか、教えていただけますか？」

「いや」警察本部長はぶっきらぼうに言った。「そんな気にはなれませんな」

マークフィールドはこの判断を遺憾に思う仕草をしてみせた。ポケットから万年筆を取り出すと、慎重にキャップを外し、テーブルを回って、警部が署名をしてもらうために広げた紙のところに行った。そうしながら、なにか思いついたらしく、トレイに置いた器具に身を乗り出した。その様子はあまりに無頓着で、仕草も自然だったため、クリントン卿も警部も邪魔をしようとは思わず、手遅れになってしまった。マークフィールドは、漏斗の栓に手を置きながら、邪悪そうな笑みを顔に浮かべた。

「よし！」と博士は叫んだ。

博士が栓をひねると、とたんに家全体がすさまじい爆発で揺れた。

# 第十九章　クリントン卿のノートからの抜粋

## ヘザーフィールド荘殺人事件のあとに書かれたメモ

……手がかりと思われるものは以下のとおり。

（一）シルヴァーデイルはエイヴィス・ディープカーに心を寄せ、シルヴァーデイル夫人はハッセンディーンをおおっぴらに接近させていて、シルヴァーデイルの家庭は崩壊寸前。

（二）ハッセンディーンが、ヘザーフィールド荘で夕食後にコーヒーを出すいつもの習慣に口を出したこと。

（三）シルヴァーデイル夫人はコーヒーを飲んでから家を出るとき、〝放心状態〟の様子。

（四）ハッセンディーンを至近距離から撃った二発は、アイヴィ・ロッジで発射されたものではないこと。（このため、リングウッド医師は容疑から外れる。この事実がなければ、容疑の圏内にあった）

（五）シルヴァーデイル夫人の失踪。最後に夫人が目撃されたとき、一緒にいたのはハッセンディーン。

（六）「ぼくをつかまえた……うまくいくと思ったのに……まさかそんな」という、ハッセンディーンが死ぬ前に発した言葉。

（七）ヘザーフィールド荘での女中の殺害。明らかに彼女がよく知っている人間の仕業であり、さもなくば、夜のそんな時間に家に入れたりはしない。

（八）シルヴァーデイル夫人の寝室で荒らされた引き出しは一つだけ。殺人者が夫人の内輪のこともよく知っていたことを示す。

（九）一九二五年という消印のある封筒の断片。引き出しに殺人犯にとってやっかいな手紙が入っていたことを示す。

（十）古いダンスのプログラム。パートナーらしき者の名前を表すアステリスクがあり、その時期、夫人と親しかった相手に違いない。

事件は、よくある三角関係の悲劇、つまり、妻がハッセンディーンと一緒にいるところをシルヴァーデイルが不意打ちしたものとは考えにくい。この仮説は、以下の点を説明できない。

（a）シルヴァーデイル夫人の放心状態。これは、薬物を盛られたことを示す。

（b）ヘザーフィールド荘での殺人と盗難。そこはシルヴァーデイルの自宅であり、彼ならそんな極端な手法に訴えずとも自由に出入りできた。

（c）「ぼくをつかまえた……」というハッセンディーンの最後の言葉。三角関係の事件であれば、「ぼくたちをつかまえた」という言葉のほうが自然だ。

マークフィールド博士が、町の反対側までリングウッドを誘導しながら、百ヤードほどしか離れていないのに、家の門前まで案内せず、通りのはじで停めさせたのは奇妙。マークフィールド博士が、のちに冷めたとはいえ（リングウッドの証言）、シルヴァーデイル夫人と一時期親しかったことは留意すべし。古いダンスのプログラムと突き合わせてみてはどうか？

## バンガロー事件が明らかになったあとに書かれたメモ

この事件は、間違いなくハッセンディーン事件と表裏一体だ。ハッセンディーンは明らかに、シルヴァーデイル夫人を迎えるため、あらかじめバンガローをお膳立てしておいた。夫人が進んでバンガローに行くことに同意したのか、それとも、こちらのほうがありそうだが、夕食後に夫人に薬物を盛り、同意なしに連れて行ったかのどちらか。いずれにせよ、彼が計画したことだ。明らかに彼が夫人に薬を過量投与し、死なせてしまった。そのあと、夫人の死体を銃で撃ったのは、明白な死因を痕跡に残して、毒から注意をそらし、検死解剖で毒物の痕跡が見落とされるように意図したものだろう。だとすると、死体を車で別の場所に運んで遺棄するつもりだった可能性が高い――夫人が自殺したように見せかけるために。もちろん、発砲は事故かもしれないし、夫人がすでに死んでいると知らなかった第三者が撃った可能性もある。しかし、状況からすると、これはありそうにない。

その夜、バンガローにいたのは、少なくとも四人。シルヴァーデイル夫人、ハッセンディーン、それに、窓から覗いていた二人だ。覗き屋の一人は、事件の情報を最初に得た〝ジャスティス〟というやつ。おそらく、二人のうちどちらかがハッセンディーンの殺害犯だ。部屋に侵入しているからだ。

二人目の覗き屋は、殺人の現場を目撃した可能性があるが、確実にそうとも言えない。

バンガローの状況全体を別にすれば、興味を引く手がかりは、たばこ用パイプとシルヴァーデイル夫人の指にはめてあった印章付き指輪だけだ。

シルヴァーデイルは、夫人にその指輪を贈ったのは自分ではないと言うが、指輪にあった一九二五年という日付が、シルヴァーデイルの家庭に隙間風が吹いていた時期だったことからすると、それは本当の話である可能性が高い。指輪に刻まれた〝B〟というイニシャルは、明らかに贈り主の名前を示している。本名のイニシャルか、愛称のイニシャルを表しているのかも。おそらく、贈り主は、ダンスのプログラムにアステリスクの付けられた人物であり、かつ（あるいは）手紙を手に入れるため、ヘザーフィールド荘に押し入った人物だ。その手紙は、おそらく彼自身の身を危うくする手紙だろう。

バンガローで見つかったたばこ用パイプは、間違いなくシルヴァーデイルの物だが、シルヴァーデイルがそこにいた証拠とは必ずしも言えない。たばこ用パイプを手に入れるチャンスのあった誰かほかの者が、我々を欺くためにそこに残した可能性もある。パイプから分かることは、シルヴァーデイルと関係のある者がバンガローにいたということだけ。ハッセンディーンもシルヴァーデイル夫人も、ともにこの条件に当てはまる。

シルヴァーデイルについて言えば、彼が妻を厄介払いし、ミス・ディープカーと結婚したいと考えていたのは明らかだ。しかし、だからというので、その目的を果たすために、あえて殺人にまで及んだという証明にはならない。彼には、バンガロー事件のアリバイがないが、とっさに一定時間のアリバイを作り出せる者などまずいない。

ミス・ヘイルシャムはハッセンディーンに恨みを抱いていたが、彼女をバンガロー事件と結びつける証拠はない。

ヘザーフィールド荘の女中は、ただの手駒として使われたように思える。シルヴァーデイルはコーヒーに薬を盛るのに、女中を使ったのかも。だが、習慣どおりコーヒーを出すことに、ハッセンディーンが妙に口出ししたのは（あらかじめバンガローがお膳立てされていたことと合わせ）、彼が一服盛った人物であることを示している。

薬について言えば、ハッセンディーンは容易に薬を入手できたはずだ。目の瞳孔が拡大していたことからすれば、散瞳薬だ。ミス・ディープカーは、クロフト・ソーントン研究所の部屋に入ってきたとき、ヒヨスチンに言及していたから、研究所内に薬があるのは間違いない。ヒヨスチンによる麻痺状態には、特殊な効果が一つある。薬が効いているあいだの出来事の記憶をすべて消してしまうことだ。この薬を用いた治療が〝半麻酔〟治療と呼ばれるのはこのため。これこそ、ハッセンディーンが自分の下心を満たすためにほしがりそうな薬だろう。シルヴァーデイル夫人は、なにが起きたかほとんど記憶がないままに、麻痺状態から目覚めるわけだ。

予備的な仮説を立てることも可能だろう。ハッセンディーンは、シルヴァーデイル夫人にヒヨスチンを盛り、麻痺状態にある夫人をバンガローに連れて行くことに決めた。あらかじめ場所のお膳立てをしておき、うまく夫人をそこに連れ込んだ。ところが、薬を過量投与してしまい、バンガローで夫人は、自分の目の前で死んでしまった。そこで彼は、夫人の頭を銃で撃ち、車に乗せて運び、死体をどこかに遺棄して自殺に見せかけるつもりだった。そんな状況で見つかれば、薬物の投与もばれないし、自分はまったく安全だと思っていた。ところが、発砲の現場を見ていた者がいて、それも、シルヴァーデイル夫人に思いを寄せている者だったために、その男は復讐心からハッセンディーンを撃った。見たところ、この第三の人物は、〝ジャスティス〟か、二人目の覗き屋に違いない。それと、この第三の人物がシルヴァーデイル夫人と親しかったとすれば、彼らの関係が明るみに出る手紙が夫人の所有物の中にあったのかもしれない。だから、その手紙を手に入れることが重要だったのかも。かくして、ヘザーフィールド荘での女中殺しと盗難が起きたわけだ。むろん、概略にすぎないが、示唆に富む仮説だろう。

この仮説が真実か、それに近ければ、殺人犯は、ヘザーフィールド荘を狙うべき頃合いが分かっていたことになる。なぜなら、普段なら家には女中が二人いるし、一人で襲うのは手に余る仕事だろうから。しかし、リングウッドの証言によれば、**マークフィールドは、リングウッドの家に居合わせていたときにかかってきた電話から、その夜のヘザーフィールド荘の状況を知っていた**。彼はすぐさま、霧の中を誘導してやると、リングウッドに申し出た——こうして、自分がヘザーフィールド荘の界隈にいるところを誰かに目撃されていたとしても、いかにももっともな説明ができるようになったわけだ。加えて、彼は、リングウッドをヘザーフィールド荘の門前まで連れていくことを意図的に避け、ローダーデイル・アベニューのはじで降ろした。こうして、その夜、ヘザーフィールド荘と直接接点を持つのを回避し、リングウッドと別れたあと、車でたやすくヘザーフィールド荘の背後に回り、家に入るチャンスを窺うことができたわけだ。

**ハッセンディーンの日記を読んだあとに書かれたメモ**

ハッセンディーンの日記からは、三つの点が明らかになる。

（一）彼は、ミス・ヘイルシャムを袖にして、自制心を失わせるほど動揺させたようだが、そのこと自体はなにも明らかにしない。

（二）シルヴァーデイル夫人は、あからさまに彼を誘い込んでおきながら、ずっとじらし続けた。これは私の立てた仮説と合致する。

（三）日記にはこう書いている。「勝利を収めるのを知る者は自分だけだろう」と。この記載は、記憶を消すヒヨスチンの特性ともよく一致している。かくして、仮説は全体として裏付けを得るように思える。

マークフィールドについて言えば、シルヴァーデイルにかかわる証言を求めると、いかにも消極的な態度をとり続けるのに気づく。ところが、いざ話さざるを得なくなると、同僚にひどく不利になるような証言をする。彼は断じて愚か者ではないし、これは注目に値することだ。

あの金貸しは、ハッセンディーン君の死を殺人によるものと証明させたがっている可能性もある。しかし、商売が順調に行っているのなら（フランボローが派手だと言っていたオフィスの様子からするとそうだ）、たかだか五千ポンドのために殺人までするとは信じがたい。スプラットンが実際の殺人に関与していないのなら、事件の情報をいち早く得たとも考えにくい。見たところ、彼が〝ジャスティス〟とは思えない。彼がヘザーフィールド荘の事件に関与していたと考えるのはまず無理だ。その事件は、バンガロー事件と連動したものだから。シルヴァーデイル夫人の相続についてのルナールの話は、事件となにか関係があるかもしれない——だが、シルヴァーデイルが殺人犯である場合にのみ、そう言える。その話は、いくらもっともらしい仮定を設けても、ヘザーフィールド荘の事件とはかみ合わない。

シルヴァーデイルの信頼性を強く疑わせる点が一つある。バンガローでの殺人の夜、クロフト・ソーントン研究所で遅くまで仕事をしていたという話については、彼は明らかに嘘をついている。この話は、フランボローが集めた証拠によって完全に崩れた。

しかし、シルヴァーデイルが嘘をついているからといって、それで殺人犯ということにはならない。殺人とは別のなにかを隠そうとして嘘をついたのかも。明らかに自分が殺人犯と疑われていたのだから、嘘をつく動機は相当強いものに違いないし、そうでなければ、本当のことをすっかり打ち明けていたはずだ。嘘をついてまで守りたいと思うほど重要なことといったら、女としか考えられない。そして、この事件で彼が明らかに思いを寄せている女といえば、これまでのところただ一人、ミス・ディープカーだけだ。嘘をつこうとまで考える状況がどんなものかは容易に想像がつく。

## 死体からヒヨスチンが検出されたあとに書かれたメモ

予想したとおり、ヒヨスチンが毒物だった。ハッセンディーンの日記の記述とも、私が以前立てた仮説とも一致する。ハッセンディーンは、クロフト・ソーントン研究所の多くの職員と同じく、貯蔵室のヒヨスチンを手に入れることができた。彼が過量投与したことは、当初は疑問もあったが、それもはっきりしたようだ。手に入った証拠から、ハッセンディーンが不注意でいい加減な職員だったと分かったからだ。彼のノートを見ると、〝グラム〟の略語に gr. を使っていた。マークフィールドのほうは gm. を使っている。ハッセンディーンは、参考書でヒヨスチンの適量を調べ、薬剤師の分量として 1/100gr. と記されているのを知り、そのまま書き写し、その gr. が〝グレイン〟であって、〝グラム〟ではないことに気づかなかった。シルヴァーデイル夫人に投与する分量を量り分けたとき、**1/100gr. を百分の一グラム**と判断したのだ。実験室の作業では、メートル法が常に用いられるし、化学者はグレインを用いて思考しないからだ。かくして、ハッセンディーンは、不注意から適量と考えた分量を量り分け、0・01**グラム**のヒヨスチンをくすねたのだ（参考書によれば、0・0002グラム程度のヒヨスチンで深刻な中毒を引き起こす）。1グラムは15グレインだから、彼が用いた分量は適量の十五倍となり、死体から検出された分量ともよく一致する。その晩の出来事の記憶を消去するためにヒヨスチンを用いたのだとすれば、彼にはシルヴァーデイル夫人を殺害する意図はなかったわけだし、故意に夫人に死をもたらそうと計画していたとはまず考えられない。

ミス・ヘイルシャムは明らかに、ハッセンディーンの殺害犯が捕まるのを望んでいない。したがって、彼女を〝ジャスティス〟の正体と考えるのは無理だ。彼女にバンガロー事件の際のアリバイがあるかどうかははっきりしない。自分の車でダンスに行き、ほとんどすぐに帰ったと認めているからだ。彼女に対する容疑は、しばらく保留だろう。

マークフィールドの車、〝GX9074〟は、あの夜、事故を起こしたとの申し立てがある。訴えてきた男を見つければ、マークフィールドの行動を明らかにする手がかりをくれるかもしれない。

バンガロー事件のことで報償金を得ようと、ファウンテン・ストリート警察署にやってきた男は、窓から覗いていた二人の人物の一人である可能性が高い。残念ながら、進んで話そうとしないかぎり、彼から情報を提供させる権限は警察にはない。フランボローによれば、警察がよく知っている男なので、いつでも捕まえられるとのこと。

### 暗号の広告を受け取ったあとに書かれたメモ

この〝ジャスティス〟は巧妙なやつだ。まず、電報用紙から切り抜いた手紙を使うことで正体の手がかりを隠しているし、さらに、筆跡を確認できないように広告を使っている。ところが、クロフト・ソーントンの内幕を知っていることを図らずも示していて、これは捜査の対象範囲を絞らせるものであり、とんだミスをやったものだ。

### ルナールとの面談のあとに書かれたメモ

ルナール氏は虫が好かない。事の推移に当惑している正直者を演じすぎだ。彼の証言は、確かにシルヴァーデイルが殺人を犯す新たな動機を明らかにしてくれた。だが、シルヴァーデイルは、どう考えても、ヘザーフィールド荘事件には関与していない。そして、ヘザーフィールド荘事件とバンガロー事件は、明らかに相互に関連しているのだ。シルヴァーデイルが、殺人のあった夜、どこにいたかを話そうとしないのは困ったもの。話してくれれば、手間も省けるのに。

〝ジャスティス〟は、失態を演じているように思える。広告の住所を書くのに、シルヴァーデイル夫人の筆跡を偽造したことは、さらに捜査対象を狭めることになる。いまや以下の点が明らかになった。

(a)〝ジャスティス〟は、バンガローの発砲事件のことを起きた直後に知っていた。
(b)ヒヨスチンがクロフト・ソーントンの貯蔵室にあったことを知っている。
(c)シルヴァーデイル夫人の筆跡の見本を所有している。

マークフィールドなら、以上の特徴すべてに当てはまりそうだ。

他の候補として考えられるのは、ミス・ヘイルシャム、ミス・ディープカー、それに、シルヴァーデイル本人だ。

## ホエイリー殺しが起きたあとに書かれたメモ

すると、フランボローはホエイリーを捕らえ損ねてしまったわけだ!

私の印象では、ホエイリーは別の場所で殺され、車で運ばれて、発見場所の溝に遺棄されたのだ。一連の事件の黒幕は狡猾なやつだし、角を曲がってきた車の運転手に見られるかもしれないのに、路上で殺人を犯すような真似はしないだろう。

止血帯は、明らかに警察を欺くために使われたものだし、そうでなければ、死体のそばに残すようなことはしないはずだ。ヘザーフィールド荘で使われた止血帯は、その場しのぎで使われたものであり、特定の人間を指し示してはいなかった。今回の新たな止血帯は、圧力管やバンジョーの弦を使うことで、あえて証拠となるよう仕立てられたものに思える。圧力管はクロフト・ソーントンの化学実験を指し示しているし、バンジョーの弦はシルヴァーデイルを示している。リングウッドの話から、シルヴァーデイルはバンジョー奏者だと分かったからだ。**いずれも、マークフィールドには既知の事実だろう。**

実験着は、見たところ、毎晩仕事が終わったあとに掛け釘に掛けてあるようだ。したがって、クロフト・ソーントンにいた者なら、誰でもシルヴァーデイルが日中出かけたあとに近づけたわけだ。**マークフィールドなら、必要に応じて拝借し、使用後に戻すことができたはずだ。**ホエイリー殺しが、どこかひと気のない場所――たとえば、屋内――で行われたのなら、殺人犯は、ボタンや繊維片のような手がかりを被害者の手の中に残したりしないはずだ。ゆっくり死体を調べる時間などいくらでもあっただろうから。そう考えると、これはこしらえものの手がかりと思われる。繊維片はあまりに特異なものだからなおさらだ。

シルヴァーデイルには、やはりアリバイがないが、**マークフィールドにもアリバイがない。**彼の家政婦が親戚の看護をするため不在だったからだ。新たな証拠が出てくるまで待たねばなるまい。

**エイヴィス・ディープカーの家に家宅侵入があったあとに書かれたメモ**

フランボローがシルヴァーデイルを逮捕した。おそらく正しい行動だろうが、警部自身の見方とは違った意味でだ。これで事態が急展開し、波紋を生じた混乱の中から、なにかを釣り上げることができるかも。

一つ明らかになったことがある。シルヴァーデイルは、ミス・ディープカーの家への家宅侵入とは無関係ということだ。

侵入者は男に違いない。ミス・ディープカー自身が、自分の女中を欺けるほどうまく私に変装できるわけがない。ミス・ヘイルシャムは、女性らしい体型だし、私に化けるなど無理だろう。彼女の顔の形、特に口の形からしても不可能だ。我々の知るかぎりでは、そんなリスクをあえて冒すほど事件にかかわっている女は、ほかにはいない。

**リングウッドの証言によれば、マークフィールドはアマチュア劇団に参加していた。さらに、マークフィールドは――クロフト・ソーントンで私に語ったことからすると――家宅侵入のあった夜、ミス・ディープカーが町から離れていることを知っていた。**したがって、彼が侵入者であれば、彼女とは顔をあわさないと確信できたし、

（a）素顔であれば彼と分かる人物、

（b）私の容貌をよく知っている人物、

いずれかと顔をあわせるリスクは避けられると確信できたはずだ。

彼はなにを探していたのか？　もちろん、手紙だ。これでまたもや、捜査対象は絞り込まれる。侵入者は、シルヴァーデイルとミス・ディープカーの関係を知っている人物に違いないからだ。

ミス・ディープカーの証言から、シルヴァーデイルは、バンガローでの殺人事件があった時間には

完璧なアリバイがある。もっとも、二人そろって事件に関与している可能性もある。そうなると、彼女の証言には信憑性がないことになる。だが、ヘザーフィールド荘事件がこの事件全体の鍵となるものだし、シルヴァーデイルには、その殺人の動機はなかった。仮に、妻の新しい遺言書の下書きを破棄したいと考えていたとしてもだ。見たところ、ミス・ディープカーの証言は信用できそうだし、シルヴァーデイルも容疑から外れそうだ。

### 写真を受け取ったあとに書かれたメモ

人が物事をソッとしておけないというのも面白い。この〝ジャスティス〟なる男が、事件から距離を置いたままで満足していたら、我々ははるかに厳しい捜査を余儀なくされただろう。この男はとうとう、自分の立場を我々に教えてしまった——明らかにシルヴァーデイルの敵の立場だ。

写真は、慎重に調べさえすれば、明らかに偽造と分かる。その重要性は、〝ジャスティス〟の正体を突き止める手がかりということに尽きる。

これでさらに捜査対象は絞り込まれる。写真の偽造は、性能のいい顕微鏡用カメラを用いたことを示しているし、クロフト・ソーントン研究所には、そんなカメラがいくつもあるからだ。

マークフィールドが犯人であることを示す証拠

(一) シルヴァーデイル夫人が当地に越してきた直後、夫人と親しかった。
(二) 殺人のあった夜、ヘザーフィールド荘の近くにいた。
(三) 病気の女中を別にすれば、ヘザーフィールド荘には女中が一人だと知っていた。
(四) シルヴァーデイルのたばこ用パイプを容易に入手できた。
(五) 家政婦が不在だったため、自分の家をいつ出入りしようと、誰にも見とがめられずに自由に行動できた。
(六) バンガロー事件があった夜は、夕方早くに、リザードブリッジ・ロードの研究棟に来ていた。
(七) 彼の証言は、表向きの消極的態度とは裏腹に、シルヴァーデイルの不利になるものだった。
(八) クロフト・ソーントン研究所の内情をよく知っていた。
(九) シルヴァーデイル夫人と以前親しかったことから、夫人の筆跡見本を手に入れることができた。
(一〇) 〝GX9074〟という彼の車のナンバーをホエイリーが知っていて、殺人のあった夜に起きたことで問い合わせてきた。
(一一) シルヴァーデイルがバンジョーを所持していることを知っていた。
(一二) シルヴァーデイルの実験着を手に入れることができた。
(一三) シルヴァーデイルとミス・ディープカーの関係を知っていた。
(一四) ミス・ディープカーの家に家宅侵入があった夜、彼女が町を離れていることを知っていた。
(一五) 優れたアマチュア俳優だった。
(一六) 顕微鏡用カメラを使うことができた。

以上が明確になった事実だ。シルヴァーデイル夫人との以前の関係が不倫であり、公明正大なものではなかったと仮定すれば、結論はおのずと明らかだ。そこから以下のことが示される。

（a）二人は親しい関係を隠すよう努めた。シルヴァーデイルに離婚の口実を与えてしまうからだ。
（b）彼ら自身は、おそらく経済的理由から離婚を望まなかった。
（c）ハッセンディーンは、真の不倫をカムフラージュする隠れ蓑として利用された。彼自身は、自分がそんな目的に利用されているとは知らなかった。
（d）彼は暴走し、下心を満たすためにヒヨスチンを使った。
（e）マークフィールドは、その夜、研究棟から帰宅する途中、シルヴァーデイル夫人を車に乗せてバンガローに向かうハッセンディーンを見かけ、不審に思った。
（f）彼は車のあとをつけ、事件が起きた。
（g）事件のあと、マークフィールドは、ヘザーフィールド荘のシルヴァーデイル夫人の部屋にある、夫人に出したラヴレターが危険な存在と気づいた。
（h）ヘザーフィールド荘の殺人が、その結果として起きた。

最後に、シルヴァーデイル夫人がはめていた指輪の刻印がある。マークフィールドの名前には〝B〟というイニシャルはないが、〝B〟は、夫人が彼に対して使っていた愛称を表しているのかもしれない。

以上の結論として、マークフィールドを疑う強力な根拠があるが、陪審員団に自信をもって提示できるほどの具体的な証拠はない。

もしかすると、やつをうまく計略にはめることができるかもしれない。やってみよう。

## マークフィールドの家で爆発が起きてしばらくあとに書かれたメモ

引き分けといえるかもしれない。マークフィールドを絞首台に送ることはできなかった。爆発で即死したからだ。さいわい、爆発の余波がきわめて限られた範囲だったため、フランボローと私は、しばらく重傷を負う羽目になったが、命は助かった。

認めたくはないが、マークフィールドは、けっきょく我々より賢かった。ある化学者があとで説明してくれたところでは、テトラニトロメタンは、通常の環境で扱えばまったく安全だが、トリエチルアミンと反応すると、激しい爆発を引き起こす。マークフィールドは、円錐フラスコにテトラニトロメタンを0・5ポンドほど入れていた。滴下漏斗には、アルコールかなにか、トリエチルアミンと同じく、無害・無色の液体を入れていた。そして、栓をした瓶のほうには、まさにトリエチルアミンを入れてあったのだ。我々と話しているあいだは、テトラニトロメタンにアルコールを垂らしていた──まったく無害な行為だ。そして、万事休すと悟ったとたん、漏斗の中身を空っぽにし、瓶のほうから再び中身を満たしたわけだ。我々には、やはり無害な実験を続けるための準備行為にしか見えなかった。ところが実際は、爆発を引き起こすには、栓をひねって二つの液体を混ぜ合わせるだけでよかったのだ。演出が巧みだったので、フランボローも私も、なにを狙っているのか分からなかった。

家は完全に瓦礫と化したとのこと。ドアと窓は吹き飛び、天井は崩れ落ち、壁にはひびが入ったらしい。我々のいた部屋は、爆発で完全に破壊され、マークフィールドの体もバラバラになった。もちろん、私はそんなありさまを見ていない。そのあと憶えているのは、病院で目覚めたことだ。おそらく、マークフィールドをこの世から消す対価としては安上がりだっただろう。やつは冷血な殺人者の典型だった。やつに優しい面があったとすれば、それは、イヴォンヌ・シルヴァーデイルに対する情熱だけだったといえるだろう。

# 訳者あとがき

本書は、J・J・コニントンの *"The Case with Nine Solutions"*（一九二八年）の翻訳である。底本には、英ヴィクター・ゴランツ社の初版を用い、その後の版も適宜参照した。テキスト間に特に異同はない（なお、訳文では、編集者からの示唆もあり、読みやすさを尊重して、特に最終章において原文にはない改行を適宜加えた）。

コニントンは、本名をアルフレッド・ウォルター・スチュアートといい、グラスゴー大学、クイーンズ大学で教鞭をとった化学の教授であった。このため、彼の作品は、化学の専門知識を駆使したマニア好みのプロットが多い。本作で探偵役を務めるのは、*"Murder in the Maze"*（一九二七）でデビューし、全部で十七の長編と一つの短編に登場する、警察本部長のクリントン・ドリフィールド卿である。シリーズでは地主のウェンドーヴァー氏がしばしば相棒として登場しているが、本作では顔を見せず、代わりにフランボロー警部がワトスン役を務めている。

タイトルは、ジョン・ディクスン・カーの『九つの答（*Nine Wrong Answers*）』（一九五二）を連想させるが、これは、原題をより正確に言えば、「九つの間違った答え」であり、実際、読者が誤って推測しそうな答えを九つ示し、脚注の形でそれは違うと指摘する体裁をとっているからだ。共通点も乏しく、『九つの答』が本作を意識したものかどうかは定かではない。

これに対し、『九つの解決』は、実際に可能性として考えられる解決の数学的な組み合わせを表したものであり、クリントン卿とフランボロー警部は、第六章、第十一、十二章において、この九つの解決案を叩き台に議論を展開し、公算の小さい選択肢を消去しながら真相を絞り込んでいく。

コニントンは、専門的で難解な化学知識に加え、地味なストーリーテリングもあって、広範な読者層に受容されるには至らず、ほとんど忘却同然の扱いを受けていた時期もあった。実際、"*1001 Midnights*"（一九八六）や"*The Oxford Companion to Crime and Mystery Writing*"（一九九九）など、コニントンの項目を設けていないリファレンス・ブックも珍しくない。しかし、最近では、カーティス・エヴァンズの"*Masters of the "Humdrum" Mystery*"（二〇一二）のようにコニントンを主要テーマの一つに選んだ研究書なども出ており、黄金期の純粋な謎解き作品のリバイバルの動きと並行して、復権の兆しも見える。

ジュリアン・シモンズなどからストーリー展開が退屈になりがちだと批判されることの多いコニントンだが、この『九つの解決』については、濃霧の中で起きる臨場感に満ちた謎の死を発端に、計四件の死が次々と発生し、ダイイング・メッセージ、謎の情報提供者、指輪のイニシャルの謎、遺言書と遺産の謎、クリントン卿の偽者の登場と、複雑なプロットを構成する様々なファクターが謎解きへの興味を盛り上げ、捜査陣すら巻き込んだ驚くべきクライマックスに至るまで、ストーリーは弛緩することなく展開していく。クリントン卿とフランボロー警部の議論も単なる埋め草ではなく、九つの組み合わせという数学的な叩き台をベースに才気煥発な議論を展開していて退屈さを感じさせない。

**以下、本書のプロットに触れているため、本書読了後にお読みください。**

しかし、本書の圧巻は、むしろ事件解決後に提示されるクリントン卿のノートだろう。捜査の節目節目に記されたノートを提示することで、クリントン卿が組み立てた推理を明らかにしているのだが、これが実に詳細かつロジカルで分かりやすく、解決の必然性を一層際立たせている。一見すると、このノートに、解決に至る推理のプロセスはほぼ集約されていて、九つの解決の組み合わせの議論は、そこから振り返ってみると、蛇足のような印象も受けかねない。かつて我が国で紹介された本書の抄訳は、この議論の部分をかなり省いていたそうだが、実際、これがなくても推理として成立するとみなされたからかもしれない。しかし、そう簡単に蛇足と決めつけてよいものだろうか。

真相を知れば分かるように、ここで描かれる事件の構造は、実に複雑に入り組んだプロットを元に組み立てられている。事件の背景には、二重に重ね合わされた男女の三角関係の構造があり、事件発生のプロセスも、複数の行為者が絡む上に、過失と故意が組み合わされた複雑な構造を持っている。手がかりも随所にちりばめられているが、その分錯綜感があり、これらをパズル・ピースのように適切に全体の構図に嵌め込むことのできる読者は決して多くはないはずだ。それだけに、(犯人が誰かくらいは当てることができたとしても)動機も含めて真相のディテールを自ら推理することは多くの読者にとって至難のことと言える。クリントン卿のノートを読めば、丹念に解きほぐされていくプロセスはよく分かるのだが、これに感心することはあっても、同様のプロセスを自らたどって真相にたどり着ける読者は極めて少ないに違いない。とりわけ批判を受けそうなのは、(いかにもコニントンらしくはあるが)化学物質の特性の専門知識が解決の必然的な前提となっていることだ。化学記号の用法にしてもそうで、丹念に調べる読者もいるかもしれないが、知識もなく漫然と読み流していると、気づかないままに結末で教えられることになりそうだ。

コニントンは、いわば、九つの解決の組み合わせからなる議論を通じて、この複雑な構造を持つ事件の真相に迫る推理の糸口を読者に与え、単に結末で教えられて納得させられるだけではなく、推理に自ら参加し、(完全にではなくとも)真相に近い推理を自力で組み立てられるように読者を導こうと試みたのではないだろうか。組み合わせの表を見せられ、議論に加わるよう求められたフランボロー警部は、いわば読者の立場を代弁する存在でもあったと言えるだろう。真の解決を知った読者は、その推理が概ね正鵠を射ていたことを知るはずだ。

これは、コニントンが大学教授であったことと無関係ではあるまい。いわば、学生が自ら思考を重ねて正しい結論にたどり着けるように、指導教官よろしく読者を導こうとしたのではないだろうか。おそらくは、答え合わせの際に読者に正しい解法と解答を教えることになるより、読者が自ら真相にたどり着き、正解を答案として提示してくれるほうが、作者としても本意であったに違いない。

本書は、いわば、意外性に富んだプロットやトリックで読者を欺くサプライズ効果を狙ったものというより、読者に推理のゲームに参加するよう促し、与えられた手がかりを元に説得力のある解決を自ら推理して、作者の提示した問題(謎)を正しく解くように挑戦した、純粋な謎解き作品としての性格を色濃く持っている。オースティン・フリーマンの『オシリスの眼』やフィリップ・マクドナルドの『鑢』などと同じ伝統に立つ、作者と読者の知恵比べという、(少なくとも海外では)今日ほとんど書かれることのなくなった、まさに黄金期の香気が漂う本格謎解き作品と言えるだろう。

本書に『オシリスの眼』の影響を看取する海外の評者もいるが、実際、本書には『オシリスの眼』を想起させる点がいろいろある。例えば、別の医者の代診医を務める若い医師が事件に関わる点、遺言書が事件の謎を錯綜させる点、クライマックスにおける探偵と犯人の対峙、そしてなにより、ロジカルで詳細な謎解きのプロセスがそうだ。さらに、「あなたたち殺人犯というものが、なぜじっとしていられないのかは興味深いところです。そんな馬鹿なふるまいをしなければ、我々をもっと困らせることができたでしょうに」というドリフィールド卿のセリフは、ほぼ同様のソーンダイク博士のセリフを『オシリスの眼』に見出すことができるだろう。

化学的な専門知識の多用を強調されがちだが、コニントンは、フェアプレイを重んじ、緻密に練り上げた複雑なプロットを得意とした作家でもあった。力を出した時のコニントンの作品は、一筋縄ではいかない、幾重にもツイストを効かせたプロットをベースに、随所に多くの手がかりを散りばめ、これをパズル・ピースのように細心に当て嵌めて収束させる解決が光るものが多い。本作や“*The Castleford Conundrum*”（一九三二）はその典型的な例だ。本作における「九つの解決」の議論や最終章のメモの抜粋で提示されるクリントン卿の推理、“*The Castleford Conundrum*”におけるウェンドーヴァー氏にクリントン卿が提示した九つの手がかりなどは、その特徴が端的に表れたものだろう。二十一の手がかりをきれいに当て嵌めて解決を提示する“*The Twenty-One Clues*”（一九四一）も（プロット自体は前二者に比べると弱いが）その一つといえる。「細心にプロットを組み立てた推理小説」（オットー・ペンズラー&クリス・スタインブラナー編、“*Encyclopedia of Mystery and Detection*”）、「地味で細心な推理」（H・R・F・キーティング編、“*Whodunit?*”）、「複雑なパズル」（ブルース・F・マーフィー、“*The Encyclopedia of Murder and Mystery*”）という表現に示されるように、欧米の批評家の評もそうした特徴を捉えたものが多い。

なお、本作にはモデルとなった実在の事件がある。一九一〇年に起きたクリッペン事件だ。クリッペン医師は、妻のベル・エルモアの殺害容疑で、愛人のエセル・ニーヴとともに告発され、死刑となった。ヒヨスチンは、この事件で初めて用いられた毒物であり、クリッペンは、愛人との不倫のあいだ、妻を眠らせておくためにヒヨスチンを用いたつもりが、分量を誤って死に至らしめてしまったとの説もある。

なお、この訳書は本来、「ＲＯＭ叢書」から刊行される予定であったが、論創社が同書の刊行を企画しているとの情報に接したＲＯＭの主宰者の一人、須川毅氏の御配慮により、論創社から刊行されることとなったものである。この場をお借りして、調整に骨を折っていただくとともに、企画を快くお譲りいただいた須川氏に改めて感謝申し上げたい。

# コニントン再び——全貌を現した初期最高傑作

塚田よしと（クラシック・ミステリ愛好家）

霧の濃い夜、往診を求める急な電話連絡を受け、慣れない道を出かけた代診医が、誤って迷い込んだ家で瀕死の男に遭遇したことから、謎を孕んだ死の連鎖が浮上していく——本書『九つの解決』は、警察本部長クリントン・ドリフィールド卿が探偵役をつとめるシリーズの、四作目の長編です。作者のJ・J・コニントンは、〈論創海外ミステリ〉には、同じクリントン卿ものの『レイナムパーヴァの災厄』につぐ二回目の登場となりますが、原著の刊行順でいえば、『九つの解決』は、そのひとつ前の作品になります。

原題を"The Case with Nine Solutions"といって、一九二八年にイギリスのゴランツ社から初版が刊行され、同じ年、リトル・ブラウン社からアメリカ版も出ています。当時、アメリカの《サタデイ・リヴュー・オヴ・リテラチャー》誌でミステリ時評を担当し、新人S・S・ヴァン・ダインのベストセラー『ベンスン殺人事件』をこてんぱんに叩くなどして、辛口で知られた書評子が、この作に関しては「きわめて慣習的で、エキサイティングな要素は皆無だが、しかし、まことに面白く読める探偵小説」であり、解決は「完全に満足のいくものである」と賞賛しています。翌一九二九年に『赤い収穫』を上梓しハードカヴァー本の市場に進出する直前の、パルプ・マガジン・ライター時代のダシール・ハメットの評言です（＊1）。

※

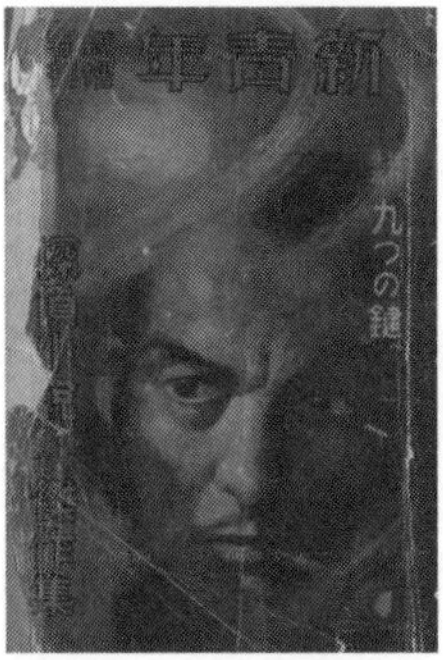


*The Case with Nine Solutions* の抄訳が一挙掲載された『新青年』昭和11年新春増刊号

「九つの鍵」を収録した同人誌『戦後未収録中短編集2』（資料提供：湘南探偵倶楽部）

本書はまた、「九つの鍵」という題で、『新青年』昭和十一（一九三六）年新春増刊号に黒沼健による抄訳が掲載され、コニントンの本邦初紹介となった長編の、八十年の時を経た、待望の完訳でもあります（＊2）。

当該の『新青年』の「編集だより」欄を見ると、（J・M）の署名で、編集長の水谷準が次のようにコメントしています。

◇巻頭の讀切長篇はこれ亦日本には未紹介のJ・J・コニントンの作である。倫敦の霧は、デイ《マ》ケンスその他の大文豪を俟つまでもなく、ドイルもフアガス・フユ《マ》ームもウオレスも、これを背景にして、それ〴〵名作を書いてゐる（＊3）。この作もそれだ。霧を背景にすると、妙にいゝ作品がでて來る――となると、それ自身何となくミステリアスになつて來るが、ともかく、この「九つの鍵」はたゞ讀み流さずに、一歩一歩犯人を追ひつめて行くやうな興味を以て、ご愛讀を願はしい。

導入部で立ち込める、印象的な霧のエピソードから、つい〝霧の都〟ロンドンと錯覚してしまったのでしょうが、本書をお読みいただければお分かりのように、作品の舞台となる町はウェスターヘイヴン（黒沼訳ではウエスターヘヴン）と呼ばれており、作中には、仕事の都合でロンドンからこの地に移り住んできた人物も登場します。夜間の霧の発生は、作中の描写からは、放射冷却現象によるものと想像できますが、あるいはロンドンほど深刻なものでないにせよ、地域の工業化の進行にともなう大気汚染も、濃霧の原因としてあったのかもしれません。

シリーズ探偵のクリントン・ドリフィールド卿には、南アフリカでの勤務を終えて本国に戻り、州の警察本部長に就任した経緯があるのですが、彼が就任した（架空の）州の名前は、明らかにされていません。友人ウェンドーヴァー（シリーズ長編十七作中、十三作に登場しワトスン的な役どころを演じる、しかし本書には不在のこのキャラクターについては、またあとで触れることにしましょう）の住むアンブルダウンほか、州の各所でおきた難事件の解決に知恵を貸す、そんな彼のホームタウンが、警察本部のある、このウェスターヘイヴンということになります。

※

戦前の『新青年』などの雑誌の翻訳は、編集部が原作を選定する場合は少なく、訳者が情報収集のアンテナを張り、原書や雑誌を漁って気に入った作品を訳しては、編集部に持ち込むのが一般的だったといいます。作家でもあった黒沼健（戦後は、怪奇実話系の書き手として人気を博します）は、イギリス女流のドロシー・L・セイヤーズの作品世界に惹かれ、『新青年』では、セイヤーズの短編を中心に英米作家の作品を訳してきた人です。そんな彼がコニントンの長編に着目した理由を考えてみると――ひところ、セイヤーズとコニントンが同じ出版社からミステリを出していたため（＊4）、広告などでコニントンの名前を知っていて、それで手に取ったということもあるかもしれませんが、それ以上に、H・ダグラス・トムスンの *Masters of Mystery: A Study of the Detective Story*（一九三一）の影響があったのではないかと、筆者は推測しています。

探偵小説研究の先駆的な著作のひとつである、同書の日本語訳が、『探偵作家論』として春秋社から刊行されるには、昭和十二年まで待たなければなりませんが（訳者は広播州。あの江戸川乱歩が『幻影城』所収の「内外探偵小説研究文献」のなかで、「但し甚だしい悪訳である」と斬って捨てたシロモノですが）、セイヤーズに関するまとまった言及もあるこの本を、資料として黒沼健が原書で入手していた可能性は、充分にあると思うのです。とすれば……セイヤーズと同じ「Tried Favourites」と題された章（＊5）で論じられているコニントンの、とりわけ特徴的な紹介がなされている *The Case with Nine Solutions* なる長編に興味をもち、読んでみる気になった、その結果、大いに感心し――と想像を飛躍させてみても、おかしくないでしょう。

ダグラス・トムスンは、数学的な要素がコニントンの探偵小説プロットを特徴づけているとし、クリントン卿のデビュー作 *Murder in the Maze* における、二重殺人の謎のプレゼンテーション（二つの殺人は同一犯の仕業か？　共通する犯行動機があるのか？　どちらの事件も計画されたものか？　最初の殺人は間違いで、第二の殺人はその修正か？　第二の被害者は、第一の事件の犯人なのか？　エトセトラ）を取りあげたあと、その発展形ともいうべき、本書の二件の変死をめぐる、事故・自殺・殺人の「順列組み合わせの問題」を、作中でクリントン卿が作成した表（第六章「考えられる九つの解決」参照）を抜粋しながら、解説しているのです。

※

黒沼健・訳「九つの鍵」扉ページ（『新青年』昭和11年新春増刊号より）

黒沼健の旧訳は、当時の慣行に従って、あくまで雑誌に一挙掲載されることを前提とし、全編にわたって描写を刈り込み、原作を半分ほどの長さ——四百字詰原稿用紙にして二百四十枚程度にまで縮めたものでした。章立ても、原作の第八章と第九章をひとつにまとめ、同様の作業を第十章と第十一章、第十三章と第十四章、そして第十五章と第十六章にもおこなうことで、全十九章のものを十五章に改変しています（＊6）。

参考まで、そんな「九つの鍵」の章題を掲げておくと——

第一章　瀕死の男
第二章　その隣家
第三章　クリントン登場
第四章　女中殺し
第五章　死のバンガロー

第六章　九つの組合せ
第七章　琥珀のパイプ
第八章　ハッセンデンの日記（本書第八章、九章に該当）
第九章　暗號廣告（本書第十章、十一章に該当）
第十章　遺言書
第十一章　謎のボタン（本書第十三章、十四章に該当）
第十二章　二人のクリントン部長（本書第十五章、十六章に該当）
第十三章　正義氏《ヂヤスチス》
第十四章　縺れた絲
第十五章　部長の手記

謎解きのために構築された複雑なストーリーを、その興趣を残したままダイジェストしていく職人的な手腕には感心しますが、いかんせん、事件解決の鍵を握る人物の、布石となる描写まで省略されていたりして、後半の駆け足感は否めません。そして、作品のセールス・ポイントともいうべき、〝九つの解決〟案をめぐるクリントン卿と部下の警部のディスカッションも、途中からは「二人は更に慎重な研究を続け明かに不可能と思惟される場合を順次に除いて」いく——といった調子で消去が簡略化され、有耶無耶のうちに、三つの組合せにまで減らされてしまいます。

最終的に、この特異な〝連続殺人〟の真相は仮説の検討とは別な、もっと直接的な方法で導き出されるとはいえ、事件のキイとなる、不合理な状況を合理化するための思考実験（謎を解きほぐすために必要な発想の転換を、突然の閃きではなく、論理的な思考によってもたらすための試み）をガイダンスとして盛り込んだ、コニントンのユニークな狙い（＊7）は、やはり完訳で読んでこそ実感できるものです。

「九つの鍵」は、私家版で戦前の翻訳探偵小説の復刻をおこなっている湘南探偵倶楽部が、今年二〇一六年二月に刊行した『戦後未収録中短篇集2』に収録されていますから、そちらで読んだよというマニア諸氏もいらっしゃるでしょうが、そんな向きも、この完訳版でじっくり、細部まで留意されたコニントンの作品世界を追体験してみて下さい。

※

前掲書 *Masters of Mystery: A Study of the Detective Story* のなかで、トムスンは、『九つの解決』に対して発表当時なされた批判も紹介しています（拙訳により引用）。

しかしこの物語を私が非難するのは、一連の出来事に、まったく人間らしい反応が描かれていないからであり、ともかく生命感を有しているのが、州警察本部長ただ一人だからである。彼は生きている。他はそうではない。これは非人間的な本だ。もしジグソー・パズルに情緒的要素があるとすれば、『九つの解決』にもあるだろう。ないとすれば、ない。（……）ある種の魅力は存在するが、それは情緒的な魅力ではない。駆使されているのは、作者の創造力であって、想像力ではないのだ。悲劇は、人の心を動かしてこそ悲劇といえる。この本で起こる四つの悲劇は、いささかも読者の胸に迫らない。

この辛辣なコメントの主は、イギリスの《イヴニング・スタンダード》紙で書評活動を担当し、大きな影響力をもっていた、作家のアーノルド・ベネットです（＊8）。

単なるパズルにすぎない、という、ありがちな本格ミステリ批判の、初期のサンプルと言ってしまえばそれまでですが……しかし、本書に対しては、一面の真実を突いているのは間違いありません。事件の背景には、〝黄金期〟の英国作品らしからぬ扇情的な要素を埋め込みながら、作者のコニントンは、確信犯的に作品を、それまで以上にパズルのほうに寄せ――ひとつ前の*Mystery at Lynden Sands*という長編が、スリラー寄りになったことの反動かもしれませんが――つとめて情緒を抑える書きかたを選択しているからです。

〝人間が書けていない〟のではなく、感傷を排した、読者の感情移入を拒絶するようなキャラクターが造形され、パズルのピースとして配置されていっているわけです。冒頭、往診のため夜道を出かけることになる医師と、歓談していた友人の発した「人命は尊し、なんて考えがまだ残ってるといえるかね？　戦争のせいで、そんな考えも吹き飛んでしまったよ」という何気ないセリフが、まるで作品のモードを象徴しているようです。甥の死を突然知らされた叔父の、あるいは妻の変死を告げられた夫の、直後の反応のドライなこと。彼らは悲しみの演技ひとつ、してみせません。そして、ひとたび人を殺してしまった者は、保身のためだけに走り出し、止まらなくなり、破滅へと向け加速していくのです。

エミール・ガボリオやウィルキー・コリンズの手になる、古き良き時代の探偵小説を愛好していたアーノルド・ベネットが、こうした傾向の小説を「非人間的」と拒絶したのは、無理ない話だったでしょう。いっぽう海の向こうでは、ダシール・ハメットのような評者が、作品をストレートに評価できているのが、筆者にはまことに興味深く思われます。

※

ベネットが本書の作中人物で唯一、人間味を認めている探偵役のクリントン卿も、じつはこれ以前の作品では、かなり「非人間的」な側面をみせています。*Murder in the Maze* が典型ですが、犯罪者を追及する態度の冷酷非情さは、同時代の英国の名探偵たちのなかにあっても際立っています。本書のクライマックスは、推理の積み重ね（実際にその内容が明らかになるのは、最終章の、卿が綴った「ノート」を通して）で犯人を確定しながらも、決定的な物証をもたないクリントン卿が、犯人との直接対決でブラフを仕掛け、とんでもないしっぺ返しを受けてしまうわけですが……あくまで犯人がしらを切りとおしていたら、クリントン卿は、どうするつもりだったのでしょう？　強引に逮捕して公判に持ち込み、たとえ有罪にできなくても、秘密の暴露で犯人の社会的生命を断つつもりだったのか？　あるいは——撤退はするけれども、犯人に的を絞った継続捜査を宣言し、プレッシャーをかけて出方（もし自殺を企てるなら、それもよし）を見るつもりだったのか？　アマチュアの探偵好きではなく、あくまで司法の側に立つプロの、警察本部長であるにもかかわらず、事件の解決にあたり選択する手段に、どこか道徳的な危うさを感じさせる人ではあるのです。

アマチュアの探偵好きといえば、先にも触れましたが、クリントン卿のシリーズで〝相棒〟をつとめることが多い、田舎町アンブルダウンの大地主《スクワイア》（＊9）ウェンドーヴァーは、本書には登場しません。クリントン卿とウェンドーヴァーの独特の友人関係が、シリーズの味わいどころのひとつであることは確かで、プロットの卓抜さでコニントン・ミステリのなかでも有数の出来であるにもかかわらず、『九つの解決』が、前掲のダグラス・トムスンの例などを除けば、近年まで、著者の〝代表作〟としてピックアップされる機会に乏しかったのは、そのへんの、毛色の違いに原因がありそうです。

では、なぜ作者は本書からウェンドーヴァーを外したか？　それはおそらく、作品の、バックグラウンドの差を考慮したからだと考えます。コニントンは、上位中流《アッパーミドル》クラスのカントリー・ライフを背景に事件を展開することが多く、悠々自適のウェンドーヴァーのキャラクターは、そのために設定されたものです。ところが本書では、科学研究所の職員のサークルを中核に据えるという、当時としては実験的といっていい試みのため、作中人物の階級を下げており、ここにウェンドーヴァーを投入しては、木に竹を接いだようなものになってしまいます。

そのため、クリントン卿の部下である、フランボロー警部をワトスン役に起用したわけでしょうが、結果、ふたりの捜査行を通して本書には、警察小説のスタイルを借りてルネッサンスを迎えることになる、一九六〇年代以降のイギリス本格――とりわけコリン・デクスターのモース主任警部とルイス巡査部長もののような、ホームズ・ワトスン型の警察小説――の雛型のような、モダンな魅力が生まれているのは見逃せません。このスタイルを、コニントンが放棄してしまったのは惜しまれます。

とはいえ。

本書といい、さきに紹介された、これまたシリーズきっての異色作『レイナムパーヴァの災厄』といい、クリントン卿の本来の相方たる、ウェンドーヴァーが不在の作品の翻訳が続いたことは、作品の出来とは別に、ファンとして寂しいものがあります。せっかくこうして、我国でも再評価の機運が見えはじめたコニントンなのですから、この勢いで、次回は是非、クリントン卿とウェンドーヴァーがデビューを飾る、サスペンスフルなカントリーハウスもの *Murder in the Maze* を訳出して欲しい。クラシック・ミステリ・ファンの皆さまの、応援を乞う次第です。

＊1　ハメットの書評の抜粋は、カーティス・エヴァンズ *Masters of the "Humdrum" Mystery* (McFarland, 2012) 中の引用によります。ハメットは、作家としての収入を補うため、一九二六年から二九年にかけて、《サタデイ・リヴュー》でミステリ時評を担当していました。ダイアン・ジョンスンの『ダシール・ハメットの生涯』(小鷹信光訳、早川書房、一九八七年)では、その辛口ぶりを窺わせる見本が幾つか紹介されています。

＊2　おそらく、もっとも待望していたのは――故人となった、鮎川哲也でしょう。鮎川氏が、同じ本格ものの書き手としてコニントンに強い関心と共感をいだいており、昭和六十(一九八五)年に『週刊文春』が実施した「海外ミステリー・ベスト一〇〇」のアンケート回答では、ベスト表に「九つの鍵」を挙げたほどだったことは、『レイナムパーヴァの災厄』の解説でも触れました。当時、鮎川氏は、戦前に読んだ「九つの鍵」を読み返す機会をもち、感銘を新たにしていたのか

もしれません。

＊3　挙げられた作家は、順に『クリスマス・キャロル』のチャールズ・ディケンズ、シャーロック・ホームズ譚のコナン・ドイル、とここまではいいとして……ファーガス・ヒュームは『二輪馬車の秘密』（『新青年』昭和三年六月臨時増大号）の作者ですが、はてオーストラリアを舞台にした同作に、霧のロンドンの描写は無かったような。エドガー・ウォーレスは、『渦巻く濃霧』（『新青年』大正十二年夏季増刊号）を指しているものと思われますが、筆者未読です。

＊4　コニントンは、ミステリ第一作にあたる『或る豪邸主の死』（一九二六）、および同年発表の第二作 *The Dangerfield Talisman* のあと、クリントン卿ものの *Murder in the Maze*（一九二七）と *Tragedy at Ravensthorpe*（同前）をアーネスト・ベン社から刊行したあと、同社を辞職したヴィクター・ゴランツが設立したゴランツ社に移籍し、クリントン卿もの第三作 *Mystery at Lynden Sands*（一九二八）を皮切りに、本書を含む計六長編をゴランツ社から出しています。ドロシー・L・セイヤーズも、アーネスト・ベン社からゴランツ社への移籍組という共通点がありますが、コニントンが『当りくじ殺人事件』（一九三二）以降、版元をホダー・アンド・スタウトン社に変更したのに対し、セイヤーズは最後のミステリ長編となった『忙しい蜜月旅行』（一九三七）まで、ゴランツ社との契約を続けました。

＊5　*Masters of Mystery: A Study of the Detective Story* のなかの第十章。探偵小説をドメスティッ

ク、リアリスティック、オーソドックス、そしてスリラーといった大雑把な型に分けて分析してきたトムスンが、そこで論じきれなかった作家・作品の主要なものを、さながら観光バスで名所めぐりをするように、ガイドしていくという趣向で、まとまりには欠けますが楽しい内容です。「Tried Favourites」という章題は訳しにくくて、邦訳の『探偵作家論』では「試験済の愛好作品」としていますが、これでは何のことやらです。苦しいながらに訳してみるなら「折り紙つきのお気に入り」、とでもいった感じでしょうか。戦前の海外探偵小説研究の第一人者・井上良夫は、当該の章で扱われている作家が、聖職者や大学教授など、別に本業を持っている人たちが中心であることから、「探偵小説の研究書」というエッセイ(『ぷろふいる』昭和十年一月号)のなかでは、この章題を「傍業的探偵作家」として紹介しています。

＊6　黒沼健は、戦前の翻訳事情を回顧して、「訳文は出来るだけ短くというのが編集者の口癖の希望であった」とし、「如何に訳すべきかということより、如何に短縮すべきかということに、何よりも腐心したものである」と述べています(連載エッセイ「翻訳余談余滴」、『宝石』昭和二十七年二月号)。なお「九つの鍵」は、オールロマンス社の探偵小説誌『トリック』(『妖奇』改題)に再録されることになり、昭和二十八年一月号から分載がスタートしたのですが、同誌の終刊にともない、連載三回目の三月号で、あと一回を残し中絶しています(実際には『トリック』は四月増刊号を出しており、これが終刊号に相当するわけですが、同号は、島本春雄の連載「振袖小姓捕物控」の再録を目的とする内容でした)。論創社・編集部の黒田氏のご好意により、こちらの訳文にも目を通すことができましたが、連載形式に変わったとはいえ、章立てもそのままで、

残念ながら『新青年』版「九つの鍵」で原作から省略された個所の復元は、なされていませんでした。

＊7 〝九つの解決〟案という趣向は、ジョン・ディクスン・カーが『三つの棺』(一九三五)でフェル博士に一席ぶたせた、あの「密室講義」を想起させなくもありません。真相解明への足がかりとして、両者のディスカッションを比較すると、コニントンの誠実さとカーの狡猾さが好対照です。肺に銃弾を撃ちこまれた被害者が、懸命の努力の果てに、切れ切れのメッセージを残して絶命する――というお話でもある『三つの棺』は、じつは本書へのオマージュだったのでしょうか?

＊8 文豪アーノルド・ベネットは、古くからのミステリ・ファンには、冒険小説『グランド・バビロン・ホテル』(一九〇二)の作者として記憶される名前でしょう。《イヴニング・スタンダード》に書かれた、彼の『九つの解決』評は、カーティス・エヴァンズの *Masters of the "Humdrum" Mystery* でも取りあげられていますが、ダグラス・トムスン同様、オリジナルを抜粋したものであり、引用箇所はまったく同じではありません。

＊9 『レイナムパーヴァの災厄』の解説で、筆者はウェンドーヴァーに「治安判事」という肩書をつけましたが……クリントン卿がウェンドーヴァーのニックネームとしても用いる「スクワイア」の訳語は、本書の訳者の渕上氏が「あとがき」で適切に表記されているように、「地主」と

するのが妥当であり、訂正させていただく次第です。戦前訳の『当りくじ殺人事件』のなかに、ウェンドーヴァーが「私は治安判事としてこれを押収すべきだと考える」と言うセリフはありますが、あらためて原文を見ると、作者はそこでは「ジャスティス・オブ・ピース」（本書六十九頁参照）という表現を採用しており、平生の「スクワイア」とは使い分けていました。

〔訳者〕

渕上痩平（ふちがみ・そうへい）

元外務省職員。海外ミステリ研究家。訳書にヘレン・マクロイ『あなたは誰？』、『二人のウィリング』（ともに筑摩書房）。

九《ここの》つの解決《かいけつ》

——論創海外ミステリ 176

2016年7月25日 初版第1刷印刷
2016年7月30日 初版第1刷発行

著 者 J・J・コニントン

訳 者 渕上痩平

装 画 佐久間真人

装 丁 宗利淳一

発行所 論 創 社

〒101-0051 東京都千代田区神田神保町2-23 北井ビル
電話 03-3264-5254 振替口座 00160-1-155266

印刷・製本 中央精版印刷

組版 フレックスアート

ISBN978-4-8460-1540-4

落丁・乱丁本はお取り替えいたします